译文纪实

ドキュメント 戦争広告代理店
情報操作とボスニア紛争

高木徹

[日]高木彻 著　　　孙逢明 译

战争广告
代理商
情报操纵与波黑战争

上海译文出版社

目　录

主要出场人物……………………………………… 1

序章　胜利的果实………………………………… 1
第一章　国务院给出的暗示……………………… 7
第二章　公关专家………………………………… 21
第三章　失败……………………………………… 33
第四章　信息的扩大再生产……………………… 45
第五章　西拉伊季奇外长改造计划……………… 61
第六章　种族清洗………………………………… 77
第七章　国务院的计谋…………………………… 95
第八章　总统和总统候选人……………………… 109
第九章　反攻……………………………………… 133
第十章　集中营…………………………………… 151
第十一章　罪恶的子弹…………………………… 175
第十二章　清除障碍……………………………… 189

第十三章　"剧场"……………… 207
第十四章　驱逐……………… 235
尾章　决裂……………… 271

后记……………… 284
文库版后记……………… 286
解说……………… 290

主要出场人物

● **波斯尼亚与黑塞哥维那共和国**

外交部部长　哈里斯·西拉伊季奇

波黑是1992年4月诞生于巴尔干地区的国家。西拉伊季奇肩负着这个小国的未来，只身前往美国求助。在遇到罗德公关公司的吉姆·哈弗之后，他命运的齿轮开始转动。

总统　阿利雅·伊泽特贝戈维奇
总统首席助理　萨维娜·巴布洛维奇

● **罗德公关公司**（美国的大型公关企业）

华盛顿分公司
国际政治局局长　吉姆·哈弗

该公司应对国际纷争的专家，巧妙地在国际社会制造支持波黑的舆论。

吉姆·马瑟莱拉

吉姆·班考夫

纽约总部
CEO 戴维·费恩

● **塞尔维亚共和国**

总统 斯洛博丹·米洛舍维奇
对于公关战略在波黑战争中的有效性，他发现得太晚，结果只能一直扮演"反派塞尔维亚"的主人公。

● **美利坚合众国**

总统 乔治·布什（老布什）
国务卿 詹姆斯·贝克
副国务卿 劳伦斯·伊格尔伯格

● **联合国**

秘书长 布特罗斯·加利
联合国驻萨拉热窝防护军司令 路易斯·麦肯基将军

● **南斯拉夫联盟**

总理 米兰·帕尼奇
为了挽回日益恶化的塞尔维亚国家形象，米洛舍维奇把他当作"王牌"委以重任。他竭力采取各种对策，以求弥补在公关战中的落后。

  总统 多布里察·乔西奇
  信息部部长 米奥德拉格·佩里西奇

- 媒体

  《新闻日报》记者 罗伊·加特曼
  《新闻周刊》记者 玛格丽特·华纳

1991年，苏联解体，东西方的冷战局面宣告终结。在这个过程中，1991至1992年间，斯洛文尼亚、克罗地亚、马其顿、波斯尼亚与黑塞哥维那等各个共和国相继从南斯拉夫联邦中独立出来。塞尔维亚共和国与黑山共和国组成了新的南斯拉夫联盟。1995年达成和平协议后，波黑战争暂时告一段落，但是由于各个国家的民族成分都很复杂，在20世纪的最后10年间，这片地域的纷争从未间断过。

序 章

胜利的果实

　　萨拉热窝市内的法尔哈迪亚大街热闹非凡,战争已经了无痕迹……

波斯尼亚与黑塞哥维那的首都萨拉热窝是座美丽的城市。它位于群山环绕的盆地之中，周围分布着一些滑雪度假村，曾作为1984年冬奥会的比赛场地。站在山顶俯瞰全城，宛如一处庭园式盆景。

如果你想更加近距离地感受萨拉热窝的美，就要沿山路下来，到市中心看一看。繁华街道上鳞次栉比的咖啡店中洋溢着欧式风情，你可以在那里一边喝着土耳其风味的浓咖啡，一边注视走在街上的女性。你会看到相貌各异的女性，有的人黑眼珠、褐色头发，有的人金发碧眼，但是无一例外美得令人瞠目，眼前净是身姿优美的女子。这说明这座城市中生活着各种民族，在漫长的历史中不同的血统混杂在了一起。

到了周末晚上，萨拉热窝变得更加绚丽辉煌。这座城市并不算大，却聚集了很多人，令人不禁好奇他们是从哪里冒出来的。商店营业到很晚，橱窗里摆着来自全世界的名牌商品。咖啡馆在路边摆上桌子，支起遮阳伞，人们在那里畅饮啤酒或红酒。仔细一看，你会发现人群中有很多穿军装的年轻人。难得碰上休息日，他们在纵情狂欢。再看一下他们的袖口，上面缝着五颜六色的国旗，有意大利的、挪威的、摩洛哥的、阿根廷的。不只是身着制服的他们，侧耳倾听咖啡馆里人们的对话，你会听到英语、法语、德语等各种语言。这座城市中汇集了来自全球各地的人。

他们在这个国家用于支付的货币叫"可兑换马克"（波黑的中央银行印制的纸币）。这个小国没有加入欧盟，使用的货币可以随时和在欧洲各国流通的欧元以固定汇率进行兑换。中央银行的金库中存放着与市面上充斥的可兑换马克等额的欧元,保证了这项制度的实施。这些资金源于国际社会给这个国家投入的援助。这座城市之所以如此灿烂辉煌,是因为以西方各国为首的国际社会竞相投入了大量人力、物力和资金。

20世纪90年代,这个国家爆发了民族纷争——波黑战争。这是他们开展"信息战"取得的胜利果实。

如果你到塞尔维亚共和国的首都贝尔格莱德看一看,就会清楚地明白这一点。那里离萨拉热窝大约200公里,比东京到大阪之间的距离还近。

贝尔格莱德城市上方的天空是"灰色"的。建筑、街道、店铺,一切都是黑褐色的。燃油非常宝贵,市民的汽车总在加油站排起长龙。昏暗的地下街道两旁是一排排货摊,黑市商品的流通成为了这个国家的经济支柱。内政部、广电局及其他重要设施曾经所在的地方——相当于东京的霞关或者丸之内的主要街区——在北约的空袭之下,承受了战斧巡航导弹的直接轰炸,化为一堆堆瓦砾,无人处理。塞尔维亚人被扣上了"暴虐的杀人狂""人道主义的敌人"的帽子,他们的首都被国际社会排斥在外、弃之不顾。

为何会产生如此之大的差距?

20世纪90年代,一场最可怕的战争——波黑战争爆发了,萨拉热窝和贝尔格莱德战火纷飞,纽约、华盛顿、伦敦等地则展开了一场"公关战",使用的武器是"信息"和"公关",虽然肉眼看不见,有时候却能发挥比真枪实弹还要恐怖的力量。我曾经到那些地方采访过，汇集的成果便是于 2000 年 10 月 29 日播出的纪录片——NHK 特别节目《种族清洗～南斯拉夫信息战的内幕～》。本书收录了节目中未能全部介绍的采访成果，又加入了后来获得的信息，通过描述那场国际纷争背后展开的公关战，揭开惊人的真相。

波黑战争从 1992 年春天持续到 1995 年秋天，是南斯拉夫的一场民族纷争。估计有很多人还记得那些新闻中的画面，曾经举办过冬奥会的萨拉热窝遭到了攻击，被无情地破坏。冷战结束之后，世界各地开始频繁发生民族纷争，这是其中规模最大的一场。数十万人在这场战争中丧失了性命。而后来发生的科索沃战争和北约空袭，造成了更多的牺牲——其中很多都是手无寸铁的平民百姓。在编写本书之际，我想再次向那些逝去的人们表达哀悼之意。

在冷战时期，按照以美国为首的西方各国的逻辑，苏联就是敌人，这一点很明确，不容置疑。然而，冷战结束后，在世界上发生的各种问题和纷争中，我们往往搞不清楚都有哪些当事人，谁好谁坏。国际舆论有可能倾向于任何一方，完全取决于诱导方式。因此，卓越的公关战略变得极为重要，要争取舆论的支持，不能被敌方抢走机会。这一现象不仅发生在国际政治场合，也扩散到了经济领域。

如果说流血牺牲的战斗是"实"的战争，那么这本书中描写的战斗则是"虚"的战争。公关与信息战并不能决定所有"实"战的归宿，但是"虚"战会给"实"战的走向造成巨大的影响，这也是事实。在"信息国际化"的滔天巨浪中，"公关"也就是

"虚"的影响力日益扩大，每天都会诞生出获得胜利果实的一方和因战败而损失惨重的一方。国际纷争自不必说，如今，哪怕是在我写作的这一瞬间，那些"背后的主谋"依然在各国的政治舞台或商业战场上暗中活动，左右事情的成败。

第一章

国务院给出的暗示

1992年4月14日,波黑外交部部长西拉伊季奇与美国国务卿贝克会谈。这次会谈决定了波黑后来的命运。

1992年4月9日，纽约，约翰·菲茨杰拉德·肯尼迪（JFK）机场，波黑的外交部部长哈里斯·西拉伊季奇降落在欧洲线的航站楼里。

彼时，他的祖国波黑一个月前刚刚诞生于欧洲边缘的巴尔干半岛，其命运如风中残烛。西拉伊季奇的双肩上担负着这个仅有300多万人的小国的未来。

不过，他当时也没有想到，这次访问将会左右南斯拉夫内战的成败，在20世纪最后的10年里，持续受到世界的关注，拉开"信息战"的序幕，而他本人将成为主角。

当时，看到走在到达大厅里的西拉伊季奇，估计没有人会想到他是作为一个国家的外交部部长来美国访问。

首先，他的容貌与风采跟政治家相去甚远，反倒更像个演员。后来有位联合国的高官评价他的外貌，说他"像阿兰·德龙"。他的五官轮廓分明，脸上写满了忧郁的神情，据说"感觉像莎士比亚剧作中的哈姆雷特"。西拉伊季奇独自走向出租车乘车点，身边没有任何随行的工作人员。这便是波黑外交部部长的第一次美国之行，非常孤单冷清。波黑政府与邻国塞尔维亚大战在即，没有余力给访问美国的外交部部长配备随行人员。

"去联合国总部。"

西拉伊季奇坐在黄色出租车的后座上，用发音清晰的英语告知司机目的地，车子便向曼哈顿驶去。

同一时间，在位于 JFK 机场西南方向 300 公里处的美国首都华盛顿，隔窗望去与白宫近在咫尺的一间办公室里，一名男子正聚精会神地阅读着从西拉伊季奇的祖国发来的通讯社电报。

民兵在萨拉热窝向要求和平的游行队伍开枪，造成 5 名市民死亡

这个新闻暗示我们，于一年前爆发的巴尔干民族纷争终于要将战火烧到波黑了。一旦战火蔓延到波黑，那一定会引发激烈的战斗，和之前的程度不可同日而语。该男子知道，身在当地的各国外交官一致做出了这样的预测。

该男子名叫吉姆·哈弗，是美国大型 PR 企业罗德公关公司[①]的一名高管。PR 是 "Public Relations"（公共关系）的省略说法。由于它是极富美国特色的概念，至今在日语中仍没有贴切的翻译[②]。PR 企业的业务是动用各种手段向人们宣传，制造舆论来支持客户。在日本，大多是由广告代理商来完成这项工作。不过，与日本的广告代理商相比，美国的 PR 企业采取的手段层出不穷。通过电视或报纸打广告自不必说，还会聚焦媒体、政界、官方的重要人物，直接借助他们的力量，或者发动具有政治影响力的团体。另外，他们还会动用一切能想到的手段为客户谋求利益。美国共有大约 6 000 家 PR 企业，罗德公关的排名在前

---

① 原文为"罗德·费恩"（Ruder Finn），罗德公关公司是该企业在中国的译名。
② 中文一般将"PR"译作"公关"，日语则习惯直接使用"PR"这个外来语。后文将根据中文习惯，使用"公关"一词。

二十之内。哈弗作为国际政治局局长,负责管理华盛顿分公司。

哈弗在一个特殊领域独领风骚,罗德公关公司中无人能出其右。PR 企业的客户一般是国内外的民营企业,PR 企业要做的是帮助其提升企业或产品的形象以增加利润。而哈弗最擅长与外国政府打交道,也就是说把整个国家当成客户。一个国家的政府不会像企业那样为了获得经济利益而行动,而是为了国家利益。因此,哈弗会帮助成为自己客户的政府,为其在国际政治领域谋求国家利益。有一些振兴贸易或招揽游客方面的工作,但是,他有时候也会面对纠纷或战争,在那些与该国利益息息相关的场合,替该国政府出面公关。

自 1991 年起,哈弗就和波黑的邻国克罗地亚签订了合同,开展公关业务。当时克罗地亚为了从南斯拉夫联邦独立出来,正在和掌握联邦实权的塞尔维亚人打仗。哈弗以前对巴尔干地区一无所知,但是自从和克罗地亚签订了合同,他多次前往当地,不但了解了纠纷的现状,还掌握了大量与巴尔干的文化、历史相关的知识,连研究人员都自愧不如。他运用专业的公关技巧,向全世界宣传克罗地亚的独立战争多么正当、塞尔维亚人多么卑劣。

如今,波黑宣布独立,即将发动与塞尔维亚人的战争,和哈弗以前的客户克罗地亚有了共同的敌人。这条新闻勾起了哈弗极大的兴趣。为什么呢?因为这预示着可能会出现一个叫波黑的新客户。

哈弗吩咐属下:"今后波黑那边的消息,事无巨细,都要整理存档。"

4月12日,西拉伊季奇从纽约前往华盛顿。他脸上的神情又添了几分忧郁——他在纽约的活动以失败告终。西拉伊季奇原以为联合国是国际政治的中心,因此,他游走于各国代表处和联合国总部的高官之间,向他们控诉塞尔维亚人想要将他刚刚独立的祖国从地图上抹杀掉。然而,对于波黑即将发生的悲剧,人们的反应很冷淡。

西拉伊季奇说:"没有人搭理我。在国际政治领域,波黑是个微不足道的小国。我们人口少,也没有核武器和石油。无论是联合国,还是其他较大的国际政治舞台,都掌控在美国等极少数大国手中。那些国家的外交官忙于处理世界各地接连不断发生的各种问题,根本无暇顾及我们的纠纷之类的小事。"

西拉伊季奇深刻地认识到,在国际政治的洪流中,自己国家生死存亡的危机只不过是欧洲后院里发生的"一件小事"。

但是,他不能就此罢休、直接回国。

大约一个月前,西拉伊季奇离开祖国时,波黑政府的首脑们作出了一个重大决策,事关该国今后的命运。

彼时,在波黑的中心城市萨拉热窝,还没有战争爆发的迹象。市民和往常一样,喜笑颜开地走在大街上。谁都想不到,几个月之后,要想上街就得冒死穿过狙击手的枪林弹雨。

当时,波黑总统阿利雅·伊泽特贝戈维奇的女儿萨维娜·巴布洛维奇担任父亲的首席助理。听到总统和部长们谈论即将到来的战争,她感到非常不可思议。

回忆那时的心境,她说道:"那时候,包括我自己在内,萨拉热窝的普通市民根本没有想过,在这个和平的城市竟然会发生流血事件。所以,当我看到父亲和他的部下认真讨论战争爆发时的对策时,感到很奇怪,心想他们为什么要考虑这样的事。"

不过,总统和外交部部长西拉伊季奇等人能接触到机密信息,他们心里很清楚,塞尔维亚人估计不会放任他们独立,他们也不会屈服于压力,一定会抗争到底,一场大战在所难免。

为了赢得这场战争的胜利,他们决定了一项国策,那就是让不可避免的波黑战争"国际化"(internationalize)。

萨维娜清楚地记得:"会议的主题是讨论将那场战争作为自己国家内部的'内战'来处理,还是使其'国际化',也就是说把世界上的其他国家卷进来。父亲作出的决定是让纠纷'国际化'。"

在此,我必须讲述一下波黑及其周边国家还有住在当地的民族遭遇的悲剧。

波黑战争成了20世纪90年代最糟糕的民族纷争,其实际情况究竟如何?谁是加害者?谁是受害者?恐怕找遍全世界也没有一个人能百分之百客观地讲述这件事。萨拉热窝和贝尔格莱德原本同属南斯拉夫联邦,在这两个城市打听这场战争,就会听到正派和反派完全颠倒过来的两个故事。即使咨询美国、俄罗斯、日本等各国的研究人员和记者,由于他们的立场不同,各自的主张也大相径庭。

举一个例子,1994年2月5日发生的"露天市场炮击事件",被称为波黑战争中最悲惨的事件。有人朝位于萨拉热窝市中心的市场发射了迫击炮弹。那天是星期六,天气也很好,人声鼎沸的市场一瞬间血流成河。死亡 60 多人，大约 200 人受伤，断臂残肢、在地上挣扎爬行的重伤者等悲惨的景象被拍摄下来，传遍了全世界。我们至今仍不清楚这枚炮弹是战争当事者中的哪一方发射的。死者大多是波斯尼亚人，因此当时有些媒体报道说是敌对方塞尔维亚人的罪行。不过后来经过联合国的详细调查，人们又开始怀疑是波斯尼亚人干的。实际上，当时联合国部队的指挥官当中也有人支持波斯尼亚人是真凶的说法。而且，直到现在，波斯尼亚人和塞尔维亚人仍在相互谴责，都说是对方搞的鬼。

不止这件事，波黑战争中的几乎每一次争端，都存在截然对立的说法。是谁先开炮、谁挑衅的、谁对谁错，彼此相争不下。只有数十万市民无辜丧命的事实不容置疑，但是他们为什么必须死去呢？真正的原因至今不得而知。

尽管很难查明真相，我还是尽量从不偏不倚的视角总结了波黑战争爆发前的状况，整理如下：

在伟大的领袖铁托的带领下，社会主义国家"南斯拉夫联邦"持续存在了 40 多年，是一个多民族国家。铁托死后，紧接着冷战局面终结，潜藏在人们内心深处的对于民族独立的渴望苏醒了。1991 年，组成联邦的 6 个共和国当中，位于最西部的斯洛文尼亚率先独立，随后克罗地亚也独立了。联邦政府和联邦军队想用军事力量阻止它们独立，与各共和国的军队之间展开了战斗。当时的联邦政府实际上并不是各民族共同的政府，而是由塞尔维亚共和国的总统米洛舍维奇等塞尔维亚人掌管，联邦首都贝尔格莱德就在他们的势力范围内。因此，实际上这场战争的全貌就是，塞尔维亚人想要维持以自己为中心运营的"南斯拉夫"的版图，而其他各民族试图从中脱离出来。

1992年春天，战火波及西拉伊季奇的祖国波黑。这场波黑战争与南斯拉夫的其他民族独立战争情况不一样。

率先独立的斯洛文尼亚共和国中占人口绝大多数的是斯洛文尼亚人。因此，他们的独立斗争只是把自己领域内的少数外人赶出去就结束了。克罗地亚共和国也是如此。但是，波黑并不存在这种占压倒性多数的民族。最大的民族是波斯尼亚人，却也只占全部人口的四成多一点；与之旗鼓相当的势力就是占三成多人口的塞尔维亚人；第三大势力是克罗地亚人，占总人口的不到两成。

塞尔维亚人和东边的邻国塞尔维亚共和国的国民属于同一民族，克罗地亚人和西边的邻国克罗地亚共和国的国民属于同一民族。那么波斯尼亚人是什么来头呢？一言以蔽之，他们是受到中世纪征服这片地域的奥斯曼帝国的影响，从信仰基督教改为信仰伊斯兰教的那些人的后裔。波黑的三大民族当中，塞尔维亚人和克罗地亚人都在邻国有所谓的"故国"，而波斯尼亚人不一样，对于他们来说，自己的祖国只有波黑。因此，也许波斯尼亚人心中觉得，波黑就是波斯尼亚人的国家。1992年3月，波斯尼亚人倚仗自己人多势众，强行让国民投票，决定了波黑的独立。

住在波黑的塞尔维亚人表示极力反对。波黑一旦独立，他们就会从"故国"塞尔维亚共和国中被割裂开，作为少数民族在独立国家波黑中生存下去。最大的民族波斯尼亚人一定会把波黑建成以波斯尼亚人为中心的国家，自己将会受到迫害。他们绝对不允许这种情况发生。

塞尔维亚人从波黑政府和议会中撤回了代表，克罗地亚人也随之效仿，剩下的波黑政府的性质已经发生了变化，由三个民族共同组成的政府变成了基本只剩波斯尼亚人的政府。访问美国的外交部部长西拉伊季奇就是波斯尼亚人，服务于这个"波斯尼亚人的政府"。他们的敌人塞尔维亚人虽然人口比波斯尼亚人少，军事方面却强大得多，因为得到了隔壁"故国"塞尔维亚共和国的援助。如果塞尔维亚人用武力阻止以波斯尼亚人为主导的国家独立，那就很难抵挡。

出于这种情况，波黑政府提前确定了方针，一旦战火烧到波黑，就将这场战争"国际化"，换句话说，尽可能将其他国家牵扯进来，最好是把以实力强大的西方发达国家为主体的国际社会卷入这场战争，获得他们的支持，来对抗塞尔维亚人的军事力量。

我不知道这个决定是否正确。因为后来战争持续了将近四年，数十万市民丧失了性命，波黑的土地上残留着各民族间的相互憎恶，至今还无法消除。不过，至少他们的目的达到了，成功用西方发达国家的力量抵消了原本占据压倒性优势地位的塞尔维亚人的军事力量。从这个意义上讲，应该可以说此时的波黑首脑具备卓越的洞察力和杰出的决策能力。

那么，究竟怎样才能将国际社会卷入波黑战争中呢？

总统伊泽特贝戈维奇给西拉伊季奇下了命令："从现在开始，我希望你尽可能多访问一些国家，尽可能多和一些首脑进行会谈，说服他们。"

西拉伊季奇在总统的授意之下，首先到欧洲的几个国家转了一圈，又前往联合国总部所在的纽约。

在此期间，情况变得越发紧迫。

西拉伊季奇飞往美国之前，在萨拉热窝举行的市民和平游行遭到炮击的事件成为导火索，塞尔维亚人和波斯尼亚人之间连续发生战斗，进入了真正的内战状态。

西拉伊季奇没能在纽约取得期待的成果，为了直接游说美国政府，他来到首都华盛顿。

当时波黑政府既没在华盛顿设立大使馆，也没有派遣任何外交官。西拉伊季奇一到华盛顿，就给美国的人权活动家戴维·菲利普斯打了个电话。他能想到的值得依靠的人也只有这一个了。

接到电话时的情景，菲利普斯至今记忆犹新。

"我问西拉伊季奇'你现在从哪里打的电话？'，他回答说'从公共电话亭'。听上去他好像既没有任何下属也没有办公场所，于是我说'既然如此，你来我办公室吧。你可以把这里当作临时的波黑大使馆来使用'。"

菲利普斯的头衔是哥伦比亚大学的讲师，如今在位于纽约曼哈顿的超豪华分契式公寓拥有一处住宅兼办公室。他的房间超过了一百平米，我进去一看，发现墙上贴满了他与世界各国的政治家的合影。其中有一张是和日本政治家羽田孜一起拍的。菲利普斯和各国的政治家、美国国务院以及联合国的官员都有关系，在他们中间牵线搭桥，发挥协调人的作用。当时他在华盛顿，对巴尔干问题产生了兴趣，曾数次前往当地。他也曾去过萨拉热窝，当时和西拉伊季奇见过面。由于这层缘分，菲利普斯给西拉伊季奇在华盛顿的活动提供了各种形式的支持。

4月14日,西拉伊季奇和美国国务卿詹姆斯·贝克成功在国务院进行了会谈。这次会谈决定了波黑后来的命运。

贝克国务卿在会谈过程中被西拉伊季奇的魅力折服,在自己的回忆录《外交的政治:革命、战争与和平》(*The Politics of Diplomacy: Revolution, War and Peace*)中这样写道:

"西拉伊季奇用柔和的口吻说'塞尔维亚人把无辜的市民当成动物一样屠杀',我不禁被他的语气打动了。他用直率的语言讲述了波黑人民直面的痛苦,比其他任何外交辞令都有说服力。"

西拉伊季奇的英语发音标准、语法正确,虽然缓慢,却没有停顿,很明显是外国人后天学会的,但是,正因为如此,他那完美的表达让以英语为母语的人感到吃惊。他的音调始终保持平静,绝对没有提高音量。这样一来,反倒凸显了波黑的悲剧性命运。

贝克国务卿被西拉伊季奇的话打动了。

于是,他给西拉伊季奇提供了一个建议。

他在回忆录中写道:"我通过新闻发言人塔特威勒对西拉伊季奇强调,利用西方国家的主流媒体来争取欧美舆论的支持,这一点很重要。"

对于西拉伊季奇来说,这是个意外的建议。

"塔特威勒给了我更具体的建议。"

西拉伊季奇记得塔特威勒也在会谈现场,还问他:"CNN[①]

[①] Cable News Network,美国有线电视新闻网。

的摄制组现在入驻波黑了吗?"

塔特威勒是贝克的心腹,他不只负责新闻发言人的工作,还承担了国务卿顾问的角色。

塔特威勒在接受我的采访时,关于贝克建议"争取媒体的支持"的意图,这样解释道:

"全世界遇到难题的各国的外交部部长来到美国,恳求给予帮助。这种事是家常便饭。但是,如果没有国民的舆论支持,就不能一一答应他们的请求。明明国民并不支持,却去救助那些国家,可以说是'政治性自杀'行为。因为政府的外交政策受议会的监管。对于国民舆论不赞成的政策,议会不会分配预算。而要想把声音传递给美国民众,最有效的方法就是通过媒体发出呼吁。"

虽说被西拉伊季奇的语气打动了,却也不能单凭这一点就开展行动。要想获得美国政府的支持,就要去发动美国舆论。要想获得舆论的支持,就要去发动媒体。这就是贝克的建议。

会见结束之后,门外已经聚集了一大批美国主流媒体的记者,西拉伊季奇和贝克一起召开了一场即兴的记者招待会。这是西拉伊季奇第一次正式和美国媒体见面的机会。此次见面会由美国国务院主持。

贝克和塔特威勒的建议给西拉伊季奇带去了冲击。西拉伊季奇以前从来没有利用媒体采取对策的意识,也没有相关经验。他在成为外交部部长之前,没有涉足过政治,而是一名学者,一直在萨拉热窝以及位于塞尔维亚共和国科索沃自治省的首府普里什蒂纳的大学教授历史学。

"我做梦也没想到,自己竟然会从事与媒体打交道的工作。我原来以为,电视和报纸上的记者招待会是在离我最遥远的世界里发生的事。"

当时,西拉伊季奇的脑海中浮现出了一句小时候听过的波黑谚语:

"不会哭的孩子没奶吃。"

要想获得国际社会的关注,就必须大声呼吁。而且,西拉伊季奇发现,发声方式似乎也有各种技巧。

不过,国务院不是好好先生,也没那么多空闲,不可能手把手地继续给西拉伊季奇指导公关对策。他们给西拉伊季奇提供的终究只是提示。

进入5月以后,波黑的首都萨拉热窝已经完全陷入了塞尔维亚人武装势力的包围圈。他们在城市四周的高地上安放了重火器,随意炮击市区,接连数日都有市民死亡。

西拉伊季奇再次前往欧洲,反复与各国首脑会谈,恳请他们救援波黑,然后他又回到了美国。但是,推动世界的国际舆论并没有风起云涌的迹象。

"不能再继续等待美国国务院为我们召开下一次记者见面会了。"

西拉伊季奇下定了决心,再次去找人权活动家菲利普斯商量。

"西拉伊季奇需要一个公关战略方面的专家。"

想到这里,菲利普斯的脑海中浮现出了名叫吉姆·哈弗的男人。

第二章

公 关 专 家

可以说吉姆·哈弗的公关战略决定了波黑战争的胜负。

吉姆·哈弗如今已经从罗德公关公司独立出来了，亲自经营一家公关企业，办公室就设在华盛顿的市中心，在麦佛森广场对面的一栋顶级办公楼里，与白宫隔三个街区，距《华盛顿邮报》（The Washington Post）的总部四个街区。华盛顿的其他主要政府机关、主流媒体大多都在步行可达的位置。

　　大楼入口处的地面擦得锃亮，五大三粗的警卫用严厉的目光扫视着进进出出的人。我上前说明自己已经预约过了。乘坐电梯来到三楼，从电梯出来向右走，就来到了哈弗担任CEO（首席执行官）的"全球沟通者公司"（Global Communicators）的门前。

　　厚重的木门旁边没有门铃的按钮，门上挂着一块朴素的牌子，上面写着"有事请敲门"。门没有上锁，可能是因为对大楼的警备完全信任吧。这样一来能够营造出一种友好的氛围，让来访的客户消除戒心。对于哈弗来说，公关战略从进门那一刻就开始了。

　　敲开门以后，一个名叫玛雅的秘书接待了我。她40岁上下，长得挺可爱。她是匈牙利人，生于布达佩斯，但是英语说得很完美。可能是因为他们国家的民族性格吧，她待人殷勤，像家人一样，越发让办公室的气氛变得温馨起来。

　　沿着走廊向前走，左右各有三间员工的办公室，每扇门都敞开着，所以里面看得一清二楚，走到尽头又是一扇敞开的门，这便是哈弗的办公室。

哈弗身高接近1米8，一头金色的头发，总是穿着笔挺的暗色系西装。他当时59岁，喜欢先仔细倾听对方的讲述，然后慎重地选择合适的语言回答。他给人的印象非常温和，似乎总是准备着敞开心扉和你交流。公关行业的人大多能说会道、八面玲珑，越发显得哈弗的秉性与众不同，容易让人产生信任。

哈弗的业务遍及全球，瑞士政府、德国的汉堡市、巴西的飞机制造企业、阿尔巴尼亚的实业家还有约旦政府，都曾委托他做公关工作。在我采访之前，约旦国王阿卜杜拉访美时，哈弗总是伴随左右，不仅在记者见面会上负责应对媒体，还与国务院及白宫联络，从中斡旋。他的工作劲头，让人觉得他简直就像约旦政府驻美大使馆的员工。他的口号是"一周7天，一天24小时随时恭候"。我也曾在周日采访过，他当时是取消了和家人的旅行，回到办公室接待我的。

哈弗这样解释自己的信条："如果对方有需求，即使周六、周日也要不厌其烦地工作，这在公关行业是必须的。"

纽约有一家专门面向公关行业发行的周刊杂志，其主编凯文·马克里评价说："在哈弗之前，也有以国家或政府为客户的先例。但是，哈弗的功劳在于通过亲身实践证明了这项业务可以作为公关行业的一个分支。"

哈弗因为处理波黑政府的工作而荣获"1993年度银砧奖"（由美国公关协会主办），他房间的一角摆着一个高30厘米的奖杯，似乎证明了他的能力。

与此同时，哈弗被南斯拉夫当局指定为"不受欢迎的人"，被禁止入境。那是因为他被认为是害得塞尔维亚人被全世界孤立的人。

　　人权活动家菲利普斯之所以会想到哈弗，不只是出于对他工作态度的信任。菲利普斯在上一年访问巴尔干时，正好哈弗也到当地处理克罗地亚政府委托的任务，两人有机会见了一面。因此，菲利普斯认为哈弗拥有与这片地域相关的公关业务知识和技巧。

　　西拉伊季奇在4月和贝克国务卿会谈之后，访问了英国、葡萄牙等欧洲国家，5月中旬回到了美国。哈弗和西拉伊季奇第一次见面是5月18日，在华盛顿的五月花酒店。这个酒店的名字源于从英国到美国的最有名的移民船，顾名思义，它是首都华盛顿历史最悠久的酒店。它位于白宫西侧，面朝康涅狄格大街，两旁都是精品时装店和高级餐厅，非常繁华。它以尽善尽美的服务享誉全球，如果你要求提供叫醒服务，第二天早上他们不会给你打电话，而是让服务生端着一杯咖啡去敲门。不过，它的住宿费却让人觉得性价比很高。从此以后，这座酒店成了西拉伊季奇在华盛顿的定点住宿地。

　　约定碰头的地点是进门后左侧的休息区。大厅是挑空设计，充满了该酒店引以为傲的厚重感。西拉伊季奇提着一个公文包出现了。

　　哈弗大吃一惊。这个年近中年的男子孤身一人前来，根本不像是一个国家的外交部部长。其实西拉伊季奇长相显得年轻，他的真实年龄是46岁，看上去却像30多岁。不过，他的态度很傲慢。

"波黑政府想借助罗德公关的力量向全世界宣告，我们是按照民主主义程序决定的独立，决不会屈服于塞尔维亚人的武力胁迫。请你务必协助我们。"

他说这话的语气仿佛是觉得哈弗帮助他们是天经地义的事。

哈弗听着西拉伊季奇的讲述，冷静地观察着他的英语能力。很显然，语言能力将成为他强有力的武器。西拉伊季奇读书时曾到美国留学，当时就掌握了一口流利的英语。再加上他是在大学讲授历史学的教授，自然博览群书，词汇极其丰富，而且充满了智慧。他使用的英语表达远比一般的美国人得体。

而且更方便的是，西拉伊季奇的发言都是由短句构成，层次分明。通常国际新闻在播放这种名人的发言时，会将其截成数秒至十数秒的片段。每个发言的片段被称为"原声摘要"（sound bite）。然而有的人说话很冗长，没有停顿，所以很难在编辑时截成短句。这些人的评论不适合用于电视新闻，自然会遭到电视台嫌弃，登上新闻的机会也会减少。

哈弗作证说："西拉伊季奇的发言很适合做原声摘要。在打情报战时，这是最有利的一点。"

西拉伊季奇继续说道："我要向美国以及全世界诉说波黑的窘境，也要让世人知道塞尔维亚人的野蛮行径。"

与在贝克国务卿面前不同，他口若悬河，如同在发表个人演说。

哈弗看得出来，西拉伊季奇具有适合做发言人的天分。西拉伊季奇有管理表情的才能，他会根据听者选择不同的表情来吸引对方的关注。不必掩饰愤怒时，他那英俊的脸上会浮现激愤难抑的表情，而需要讲述悲痛的遭遇时，他又一副悲悲切切的样子。

其中最有效的是他微笑的方式。每讲完一段话，他会停顿一个呼吸，莞尔一笑。他的表情甚至有些邪魅。对女性，尤其是有一定阅历的女性非常有效。估计这在美国会成为他的长处，充分发挥实际效果。美国社会的一流记者和高级官员当中有很多女性，有时候她们的社会影响力很大。某位著名的议会女记者在接受完采访之后，带着如痴如醉的眼神补充道："哈里斯真的好帅啊。一被他那迷人的眼神注视，我就感到心慌意乱的。"

我们很难估量他的这些长处在多大程度上实际推动了国际政治。不过，《华盛顿邮报》的一位知名的专栏作家严肃地指出："西拉伊季奇获得了众多女性记者的支持，因此西方媒体倾向于对波黑有利的论调，确实有这方面的因素。"

而且，西拉伊季奇明显属于自我陶醉型的人。

只要是和西拉伊季奇直接交谈过的人，就能轻易感觉到他陶醉于自己的相貌和言谈举止。这对于新闻发言人来说，是必备的性格特征。因为他们总是面对众多记者连珠炮般的提问，需要承受电视摄像机和麦克风带来的压力。

哈弗对西拉伊季奇说："首先在华盛顿召开记者见面会吧。"

各大报纸和电视网络的国际新闻都被负责报道国务院的记者占据了，而他们的工作地点就在华盛顿。西拉伊季奇自然也没有异议。

打铁要趁热，刻不容缓。记者见面会被安排在第二天，即5月19日。数小时后，发给各大媒体的邀请函便已准备妥当。上面写着，波黑的外交部部长携带最新消息从流血惨案不断发生的萨拉热窝来到了华盛顿,还强调西拉伊季奇精通英语。这次见面会的策略就是将波黑外长西拉伊季奇的身份作为新闻的卖点。邀请函立刻通过传真发到了美国国内外两百多家媒体单位。

另一方面,在哈弗与西拉伊季奇会面之前,纽约的罗德公关总部召开了"伦理委员会会议",决定同意接受波黑政府的委托,并与之签订合同。

纽约总部位于曼哈顿东区,面朝第三大道,距离联合国总部很近,占据了大楼的一到四层。

戴维·费恩(David Finn)是罗德公关的创始人,当时已是年逾八十的老人,仍在担任 CEO,他的大脑活动非常敏锐。他说话时表达极为流畅,如果对方的说法不合逻辑,他会立刻指出来。费恩作为现代美术的艺术家也小有名气,总经理办公室里随处摆放着用钢丝精心制作的人物模型。他结交广泛,时任联合国秘书长的科菲·安南是他的好朋友。另外,说到戴维·费恩,难免就要提一下他是犹太人的事实。费恩本人以此为荣,毫不隐讳,他参与策划了很多为美国的犹太人社会做奉献的活动。而且,他加入了很多统率全美国犹太人的组织,担任董事,也提供了很多经济上的援助。

正因为他热心参与那些社会活动,所以他对自己公司活动的伦理性问题非常慎重。例如,罗德公关公司禁止把民主党和共和党等美国国内的政党作为客户。

费恩说:"在个人层面上,公司内部可能既有支持民主党的人,也有支持共和党的人。即使为了工作,我也不想勉强他们为不支持的政党服务,那不是我的做事风格。"

很多公关企业为美国国内的政党服务，通过参与政治活动获取了巨额利益。考虑到这一点的话，他做出这个决断相当不容易。

"伦理委员会"是费恩引以为傲的制度。每当遇到与国际纷争相关的工作，在伦理道德方面存在错综复杂的情况时，就召集公司内部的高层领导和公司外的专家，在会上审理个别案件。

例如，在上一年接受克罗地亚共和国委托的业务时，该国总统图季曼过去的经历引发了争议。因为有传言说图季曼在第二次世界大战时曾协助纳粹党。如果这个传言属实，那么费恩作为犹太人社会中有头有脸的人物，绝对不能接受这项业务。当时经过伦理委员会的调查和审议，最终得出的结论是，图季曼实际上是站在反纳粹党的立场上开展活动的，结果还曾被纳粹党的傀儡政权关进监狱里。因此协助克罗地亚的业务得到了批准。

费恩表示接受与波黑战争相关的工作并不存在伦理道德方面的问题，他说："在接受波黑政府委托的工作之前，我们也咨询了熟悉当地情况的记者和研究人员，还拿到伦理委员会上讨论，确信波斯尼亚人是真正的受害者之后，才决定接受这份工作。"费恩之所以再三强调他们在伦理方面非常慎重，还有一个原因。

那就是某家公关企业的丑闻。此事与1990年爆发的海湾危机有关，比波黑政府委托的这项工作早两年。

故事的主人公是科威特政府和大型公关企业伟达公关公司。

1990年8月2日，科威特遭到邻国伊拉克的总统萨达姆·侯赛因的军队偷袭，一天之内全部领土都被占领了。在具有压倒性优势的伊拉克的军事力量面前，科威特政府试图抗争，组建了流亡政府，通过在美国的科威特人组织给该企业支付了巨额资金。

伊拉克侵占科威特之后过了两个月，在美国议会众议院的听证会上，一名科威特少女站在了证人席上。这个15岁的的少女名叫娜依拉，她奇迹般地逃离科威特，来到了美国。她讲述了亲眼所见的那些令世人毛骨悚然的事情。

"那些伊拉克士兵闯进医院，找到一个房间，里面摆满了装着刚出生婴儿的恒温箱。他们把小婴儿一个个从里面拎出来摔到了地上。那些可怜的孩子就在冰冷的地上断了气。好可怕……"

全美国的媒体都报道了这份证词。当时担任总统的乔治·布什（老布什）也发表了评论："我从心底感到深恶痛绝。我们必须让那些丧尽天良的家伙明白，他们会遭到相应的恶报。"

但是，娜依拉的证词是预先谋划好的情报操纵。

娜依拉一直在美国，并没有去过科威特。非但如此，她还是科威特驻美大使的女儿。医院里的恒温箱的故事是伟达公关公司编排的。

海湾战争结束后，此事被《纽约时报》（*The New York Times*）发现了。而且美国三大电视网 ABC[①] 的招牌新闻报道节目《20/20》和 CBS[②] 的《60分钟》都安排了特别节目，揭露了整个事情的经过。我们可以看到伟达公关公司的员工在节目中苦苦辩解的样子。

此事令科威特政府和伟达公关公司给人们留下了卑劣的形象。

---

① American Broadcasting Company，美国广播公司。
② Columbia Broadcasting System，哥伦比亚广播公司。

本来伊拉克侵占科威特就属于不正当行为，明眼人都能看得出来。另外，科威特埋藏着大量原油，如果它的安全得不到保障，会给美国的国家利益造成致命的影响，这也是不言自明的事。在这种状况下，没必要使用公关策略，用耍计谋的故事。如果无论如何都需要那样的故事，就应该努力地仔细调查当地的信息。那样的话也许能从中找出伊拉克士兵行为凶残的实例。但是，伟达公关公司采取了糊弄的做法，利用了眼前客户工作人员的女儿，结果大大损害了公关行业本身的形象。它让人们觉得，公关行业的人为了钱什么事都干得出来，也不分事情的真伪。费恩熟悉事情的内幕，自然会对伦理问题特别敏感。

我没必要偏袒罗德公关公司，他们在处理波黑的业务时，并没有为了客户做"无中生有"的捏造工作的迹象。费恩和哈弗都很清楚那些糊弄的做法存在很大风险。罗德公关公司的手法更加精炼。他们的工作方法更巧妙、更专业，不使用明显的不正当手段，就能取得最好的效果。他们和战争当事者中的一方签订合同，成功把顾客的敌人塞尔维亚人塑造成穷凶极恶、冷酷无情的形象，把波斯尼亚人说成饱受欺凌的善良市民，向全世界散播。而且，他们可以一直说"我们最重视道德"。这就是他们的公关业务的精髓。

第一步就是5月19日在华盛顿的国家新闻俱乐部为西拉伊季奇召开的记者见面会。不过，这个第一步却未必能让哈弗如愿以偿。

第三章

失　败

　　1992年5月20日发行的《纽约时报》上刊登了哈弗和西拉伊季奇的第一项工作——诉说祖国窘境的记者见面会——的相关报道。报道竟成了女性内衣促销广告的陪衬。

哈弗的办公室位于华盛顿哥伦比亚特区，文件柜里至今还摆着与波黑战争相关的文件夹，里面是厚厚的一沓业务资料。现在哈弗已从罗德公关公司独立了出来，经营着自己的公关企业，离职时他想把这个文件夹带走，向总经理费恩提出申请并获得了批准。哈弗能有今天，多亏了这项与波黑政府合作的业务，自然会感到恋恋不舍。另一方面，他还想继续扩大在巴尔干地区的业务，说不定什么时候需要参考这些资料。

文件夹中收藏了给当时飞往世界各地的工作人员发布指令的传真、给顾客波黑政府提交的工作报告、与各国政府之间交换的外交文书、外交部部长西拉伊季奇和总统伊泽特贝戈维奇的演讲草稿等。所有这些资料都是第一次给外部人员看。通过分析这些文件，我们可以清楚地发现，哈弗为了响应波黑政府的要求，采取了哪些公关策略。

1992年5月18日，西拉伊季奇和哈弗初次见面，他心中充满了巨大的不安。

数日前，西拉伊季奇从欧洲来到了美国，但是和4月与国务卿贝克会谈时相比，美国国务院的态度变得很冷淡。西拉伊季奇曾迫切希望美国动用军事力量为联合国给萨拉热窝运送的食物及医药品保驾护航。但是，国务院的官员听了西拉伊季奇的要求之后，给他的答复是："使用军事力量可不在我们的考虑范围之内。波黑并没有什么牵涉美国国家利益的东西。美国人民恐怕不会支持往这样的地区投入军事力量的政策。"

西拉伊季奇想再次和贝克会谈,通过和他直接交涉来推动国务院,但是关于是否同意会谈,国务院并没有给出明确的答复。

怎样才能让行动迟缓的美国政府答应帮忙呢?这个问题的答案贝克早就亲自告诉他了:首先要说动媒体。但是没有时间了。按照日程,西拉伊季奇21日晚上要去纽约参加联合国大会,两天后还要前往葡萄牙的里斯本参加国际会议。在离开华盛顿之前,还能实现和贝克的会谈吗?

西拉伊季奇举行记者见面会的国家新闻俱乐部(NPC)是全美国有声望的新闻工作者的互助组织,拥有近百年的历史,现在其现代化的总部大楼位于白宫东面,相距两个街区。这里有召开记者见面会的场地、会员之间交换信息的餐厅和酒吧、宾馆、健身房、专卖店等设施,足以让你在这里待上一整天。

NPC的招牌活动是每周举办两到三次的记者见面会,名为"新闻人物"(Newsmakers)。有影响力的报纸、电视网络的记者们齐聚一堂,发言人的评论很有可能在当天或者次日被大肆报道。但是,即使想在这里召开记者见面会,要成为"新闻人物"的发言人也并非轻而易举的事。因为NPC会严格筛选发言人,选的都是当下能够成为国内外新闻焦点的人物。例如,受邀的日本人当中有前联合国难民署高级专员绪方贞子。

哈弗认为,西拉伊季奇要想召开记者见面会,这个NPC是最有效的场所。

哈弗利用自己的人脉和NPC的工作人员取得了联系。

他说:"现在波黑的外交部部长从萨拉热窝来这边了。你也听说了吧，那边内战闹得很厉害。他的英语很完美，不需要口译人员。然后，他还说可以公开写给加利（前联合国秘书长）的信。"

哈弗的手法之一就是在记者见面会上直接公开客户写给其他国家的政府或国际组织的公文复印件。在媒体看来，这是一次极有魅力的机会，可以获得真实的外交文书。

"秘诀在于客户递交书信后尽早公开。不过，最需要注意的是，要确认收件人已经读过之后再公开。如果媒体在对方阅读之前就知悉了书信内容，对方会不高兴。只要遵守这个条件，这就是一个很有效的手法。"

当然，哈弗会选择自己认为对客户有利的内容进行公开。因此，哈弗的文件柜里还有很多未公开的书信。但是，哪怕只公开一部分，也足以引起媒体的关注。

哈弗顺利地帮西拉伊季奇在 NPC 安排了见面会。

NPC 方面也给媒体发了通知，说要举行波黑外长的记者见面会。为了让更多记者来参加，哈弗又单独制作了新闻公告（分发给媒体的文件），散布给华盛顿的所有媒体。

"当时还是没有电子邮件的时代，所以传真是最有效的方法。我们的武器是'同时发送传真系统'，也就是说可以同时给数百个地方发送同样内容的传真，是一种特殊的传真机。"

当时在这个传真机上登记的收信人名单至今还保留着。传真被发往很多地方，包括三大电视网[①]、《纽约时报》等有影响力的

[①] 指美国三大主要广播电视网，除前文提到的 ABC 和 CBS，还有 NBC（National Broadcasting Company，美国全国广播公司）。

报纸、美联社等通讯社负责国际新闻的人，还有新闻中心的主任、各家公司组织机构中的重要部门。各家媒体的知名记者、专栏作家的个人传真号码另有一张名单。大型媒体单位内部各个部门之间的横向或纵向联系往往较少，所以跟每个公司多个部门的人联系比较有效。每一份传真上面都有负责人的名字，确保发送的传真被特定的人看到。如果收信地址只写公司或者部门名称，特意发送的传真也会被丢到垃圾桶里。能否把信息发给几位掌握公司大权的关键人物，最能显示公关公司的本领高低。而且，这份名单必须根据频繁的人事变动经常更新。

传真的收信人名单中还包括芝加哥、洛杉矶等地的媒体驻华盛顿办事处、主要在欧洲活动的海外媒体的名字。几分钟之内，西拉伊季奇的记者见面会邀请函被发送到这两百多个收信地址。

他们决定在记者见面会上，首先宣读官方声明，然后给记者留出自由提问的时间。西拉伊季奇根据哈弗的建议撰写了官方声明。

西拉伊季奇和哈弗初次会谈的第二天便举行了这次记者见面会。因此，哈弗没有时间详细指导他如何对媒体讲话。但是，在有限的时间里，哈弗没有忘记提出一条重要建议。那就是在记者见面会上一定要"突出重点，提出几条新的建议"。这是提高记者见面会的新闻价值的秘诀。记者听了以后，即使觉得见面会的内容缺乏新意，也能写出一篇报道："某某今天提出了几条新建议。"这样一来，看上去似乎会有新的进展，报道所占的版面也会变大。刊登报道的位置也会接近国际版面的头条位置，如果没有其他重大新闻，有可能会升级为头版新闻。

当天西拉伊季奇匆忙之中决定提出"四条建议"。分别是① 把萨拉热窝定为国际公认的安全地带，② 南斯拉夫联盟军队撤出波黑，③ 撤除所有重火器，④ 派遣国际观察团。这些全都是西拉伊季奇一直以来主张的内容，不过在见面会上一一宣读出来后，更增加了说服力。事实上，有几家媒体在报道中介绍了西拉伊季奇的"四条建议"。

最后一项准备工作是制作媒体资料包。里面包括西拉伊季奇的履历、打印的官方声明、西拉伊季奇写给联合国秘书长的书信复印件等资料。这些文件都会成为记者写报道时的参考资料。从记者的角度来说，如果没有打印的官方声明，就需要重新听西拉伊季奇发言的录音带，否则无法写出准确的报道。那样会很麻烦，也很浪费时间。既然记者也是人，这样的麻烦事就可能会导致他们今后对西拉伊季奇的见面会避而远之。

哈弗说："最重要的是妥善安排、面面俱到，确保各位记者能够顺利地开展工作。"

西拉伊季奇在 NPC 的记者见面会是他们的第一项工作，虽然准备时间很短，哈弗却充分展示了他作为公关专家的才能。

不过，19 日上午 10 点，记者见面会现场的光景却让哈弗的期望落空了。

他们准备的会场是被称为"1st. Amendment（《宪法》第一条修正案，是关于言论自由的规定）room"的房间，里面摆放着折叠椅，可供大约 60 名记者落座。

眼看就到开始时间了，可是还有三分之二的空座，根本没有满座的迹象。

有 18 家媒体参加，在签到簿上留下了名字。地理位置上靠近波黑的欧洲媒体驻华盛顿特派记者占了一半，其中有两家来自匈牙利。美国三大电视网之一 CBS 以及有代表性的报纸《华盛顿邮报》的记者却没有到场。这对于在美国媒体上引导舆论非常不利。当然，哈弗是给他们发送了邀请函的。

既然到了预定的开始时间，就必须开始见面会。

哈弗在发放完媒体资料包之后，宣布道："波黑外交部部长哈里斯·西拉伊季奇的记者见面会现在开始。"

我看了一下当时的录像，西拉伊季奇的表情看上去很僵硬。他在 4 月和贝克国务卿会谈时也经历过一次记者见面会，不过当时有国务卿陪在旁边。这次是他自己面对记者，不太适应，可能是有些紧张吧。不止如此，由于来的记者太少，他有些失望和愤怒。西拉伊季奇对眼前的美国记者发泄了不满情绪，他指出，问题在于美国人对波黑形势的漠不关心。

在公关专家看来，对眼前的记者发泄不满并非明智的做法。在场的都是特意赶来的记者，反而应当感谢他们。但是，西拉伊季奇在讲坛上滔滔不绝地讲，也不能打断他或者提醒他注意。哈弗只能冷静地观察整个会场。他发现，在场的记者，尤其是很多美国人太缺乏关于波黑的基本信息了。

"很多美国记者就连波黑的位置都不知道。甚至有人当场问：'波黑到底在哪里？萨拉热窝在哪里？'"

1984 年，萨拉热窝举办了冬奥会。对于很多美国记者来说，这就是关于波黑以及萨拉热窝的所有认知。哈弗清楚地认识到，要想在媒体中制造舆论，让他们支持波斯尼亚人、谴责塞尔维亚人，首先必须跨越一个大的障碍，那就是记者们对波黑的认知匮乏和漠不关心。很明显，这不是光靠一次记者见面会就能解决的问题。

哈弗笑着回忆说："自从这次见面会之后，我决定在媒体资料包里首先放入标明波黑位置的地图。"

意识到这一点，可以说是这次记者见面会最大的收获。

尽管效果不太理想，还是有几家媒体报道了当天的情形。《纽约时报》在国际版面的最后一条新闻中写道："面对着稀稀落落的记者席，西拉伊季奇外长发表了热情洋溢的演说。"

刊登这篇报道的页面，广告占据了大约九成版面。这种排版设计，仿佛报道是广告的附属品。而且那是一则关于女性内衣的促销广告，女模特敞开衣襟、露出文胸的巨幅照片给人带来了强烈的视觉冲击，成功吸引了读者的注意力。波黑正在流血牺牲的惨案中苦苦挣扎，外交部部长呼吁救援的报道与广告形成了鲜明的对照，只能说颇具讽刺意味。

路透社的观察员指出："贝克国务卿似乎认为波黑纷争已经陷入了无法解决的状态，打算撒手不管这个问题。不知道他是否还有意与西拉伊季奇外长会谈。"

在 NPC 举行的记者见面会似乎不会引发支持波斯尼亚人的舆论。

不过，见面会结束之后，西拉伊季奇还有两天才离开华盛顿，他直到最后也没有放弃希望，还想和贝克见面。哈弗根据客户的要求，又采取了几个手段。

见面会的第二天即 20 日，他用传真将西拉伊季奇写的信发给了贝克。而且一天发了两次，分别是早上和下午。首先在早上发出的信里面，写的都是一直以来反复陈述的内容，描述了萨拉热窝的困境，请求美国提供援助。在信的末尾写道："今天或明天想跟您见面，几点都可以，请您联系我。"

而下午发出的信中添加了当天早上从波黑发来的最新消息，上面写道："虽然才给您写过一封信，但是刚才现场又传来了坏消息，所以再次给您写信。"据说波黑的工业城市图兹拉市遭到了塞尔维亚武装势力的空袭，伤亡惨重。波黑与美国有6个小时的时差，波黑的时间更快。当天发生的事件信息先传到位于首都萨拉热窝的总统府，再发给在美国的西拉伊季奇，需要一定的时间，不过利用这个时差的话，就可以将该事件归入当天的信息，写一封控诉"事态紧急"的书信。

这封信的要点在于强调了"给环境造成的危害"。图兹拉有化工厂，有可能造成有毒物质流入河川，引发环境问题。"环境"是一个有效的关键词，会触碰美国政府的心弦。当地每天都有人被枪杀，考虑到这一点，比起环境问题，停止杀戮才应该是紧急的课题。尽管如此，他们还是把控诉的焦点放在"环境问题"上，因为美国人会对这个关键词产生强烈的反应，这是一种策略。

哈弗用尽了一切可能的手段。

他首先复印了那封写给贝克国务卿的信，装进信封直接寄给了三名联邦议会的议员。他们分别是参议院议员赫尔姆斯、众议院议员法歇尔和布鲁姆菲尔德。三人分属参众两院的外交委员会。

传真的信封上写道:"我想您一定会对我写给贝克国务卿的书信内容很感兴趣,所以寄给您看看。"这是为了给贝克施加压力而采取的计策。外交委员会站在议会的立场上对国务院的外交政策进行监视。即使贝克打算对西拉伊季奇的书信置之不理,如果这些议员喧嚷说"国务卿明知道萨拉热窝的市民惨遭虐杀,而且存在严重的环境污染风险,却袖手旁观",也许会使他陷入艰难的处境。

另外,哈弗当天还寄信给红十字会的前总裁伊丽莎白·多尔以及大型非政府人权组织赫尔辛基观察,内容和寄给贝克的书信大致相同。多尔总裁的丈夫是鲍勃·多尔,曾任共和党参议院领袖。而非政府人权组织是压力集团,在美国有很大的政治影响力。

而且,这些信的末尾必定不会忘记加上一句话:"如果您想跟西拉伊季奇外长联系,请找吉姆·哈弗。"后面是罗德公关华盛顿分公司的电话号码。

新闻发言人塔特威勒在国务院召开了记者见面会。哈弗十分关注见面会的内容。如果一天之内写给贝克的两封信产生了效果,那么国务卿的心腹塔特威勒也许会发表什么积极的评论。

塔特威勒用她那带有南方口音的英语提到了波黑战争,她说:"美国政府可能会和欧洲各国商议,进一步强化制裁措施。"

国务院之前也象征性地采取过几次制裁措施,例如让驻南斯拉夫的美国大使撤回本国。西拉伊季奇想让美国的军事力量介入,只是"商议"如何强化这一类制裁措施,远不能让他感到满意。

西拉伊季奇和贝克的会谈也没有任何进展。

哈弗想要通过各种方法给国务院施加压力的策略以失败告终了。在舆论并不怎么关心波黑悲剧的情况下,对于外交委员会的议员来说,过早地将其转化为政治问题不会产生什么利益。那一年秋天,不仅有总统选举,联邦议会也将面临选举。归根结底,重要的是能拉到选票的话题。

要想理解波黑的民族问题,首先必须弄清楚波斯尼亚人、塞尔维亚人和克罗地亚人之间错综复杂的战争状况,还要了解一定的历史经过。美国人对这种巴尔干地区的民族史之类的话题根本不感兴趣。

5月23日,西拉伊季奇离开美国前往欧洲。他所期待的与贝克的会谈没能实现。哈弗意识到,来自波黑的外交部部长托付的工作,将会成为他任职以来最大的困难。

第四章

信息的扩大再生产

《波黑传真通讯》是哈弗的媒体战略武器。

罗德公关的华盛顿分公司有一个被称为"三个吉姆"（Three Jims）的团队，是开展公关活动的主力军。在 NPC 召开记者见面会之后，"三个吉姆"决定为了波黑政府全力推进公关战略。

"三个吉姆"的成员之一就是哈弗本人，即吉姆·哈弗。另一位是吉姆·马瑟莱拉，比哈弗年轻十岁左右。第三位是最年轻的成员吉姆·班考夫，当时只有二十几岁。

马瑟莱拉擅长游说国会山，即联邦议会。在波黑政府委托的业务中，他主要负责在政界活动。马瑟莱拉现已辞去了罗德公关公司的工作，担任纽约州政府驻华盛顿哥伦比亚特区办事处的主任。他的办公室就在国会大厦对面的办公大楼内，他每天都要前往国会山，向联邦政府的官员和议员陈述纽约州政府的立场。他身高超过了1米8，两肩很宽，体格非常适合担任美式足球的四分卫。我跟他交谈了一下，感觉他比哈弗还谨慎低调，略微有些神经质。

在这次采访过程中，马瑟莱拉拒绝使用电视摄像机拍摄。官方理由是采访需要他的上司纽约州州长的批准。但是真正的原因不止如此，由于我告诉他我打算采访哈弗本人，所以他似乎担心万一出现与哈弗的说法不一致的内容，会损伤哈弗的信用。他极为谨慎，尽管同意在"不开摄像机"（off camera，采访时不录像）的情况下与我交谈，当涉及到"不可引用"（off the record，采访时承诺不将听到的内容在新闻报道或电视节目中公开）的内容时，他要求我关掉用于做记录的录音机。

另一位成员班考夫主要负责应对媒体。在入职罗德公关公司之前，他曾在 CNN 任职。他在团队中最年轻，有些顽皮，很招另外两人喜爱。如今他也跳槽了，在著名的互联网服务企业 AOL[①] 工作。

班考夫是打"冷电话"（cold calling）的天才。例如，在帮客户召开记者见面会之前，为了召集更多记者，需要给媒体打电话。有时候是打给认识的记者，不过当没有熟人时，就要问"负责巴尔干地区形势的是哪位"，劝说素不相识的记者来参加见面会。这种方法类似通过电话进行推销，被称为"冷电话"。一般而言，记者们往往会对公关企业的电话保持警惕，不过班考夫生来开朗，即使很难伺候的顽固记者，他也能很快与其打成一片，将其邀请到见面会上。

哈弗的家位于华盛顿郊区，家里至今还摆着"三个吉姆"一起去科罗拉多滑雪场时拍的照片。三个人之间建立了深厚的信任关系，三个家庭私底下也有交情。而且，马瑟莱拉和班考夫都对哈弗怀有一种近乎绝对的尊敬。马瑟莱拉说："我们每天都在哈弗先生的办公室开会。哈弗先生教给我们接下来该怎么做，我和班考夫只是听他的安排。"

很多时候，"三个吉姆"中的一人陪着西拉伊季奇满世界飞来飞去。与此同时，一定会有一位吉姆留在华盛顿继续应对媒体、在政界活动，并和出差者保持联络。另外，位于纽约的总公司或者以伦敦为代表的分散在世界各地的罗德公关公司海外办事

---

① American Online，美国在线。

处的成员也在支援"三个吉姆"。

即便如此，归根结底负责此事的核心成员还是这三个人，团队领导哈弗总是根据自己的判断做出行动。在美国的公关企业当中，有的企业会在一项业务上投入很多人员。而哈弗的做法是和少数值得信任的精英成员一起工作，让他们成为自己的左膀右臂，根据自己的判断推进一切工作。

哈弗作证说："我们一直向费恩 CEO 汇报行动计划。不过，那只是汇报，并不是请求指示。"

这项业务要求他在国际政治的最前线参与谈判或活动，根据战况变化随时作出决断，如果请求上司一一作出判断，或者让很多人参与进来，花很多时间达成一致意见的话，就无法开展适当的活动。

第一次记者见面会暴露了媒体对波黑的漠不关心，为了改变这一现状，"三个吉姆"决定在华盛顿的各"要害"部门撒网。他们运用了多年来掌握的所有技巧。

他们首先打造了面向媒体和政界的新闻发布系统，他们将其命名为《波黑传真通讯》。

罗德公关公司能够比媒体和国务院更早获得波黑政府发出的信息。萨拉热窝市内的电话线被塞尔维亚人的武装势力彻底毁掉了，不过总统府内有 3 部卫星电话，哈弗和西拉伊季奇可以每天实时接收来自萨拉热窝的信息。前文提到的图兹拉市的化工厂遭到攻击的消息，便是通过这种途径在数小时内传递过来的。

哈弗会将每时每刻传来的最新消息汇总到一张 A4 大小（在

美国被称为"信纸尺寸"的规格)的《波黑传真通讯》上,每两三天通过传真发送一次,新闻多的时候每天都会发送。收件地址自然包括媒体,此外还包括有威望的议员、美国国务院的官员、常驻联合国的各国代表团、自然保护协会等非政府组织,以及一切有助于舆论形成的地方。这些大多都是哈弗在以往的业务中建立的人脉,也有不少地址是靠班考夫擅长的"冷电话"开拓出来的。

顺便说一下,收件地址名单中不仅有美国的媒体,还有英国的 BBC[①] 和法国的《世界报》(Le Monde),或许还有德国及中东的媒体的名字。但是,日本的主要媒体的名字一个都没有。跟日本相关的只有日本常驻联合国代表团的传真号码。可能哈弗觉得,日本的媒体都用日语播报新闻,对国际舆论没有什么影响力,所以没有放在心上。

一页《波黑传真通讯》中有 4 到 5 个标题,每个标题下面是一篇简洁的报道,大约有 5 行。所有报道都是站在波斯尼亚人的视角撰写的,大多数消息是塞尔维亚人武装势力的攻击造成的损害。

例如:"根据萨拉热窝传来的消息,普里耶多尔市有 2 万多名成年男性被屠杀,比哈奇市整个晚上枪声不断。"

《波黑传真通讯》(简称《传真通讯》)大部分由班考夫和马瑟莱拉负责撰写。哈弗会将他们的原稿全都浏览一遍,并反复修改,直到让自己满意。而且,每一份《传真通讯》的最后一行都

---

① British Broadcastiag Corporation,英国广播公司。

会写上"如有任何疑问，请联系罗德公关公司"，负责人那里写着三位吉姆的名字。

这里面隐藏着一种巧妙的战术，应该称之为"信息的扩大再生产"。《传真通讯》中不仅有从萨拉热窝直接发过来的信息，哈弗还将美国有影响力的报纸及电视网的报道中对己方有利的内容巧妙地编辑进去。特别是，会——重现西拉伊季奇等波黑政府的高级官员在媒体上的发言。

例如："西拉伊季奇外长在和欧洲共同体的和平特使会谈后指出：'塞尔维亚人妄图颠覆我们民主选举出来的政府。'"

这一类发言机会大多是哈弗安排的。也就是说，他的目的是，先让媒体报道西拉伊季奇的发言，再通过《传真通讯》使其成果回流到其他媒体，形成更大的信息潮流。

另外，《传真通讯》中来自萨拉热窝的信息，有些是尚未对外公开的内容。如果收到传真的媒体被勾起了兴趣，有时候也会基于该信息进行采访。

当时担任《华盛顿邮报》国外通信部主编的阿尔·霍恩这样说道："有时候我会把收到的信息转发给派驻到波黑当地的特派记者，拜托他们确认一下该信息是否属实。"

当然，大型媒体公司不会只凭罗德公关公司的信息撰写报道。但是，如果他们的记者为了调查《传真通讯》中消息的"内幕"而进行采访的话，对于哈弗来说这就是很大的成果。因为派驻到当地的记者为数不多，能够让他们把宝贵的时间和精力用于收集对客户有利的信息实属不易。这样一来，他们就没有太多时间和精力去听塞尔维亚人的主张了。如果事情进展顺利，也许他们真的会刊登对波黑政府有利的报道。

　　这个《波黑传真通讯》同时发给数百个对象，属于所谓的"广撒网策略"，与此同时，哈弗还会选择少数目标集中攻略。
　　在哈弗提交给顾客波黑政府的报告书中，有一份"媒体中支持我方的记者名单"。其中列举了分属 12 家媒体单位的记者们的名字，包括美国的电视网 ABC 和 CNN。我把美国三大电视网和 CNN 报道西拉伊季奇的见面会及采访的影像资料基本都收集齐全了。确实 ABC 和 CNN 比其他公司报道西拉伊季奇的内容更多。关于各家电视台的报道态度，国务院新闻发言人塔特威勒作证说："我记得一开始美国的电视台全都对波黑问题不感兴趣。后来，ABC 和 CNN 率先开始认真采访报道，没过多久，其他各家媒体也纷纷效仿，开始全面报道波黑战争。"
　　比起其他两大电视网，哈弗更重视 ABC 和 CNN，估计并没有特别的原因。实际情况可能是碰巧这两家电视台有更多哈弗的老熟人。总之，这两家公司成了哈弗在电视台的垫脚石。
　　纸质媒体中有《华盛顿邮报》、《纽约时报》、《华尔街日报》（The Wall Street Journal）这三大报纸，还有《国际先驱论坛报》（International Herald Tribune）、英国的《金融时报》（Financial Times）等，都是社会各界的知识分子喜欢阅读的报纸，这些报社的记者都名列其中。名单中还有美国时政杂志《新闻周刊》（Newsweek）。
　　哈弗称呼名单中的记者为"友人"。其中大多数人只要接到哈弗的电话就会认真倾听。哈弗的意图是首先让他们支持波黑，然后利用其影响力推动各自公司的论调朝着对波黑有利的方向发展。

哈弗向他们提议单独采访西拉伊季奇。在所有媒体对波黑关注度很低的情况下，即使像在 NPC 的见面会那样设定好时间和地点，再向记者大肆宣传，也无法期待很多人来参加。即使有些记者很感兴趣，但是碰巧当时没空的话，也没办法来。与其如此，倒不如锁定目标，根据记者们方便的时间安排单独采访，他认为这样更能确保效果。

如果他说："西拉伊季奇外长强烈要求您单独采访他。"那么接到邀请的记者应该不会感到不高兴，而且单独会面的新闻价值也更高。实际上，即使西拉伊季奇接连不断地接受单独采访，跟所有人说同样的话，负责采访的记者也能对上司宣称"这不是公开的记者见面会，而是独家专访"。结果是报道很可能被采用，或者更加受重视。

被锁定目标的记者当中，最受哈弗推崇的是当时在《新闻周刊》负责国际问题的记者玛格丽特·华纳。

哈弗称赞她说："她这个人真的很可靠。西拉伊季奇来美国的时候我总是通知她，她有什么消息也会给我打电话。我们一起喝着咖啡聊天，我把波黑正在发生的事仔细地讲给她听。我们彼此都是专业人士，在聊公事的同时也产生了友情。她是当之无愧的最佳记者。"

光是在 1992 年，华纳记者就曾数次单独采访西拉伊季奇。自 6 月以后，几乎每一期《新闻周刊》上都会刊载署名华纳的报道。报道中引用了西拉伊季奇的发言，而且逐渐加强了谴责塞尔维亚的力度。另还有独家消息，例如曝光了西拉伊季奇外长以及总统伊泽特贝戈维奇与布什总统会谈时的详细发言内容。不难想象，这些报道用上了哈弗安排的采访的成果。

华纳不仅充当了采访记者的角色，慢慢地还开始帮哈弗和西拉伊季奇牵线搭桥。哈弗在9月发给西拉伊季奇的传真中写道："我跟玛格丽特聊过了。她让我务必向你传达她的问候。然后，我和她商量了一下，请她帮忙安排你和《新闻周刊》的编辑们聊一聊。另外，她说会帮你安排和负责克林顿先生（正参与竞选总统）的外交问题的顾问共进晚餐。"

为什么华纳会如此尽力帮忙呢？我曾试图直接采访她。她现在已经跳槽到了电视台，担任PBS[①]（美国的公共电视。观众人数虽然不如三大电视网多，却因为报道的可信度很高受到广泛好评）夜间新闻的主播，全美国都能在电视上看到她的身影。两位总统候选人的电视辩论掌握了美国总统选举的关键，她作为新闻工作者也出席了辩论会。这项工作可以说是美国电视新闻工作者的职业巅峰。

我多次申请采访，都被她拒绝了。理由是正好眼下忙于准备参加电视辩论，所以无暇应对。

有一点可以肯定，她在报道波黑战争的过程中取得了丰硕的成果，获得了很高的评价。在她后来迈向成功的阶梯上，无疑有波黑的存在。哈弗利用了她，而她通过参与报道波黑战争，也收获了很多。

---

① Public Broadcasting Service，美国公共电视网。

另一位同样能够代表美国的女记者是《纽约时报》的芭芭拉·克罗赛特，她也是直接和哈弗保持联络的记者之一。克罗赛特当时负责报道国务院，如今已成为报道联合国的知名记者。她在位于纽约的联合国总部大楼里的《纽约时报》办公室接受了我的采访。

"记者如果接到了公关企业打来的电话，通常会保持警惕。因为大多数时候他们的客户其实在干违法乱纪的事，他们却试图帮其隐瞒真相，塑造良好形象。"

不过，克罗赛特却接受了哈弗的邀请，一对一采访了西拉伊季奇，并基于采访内容写了一篇报道。

"毫无疑问，那通电话确实有吸引我关注波黑战争的意图。我承认这一点。如果不是公关企业打来电话，我恐怕不会想和西拉伊季奇外长见面。"

但是，克罗赛特继续说道："在不熟悉的地方采访时，由于手头的信息很少，自然会利用各种各样的信息来源。当时我们在巴尔干半岛缺乏收集信息的网络，这种时候即使对方是公关企业，也会加以利用。利用的方式有很多种，有时候只是拜托他们帮忙安排采访，有时候也会直接从他们手上获取信息。"

当然，克罗赛特不会对任意一家公关企业的邀请都同样表示理解。

她说："我们也会有选择和取舍。"

克罗赛特感觉哈弗待人接物非常诚实，相信西拉伊季奇说的都是真事，所以才会报道。

为了让记者们对公关企业放松警惕，哈弗在细节上下足了功夫。

例如，他总是会给和西拉伊季奇面谈过的记者写感谢信。

哈弗在同一天给《华尔街日报》的评论员约翰·范德郑重地发出了两封感谢信，分别署上了西拉伊季奇的名字和他自己的名字。

以西拉伊季奇的名义发出的信中写道："感谢您和我见面。多亏了您，美国对塞尔维亚人的态度变强硬了。"

以哈弗自己的名义发出的传真中写道："我才知道，您作为一名专业的新闻工作者，对巴尔干地区的问题有浓厚的兴趣。"

即使能够看出来公关企业想要利用自己的企图，收到感谢信的记者估计也不会不开心吧。通过这样积累一点一滴的努力，不久以后就能掀起推动所有媒体的巨浪，这就是哈弗的本领。

"三个吉姆"锁定的目标不只是媒体。

华盛顿还有一个重要的目标，那就是国会山（联邦议会）。

吉姆·马瑟莱拉善于用图式简单明了地说明一件事。我问他怎样才能获得华盛顿的支持，他就用两手的拇指和食指比了一个三角形，解释得很清楚。

"华盛顿由一个三角形组成。位于三个顶点的分别是总统率领的政权、联邦议会以及媒体。这三者彼此紧密地结合在一起，互相影响。因此，要想获得其中一方的支持，只要发动另外两方就可以。例如，要想获得政权的支持，就去发动议会和媒体的力量。"

波黑政府的目的是获得美国外交政策的支持，给塞尔维亚人武装势力施加压力。负责决定政策的是当时的总统老布什率领的政权,也就是白宫。根据"三角形理论",要想获得布什政权的支持,只要发动媒体和国会山就可以。

实际上,美国议会对外交政策有很大的影响力。议会从预算方面找证据,判断每项外交政策的对错。如果没有议会的协助,无论布什总统,还是贝克国务卿,都无法推进对波黑的政策。

哈弗的目的是在联邦议会内部建立持续发挥效果的据点。

在罗德公关公司的报告书中,有十几名参众两院议员的名字频繁出现。哈弗本人自称"支持共和党",不过他推荐西拉伊季奇的对象中既有民主党的人,也有共和党的人。民主党里面包括参议院民主党领袖米切尔,军事委员会主席纳恩,还有犹太人议员利伯曼——他后来在2000年总统选举中成了戈尔阵营的副总统候选人。而共和党里面有参议院共和党领袖多尔、参议院议员迪肯西尼等人的名字。哈弗最为重视的就是这两位共和党的重要人物。由于当时是布什执政的共和党政权,所以他们作为执政党的成员,就成了哈弗的头号目标。

戴尼斯·迪肯西尼的职务不仅是联邦参议院的议员,还是国际组织CSCE(欧洲安全和合作会议)的主席。他经常去欧洲出差,引导国际会议讨论波黑战争,自然会热心推动此事,频繁安排和西拉伊季奇的会谈。

然后,最重要的目标是鲍勃·多尔。他身居参议院共和党领袖这一重要职位,统率共和党的参议院议员,4年后(1996年)又成为与克林顿总统对抗的共和党总统候选人,可见其影响力之巨大。他还经常和布什总统就政策交换意见。要想通过议会影响政权，多尔正是关键所在。但是，即便像哈弗这样的公关专家，也无法轻易接近多尔这种超级大人物，更不用说向其陈述波黑政府的立场了。想说动多尔的人不止哈弗一个。为了获得他的支持，从美国各地甚至全世界赶来向他请愿的人络绎不绝。

但是，在多尔的办公室里，哈弗有一个很可靠的牵线人。那就是秘书米拉·芭拉塔。

米拉·芭拉塔是典型的美国职业女性，履历非常丰富。我去采访她时，她穿着合身的套装，打扮得光彩照人。对于我提出的问题，她会当即给出富于逻辑的无懈可击的回答，同时也不忘适当地穿插几句玩笑话，缓和现场的气氛。她如此优秀，难怪多尔在外交政策方面要依靠她的协助。实际上，多尔在议会上提交的决议案的草案是由她写的，有时候以多尔议员的名义给《华盛顿邮报》或《纽约时报》投稿的论文底稿也是她写的。

而且，她是克罗地亚裔美国人。

芭拉塔豪爽地笑着解释道："我事先对巴尔干半岛的形势有一定的了解。这一点是我和其他人的不同之处。因为我知道波黑的位置，也能正确地读出他们的政治家的名字。"

后来波黑战争受到了世人的关注，媒体上开始频繁地出现巴尔干地区的各种政治家的名字，但是美国很少有人能够正确地读出那些斯拉夫人名。芭拉塔因为出身于克罗地亚，所以能够做到。

但是，她同时又说："我是从美国人的视角来理解波黑战争的。也就是说，我的立足点是美国最重视的价值观，即民主主义和不同民族的共存。"

要想把遥远的巴尔干地区的纷争和美国人联系起来，芭拉塔就是理想的媒介。哈弗没有忽略这一点。

从白宫驱车向北行驶十分钟左右，有个叫杜邦环岛的地方，因为有很多美味的餐厅而知名。哈弗将芭拉塔带到了那里的一家很受欢迎的克罗地亚餐馆。

"这是我要提交给波黑政府的业务报告书。我只想给你一个人看。"

哈弗说着递给芭拉塔一份文件，上面印着"confidential"（机密）。这份文件绝不会拿给媒体或其他政府相关人员看，对于对巴尔干地区的问题有浓厚兴趣的芭拉塔来说，这是一个不可错过的信息宝库。哈弗给她看了文件，又给了她直接与西拉伊季奇交谈的机会，因此在事实上已经成功地将芭拉塔拉入了自己的团队。

芭拉塔的"祖国"克罗地亚已经和塞尔维亚形成了敌对关系。这对于想和芭拉塔建立同盟关系的哈弗来说非常有利。但是，两人的利害关系在更深之处也达成了一致。每当收到塞尔维亚人武装势力发动新一轮攻击或实施侵害人权的行为的消息，芭拉塔就会汇报给多尔。

芭拉塔说："每次收到波黑那边的消息，多尔议员总是迅速地作出反应。他立即制造在参议院发言的机会，诉说波黑市民遭受的地狱般的痛苦。经过他反复多次呼吁，议会当中支持波黑的声音越来越多。"

反过来，芭拉塔也给哈弗提供信息。

"例如，我告诉他'下周一多尔议员将在议会公布什么什么内容的决议案',还把决议案的复印件交给了他。"

这样一来,哈弗肯定会将该决议案散发给整个华盛顿的所有媒体及议员们的办公室。

这也有助于宣传多尔议员的政治活动。

另外,芭拉塔还作证说:"我也会就议会内部的情况给他建议,比如哪个议员似乎对波黑战争感兴趣,哪个议员觉得可以和西拉伊季奇见面。"

这些信息都是内部消息,有助于哈弗在议员当中锁定目标。两人相互提供对方所需的信息,完美地填补了彼此的利益。

媒体中有华纳记者,政界有芭拉塔。在吉姆·马瑟莱拉的"三角形理论"中所说的"影响白宫的两大要素"中,她们两人成了哈弗的桥头堡。但是,她们应该没有意识到,自己在不知不觉间被编入了哈弗打造的系统中。因为站在局部无法看清全局。

肉眼看不见的公关机器逐渐在华盛顿形成了。能够俯瞰整体面貌的人,只有以哈弗为首的三位吉姆。

第五章

西拉伊季奇外长改造计划

据说在波黑战争中,20万无辜的市民遇难。

如果西拉伊季奇没有遇到哈弗，罗德公关公司没有为波黑政府工作的话，波黑战争的悲剧是否根本不会引起美国人注意呢？我觉得不是。

战争刚一开始，就有记者冒死前往萨拉热窝及其他波黑战场采访，虽然人数不多，我们也不能忽略他们的存在。

在哈弗开始为波黑工作的5月至6月期间，由于过于危险，就连联合国维和部队都撤出了萨拉热窝，波黑的大部分领土都出现了极端的人权侵害现象。在这样的背景下，《纽约时报》的记者约翰·巴恩斯、天空新闻台（英国的卫星电视台）的记者丹·戴蒙等新闻工作者冒着生命危险，从现场为我们发来了报道。他们发来的消息大多都是塞尔维亚人攻击波斯尼亚人的内容。

很多在当地活跃的记者会把首都萨拉热窝作为根据地。萨拉热窝是一座历史悠久的国际化都市，举例来说，有大量懂英语的人才，比其他地方更容易开展采访工作。而且，它作为举办过冬奥会的城市有一定的知名度，在波黑，确切说是在整个巴尔干半岛，它是唯一被美国人熟知的地方。这里的平民百姓接连遭遇枪击，大楼被轰炸，每天都不乏值得报道的新闻。西方国家的记者自然会选择留在这样的城市。萨拉热窝是波斯尼亚人的聚居之地。在这里耳闻目睹的大多数故事中，坏人自然也都是塞尔维亚人，而波斯尼亚人是受害者。

曾在当地采访的NPR（美国国家公共广播电台）的记者西尔维娅·波焦利坦诚地说："新闻工作者都在萨拉热窝，这确实对媒体的论调造成了影响。我们和萨拉热窝的市民一样处于塞尔维亚人的包围当中,每天都会遭遇攻击。自然而然地就会对波斯尼亚人产生同情的心理,这也是难免的。"

哈弗在美国开展公关战略,记者们从现场发来报道,在两者的共同作用下,形成了支持波斯尼亚人的论调。

翌年(1993年),哈弗向有 6 000 多家公关企业加盟的美国全国公共关系协会提交了一份报告。他在里面从专业人士的角度描述了罗德公关公司为了在波黑战争的公关战中取得胜利所采取的手法。

关于西拉伊季奇,哈弗在报告中写道:"波黑的外交部部长英语非常流利,而且镜头感十足。因此,我们精心制订了行动计划,决定让他在电视的脱口秀节目中担任发言人。"

美国的有线电视非常发达,很多家庭可以收看一百多个频道。在当时,对舆论有很大影响力的频道有 5 个。ABC、CBS、NBC 这三大电视网是老字号,和日本的民营电视台基本属于同样的组织机构。还有新兴起的 CNN,在海湾战争时,将特派记者彼得·阿奈特和被称为"飞离"(Flyaway)的可移动式抛物面天线设备留在了战火纷飞的巴格达,坚持直播到最后,确立了专业报道新闻的电视网的地位。另外,还有"受内行喜爱"的 PBS,虽然是一家低调的公共电视台,却独具威信。

这些电视台的新闻节目中包括各种各样的"脱口秀"。有的属于新闻节目中的一个环节,有的整个节目都是脱口秀,持续 30 分钟到 1 小时。脱口秀大多数是现场直播,邀请当时的"话题人物"作为嘉宾，由经验丰富的播音员接连不断地提出尖锐的问题。这种节目的播音员都是美国媒体界乃至美国社会中万里挑一的精英。例如三大电视网的主要新闻节目的播音员，彼得·詹宁斯（ABC）、丹·拉瑟（CBS）、汤姆·布罗考（NBC），三人都有 15 年以上的任职经历，每天从傍晚 6 点半开始面向全美国的观众播报新闻。据说他们的年收入高达数亿日元，美国总统最长只能任职两届共 8 年，可以说他们对美国政治乃至国际政治的影响力比总统还要大。

西拉伊季奇刚从欧洲边缘的小国波黑走出来，怎样才能让他和这些美国的新闻主播势均力敌地展开辩论呢？哈弗经过深思熟虑，决定开始实施西拉伊季奇"改造"计划。

毫无疑问，西拉伊季奇很有天分，但是，他也有致命性的缺点。首先，当他展开辩论阵势谴责塞尔维亚时，总是想具体讲述整个事情的经过。这是在美国电视上出镜时最不可取的做法。

"深入地讲述巴尔干地区纷争的历史及经过是最坏的选择。没有人愿意听过去的事情的来龙去脉。尤其是在美国的媒体上这样讲的话，观众马上就会失去兴趣。"

不要讲中世纪以来不同民族之间的对抗，这一点我可以理解。但是，他的意思是也不能回顾前一年刚开始的南斯拉夫战争，包括斯洛文尼亚和克罗地亚发生的战斗。如果不弄清这些背景，怎么才能理解波黑战争呢？

波黑战争爆发时，我正在 NHK 的晨间新闻节目《早安日本》担任编导，负责国际新闻版块。现场几乎每天都会发来最新的新闻录像和稿件，我的工作就是将它们简明易懂地展示给观众。我记得当时为了让观众了解战争的原委曾煞费苦心，制作地图、想方设法编辑主播朗读的稿件。例如，假设收到了一个时长 1 分 10 秒的稿件，内容是："在波黑南部的城市莫斯塔尔发生了塞尔维亚人、克罗地亚人和波斯尼亚人的三方混战，造成了 15 名市民死亡。"普通观众不了解这三个民族，不明白他们为什么打仗，为了解释战争的来龙去脉，我写了一个 40 秒左右的评论，又制作了一份画板地图，用不同颜色区分三个民族的势力范围。然后，让主播先读一下这份"解说稿"，再开始播报现场发来的新闻原稿。我当时经常套用这种模式。我一直相信，这样才能让观众更好地理解遥远的波黑发生的事态，也能让他们产生兴趣。但是，按照哈弗的观点，在这样解说的过程中，观众就会更换频道。

另外，西拉伊季奇喜欢使用富有诗意的语言。那是他在教室里讲课时经常采用的风格。西拉伊季奇曾在科索沃自治省的省会普里什蒂纳的大学里执教，学生对他的说话方式非常入迷。但是，面对美国观众时应当避讳这一点，因为听上去有些陈腐。

哈弗决定将西拉伊季奇的形象从大学教授改造成一个讲述萨拉热窝悲剧的证人。

哈弗首先叮嘱他，停止讲述所有过去的事情。

"重要的是现在萨拉热窝发生的事，仅此而已。你讲的时候要抓住重点。"

哈弗又给他传授了各种讲话技巧。

西拉伊季奇这样形容道："短时间内，我上了一堂课，学习了如何在电视画面中有效地表达自己的主张。因此我能够在直播间使用各种讲话技巧了。有时候故意保持沉默，改变语调，有时候加快或放慢语速。即使说的内容一样，是否使用这些技巧，给观众留下的印象可能天差地别。"

我看了一下西拉伊季奇参加脱口秀时的录像，他听到主持人的提问后，往往会沉默很长时间再回答。看上去似乎瞬间卡壳了。

其实那都是他们事先精心策划的。

他们的目的是，让西拉伊季奇扮演一个在萨拉热窝目睹市民受到伤害的普通人，而不是职业的政治家。

关于自己使用过的手法，西拉伊季奇这样解释道："如果我总是机敏地回答主持人的问题，可能会让人觉得我特别聪明，或者说过于聪明，不然就会给人留下事先准备好答案的印象。这样一来，我就不再是一个和观众一样拥有普通情感的活生生的人了，一旦塑造了这种形象，效果就会减半。"

西拉伊季奇作为讲述萨拉热窝悲剧的证人，目击了超乎想象的流血牺牲的惨状。出于人类的普通情感，他应该难以抑制自己的恐惧情绪。如果他滔滔不绝地回答主持人的问题，就会缺乏真实性。

实际上，西拉伊季奇自从3月离开萨拉热窝以后，还从未回过波黑。他一直在欧洲各国和美国之间巡回访问。不回波黑的原因还有一个，就是他未必能够安全回到被包围的萨拉热窝。

哈弗说："我觉得西拉伊季奇可能害怕回到萨拉热窝。"

总而言之，此时的西拉伊季奇并没有亲眼看到萨拉热窝发生的大部分悲剧。

但是，按照哈弗的说法，萨拉热窝发生的悲惨事件都是确凿无疑的事实，为了向观众传达这些事实，培训并利用西拉伊季奇是理所当然的事。

"站在官方立场上的人，自然应该学习如何在镜头面前说话。我认为稍微带点演技也是很平常的事。"

这就是哈弗的想法。

西拉伊季奇还有一个性格上的缺点，有可能会成为致命伤。

他是一个自尊心极强的人。

西拉伊季奇受邀参加 ABC 星期天上午的招牌脱口秀节目《戴维·布林克利本周访谈》（*This Week with David Brinkley*）时发生了一件事。

哈弗作证说："那是一个大约一小时的节目。有几位嘉宾，西拉伊季奇的出场被安排在了节目最后。所以，在节目开始之后，西拉伊季奇需要等很长时间。这在美国的脱口秀节目中是常有的事。"

然而，西拉伊季奇无法忍耐等待。眼看就要到他出场了，他却突然急匆匆地跑出了演播室。好像是因为他的自尊心受到了伤害。

哈弗和 ABC 的工作人员都大惊失色。节目正式开拍了，嘉宾却不知去向，根本没办法填补为西拉伊季奇预留出来的时间空白。想要参加 ABC 的招牌节目的人不计其数，实际能够出镜的人却少之又少。西拉伊季奇有幸受邀参加这样的节目，却临时撂挑子。即使像哈弗那样见多识广的人，也是头一次遭遇这种状况。

"简直不敢相信。我拼命地劝他回到座位上,对他解释这个戴维·布林克利的节目多么受华盛顿的重要人物信任。"

他的话起了作用,西拉伊季奇回来了。我看了一下当时的录像,西拉伊季奇的表情始终很僵硬。那是他对于被迫等待很长时间的愤怒的表现。好在观众毫不知情,他们以为那是出于对塞尔维亚人的愤怒。

如果只是面部僵硬的话还好。但是,必须避免在直播过程中情绪失控,不能让他在回答主持人提问时情绪激昂。有时候,老练的主持人在提问时会故意触怒嘉宾,想要让对方的人性在镜头前暴露无遗。

每当西拉伊季奇参加直播节目时,哈弗必定会陪同前去,他总是站在摄像机后面注视着西拉伊季奇的表情。为了防止西拉伊季奇情绪爆发,每当哈弗感觉到危险,就会安抚一下他。

关于西拉伊季奇的人品,哈弗和另外两位吉姆都不会称赞。哈弗说:"我们和西拉伊季奇共同度过了太多时光,也许是在他身边待的时间太久了。看到了很多他的性格中不光彩的部分。"

例如,有个叫莫尔·萨契尔贝伊的男人5月当上了波黑驻联合国代表。他生于美国,从小在美国长大,英语很完美,确切说完全是母语水平。从英语能力来说他比西拉伊季奇更胜一筹,媒体对他的评价也不错。这让西拉伊季奇无法容忍。

"三个吉姆"中的一位作证说:"我多次看到他用很难听的话骂萨契尔贝伊,简直是破口大骂。萨契尔贝伊是个值得尊敬的人,西拉伊季奇的人品让人不敢苟同。"

另外,西拉伊季奇对待女性的态度在应对媒体时是很危险的因素。西拉伊季奇很受女性欢迎。他自己也意识到了这一点，于是抓住一切机会向女性搭讪。他曾向美国首屈一指的媒体的女记者搭讪，也曾试图勾搭哈弗的女秘书。他确确实实触碰过对方的身体。那是性骚扰，是在美国社会中绝不会被允许的行为。更重要的是，如今在西拉伊季奇的祖国，每天都有平民百姓流血牺牲，他作为外交部部长在各国奔走，控诉这一悲剧，万一女性问题被捅到明面上来，好不容易堆砌起来的"悲剧目击者"的形象就会彻底崩塌。

哈弗严肃地告诫西拉伊季奇："在这个国家，你现在对女性所做的行为有可能受到控告。"

在哈弗看来，无论西拉伊季奇学识多么渊博、英语水平多高，也只是来自欧洲边缘的乡巴佬，他连西方发达国家最基本的人权意识都没有。不过，对于哈弗来说，业务和客户个人的人品是两码事。西拉伊季奇是他实施公关战略的一个棋子，他只关心如何从电视画面中抹掉其人品上的问题。

有人说电视这种媒体会在画面上映射出一个人的本性。有时候我也觉得确实如此。反过来，有时候我又觉得画面上的形象与真人之间存在很大的偏差。大致说来，播音员和主持人等以上电视为职业的人往往不会在画面中暴露本性，而政治家等嘉宾一不小心就会显露本来面目。说到底，两者的差距在于训练。从这一点来说，哈弗指导西拉伊季奇，成功隐藏了他的真面目。西拉伊季奇出镜时的妆容也提升了效果。我看了一下当时的录像，西拉伊季奇的表情总是带着深深的忧郁。作为刚从硝烟弥漫、腥风血雨的萨拉热窝赶来的悲剧的主人公，这副表情表达了他的忧虑，会给人留下深刻的印象。

国际形势风云突变。

5月27日，一枚迫击炮弹直接击中了排队买面包的萨拉热窝市民，造成16人死亡。29日，繁华街区首次遭遇导弹袭击，造成10人死亡。以前的攻击都是以迫击炮和坦克炮为主。萨拉热窝已经化为人间炼狱。

针对这一事态，联合国发布了两条互相矛盾的消息。

5月30日，也就是导弹攻击的第二天，联合国安理会通过了对南斯拉夫联盟实施全面经济制裁的决议。几乎所有的进出口都遭到了禁止，食品和医疗物资的进口也受到了限制。

另一方面，秘书长加利在6月2日提交了一份关于波黑战争的报告书。在谴责塞尔维亚人的同时，他也指出了其他民族的责任。他的意思似乎是不只塞尔维亚人有错。而且，他在报告中指出，住在波黑领土内的塞尔维亚人并没有接受既是故国又是邻国的塞尔维亚共和国政权的指示。

哈弗和西拉伊季奇发布的信息是："塞尔维亚人是一切罪恶的根源，他们和故国塞尔维亚共和国互相勾结，正在侵略波黑这个独立国家。"他们难以容许联合国秘书长的这份报告。

一周以后，他们得到了一个在脱口秀节目中表达愤怒的机会。

6月9日，ABC的工作日晚上的新闻节目《夜线》（*Nightline*）初次邀请西拉伊季奇担任嘉宾。当时西拉伊季奇为了请求支援，在芬兰的首都赫尔辛基参加CSCE的会议。所以他要通过卫星转播参加节目。

在众多新闻节目中,《夜线》是哈弗最重视的一个。

哈弗给待在赫尔辛基的西拉伊季奇发了一份传真。

"我知道《夜线》是美国的决策者最常看的节目。你绝对不能错过这次机会。"

《夜线》晚上 11 点半开始,用 30 分钟时间报道当时政治上的热门话题。其主播特德·科佩尔因为报道美国驻德黑兰大使馆被占领的事件一夜成名。从那以后,他担任该节目的主持人长达 20 多年。同属 ABC 的新闻节目《今夜世界新闻》(*World News Tonight*)晚上 6 点半开始,其主播彼得·詹宁斯更接近"主持人",而科佩尔更偏向于新闻工作者。原则上该节目每天一个主题,每个话题可以占用很长时间,所以主持人会深入挖掘一些问题点,针对嘉宾的提问更加犀利。西拉伊季奇被"改造"的效果如何?这是考验他的绝佳机会。

由于时差关系,节目录制时间定在了早晨。西拉伊季奇早上起床困难,哈弗反复叮嘱,生怕他爽约。

西拉伊季奇准时出现在了赫尔辛基的转播局。

当天的《夜线》嘉宾除了西拉伊季奇,还有安东尼·刘易斯,他是《纽约时报》的专栏作家。主持人科佩尔首先介绍了两位嘉宾。刘易斯看上去有些柔弱,透过屏幕给人留下的印象是"老人"。刘易斯的文笔拥有极大的影响力,但是他不适合上电视。通过画面能看出来这一点。

科佩尔接着又介绍了在赫尔辛基通过卫星转播参加节目的西拉伊季奇:"这位是波黑的外交部部长西拉伊季奇。"

画面上放大显示了西拉伊季奇的名字，但是拼写错了。ABC的工作人员不熟悉波黑的政治家，没能正确书写他的名字。

不过，当西拉伊季奇的面孔出现在画面中的那一瞬间，节目就变成了他的个人专场。

西拉伊季奇的表情充满了悲伤与愤怒，仿佛刚从流血牺牲的波黑走出来的人。其实那都是演技。但是，科佩尔被他的气势压倒了。

作为第一问，科佩尔给西拉伊季奇准备了一个尖锐的问题。

"为什么美国必须插手管波黑的事务呢？究竟对美国有什么好处呢？"

对于西拉伊季奇和哈弗来说，这是最头疼的问题。显而易见，美国动用军事力量远征巴尔干，花费巨额资金，甚至要以年轻士兵的生命为代价，到头来却一无所得。

不过，安放在演播室里的大型监视器上满屏都是西拉伊季奇的表情，科佩尔似乎感到了压力。他在提第一个问题之前，加了一句多余的话："也许在你看来，这个问题可能有点愚蠢。"这个说法有点讨好西拉伊季奇的意思。

即使面对美国总统，科佩尔也总是毫不客气地抛出一些尖锐的问题，对他来说，这句话完全没必要说，等于亲口承认自己的问题不太得当。

西拉伊季奇一下子占据了优势。

科佩尔提出问题之后，隔了两秒多时间，西拉伊季奇没有发声。另一位嘉宾刘易斯总是立刻回答每一个问题，两者形成了鲜明的对照。他用沉默表达了对提问者的愤怒。

在电视上，两秒多的沉默显得很长。画面中洋溢着难以言喻的不协调和紧张感。

西拉伊季奇终于开口了："你问为什么？"他仿佛是在说，你这个问题太不恰当了。

"因为萨拉热窝每天都有无辜的市民被杀害，每天都有流血牺牲。那些怪物般的家伙四处横行。美国绝不会袖手旁观这种违背人道主义的行为，这是这个国家的责任和荣耀。"

他又接着说："Enough is enough, that's why."（这就是原因，这就足够了。）

最后这句话饱含着怒气。他身上有其他嘉宾不具备的扣人心弦的力量。但是，这种情绪的流露都是设计好的技巧。西拉伊季奇身为外交部部长，属于有公职的人。所以科佩尔向外交方面的专家西拉伊季奇询问"美国的国家利益何在"并没有什么不妥。然而，西拉伊季奇代表的是在萨拉热窝饱受折磨的市民，作为一个普通人发言。他的话并没有正面回答科佩尔的问题，却直接打动了观众的内心。甚至让人觉得提出问题的科佩尔不具备人类最基本的道德观念。

算上中间插入的广告，针对西拉伊季奇的采访持续了大约10分钟。西拉伊季奇在第一回合交锋中占据了优势，他反复陈述萨拉热窝眼下发生的事态，没有谈及历史或政策。中间刘易斯也曾受邀发言，不过他似乎受到了西拉伊季奇的影响，发言有些偏向波斯尼亚人。直到最后，科佩尔都在顾虑西拉伊季奇的情绪，没有继续追问"美国的好处"。

当天西拉伊季奇证明了自己的"改造计划"正在按部就班地

进行当中。

西拉伊季奇对自己的改变极为满意，觉得很成功。我在萨拉热窝采访他时，给他看了这个《夜线》节目的录像。西拉伊季奇看着画面中自己的说话方式，沾沾自喜地说："我真的学到了很多东西，这就是当时的成果。"

但是，哈弗在华盛顿观看这次节目时，对这个结果并不是十分满意。让西拉伊季奇作为一个普通市民出镜诉说萨拉热窝的悲剧，这一策略取得了成功。与此同时，他也明白这个方法无法长久持续。

人类的"习以为常"是很残酷的。随着西拉伊季奇在电视上露面的次数增多，萨拉热窝遭到攻击的更多录像被播出，用不了多久人们就会习以为常并感到厌倦。即使听到西拉伊季奇的逼真的控诉，看到市民流血牺牲的惨状，观众可能也不会有什么感觉了。舆论关注的焦点马上就会转移到非洲或中东等世界上的其他地方发生的更"新鲜的"纷争。

要想让波黑继续得到关注，需要想一些别的办法。

哈弗寻找的是那种能够触动人们内心深处的宣传语。

第六章

种　族　清　洗

　　"Ethnic Cleansing"（种族清洗）——哈弗非常有效地利用了这个宣传语。

如果没有"种族清洗"这个词,波黑战争的结局肯定完全不同。紧随其后的科索沃战争的结局也会大相径庭,塞尔维亚的掌权者米洛舍维奇前总统也不用在海牙的监狱中度过落魄的岁月了。21世纪的国际政治面貌会大不一样,更重要的是巴尔干地区的很多人的命运应该会截然不同。

　　很多人在战争中失去了生命,每一条生命都有难以估算的分量。用枪和大炮以及其他各种方法夺走这些生命的人责任极其重大。正因为如此,这个词所具有的意义以及它在波黑战争中发挥的作用都很重要。

　　我第一次看到"种族清洗"(Ethnic Cleansing)这个词时受到的冲击至今仍记忆犹新。1992年8月,我还是一个初出茅庐的编导,作为奥运会广播团队的一员待在西班牙的巴塞罗那。我记得在赶往负责转播的比赛场地的途中,我在地铁站的小卖部看到一份《新闻周刊》,封面上印刷着放大的这个词,我情不自禁地拿在手上埋头阅读里面的报道,甚至忘了广播时间的临近。

　　当时,我只是偶然路过,如果封面上没有"Ethnic Cleansing"这个词,估计我也不会被那份周刊杂志吸引。

　　这个词拥有奇特的力量。

　　西尔维娅·波焦利是美国国家公共广播电台NPR的记者,她在波黑战争的初期阶段就去当地采访了。她说:"所谓'cleansing'(清洗),本来是一个褒义词。例如,通过'cleansing',脏衣服就会变干净。竟然有人将这个词用于表示'除掉某个民族'，真是令人毛骨悚然。这个词尤其给欧美人带来了特别大的冲击。"

《纽约时报》的记者芭芭拉·克罗赛特说："可以被称为'种族清洗'的现象在其他地方也发生过，比如说卢旺达。波黑战争与其他纷争的不同之处在于，'种族清洗'这个词被当成了一个宣传语。"

在《华盛顿邮报》总部负责国际问题的编辑阿尔·霍恩说："转眼之间，所有媒体都开始反复使用'种族清洗'这个词。词汇代表的印象不胫而走，不管是否存在具体事实，它已经开始被滥用，无人能够阻挡。"

这个词发挥的作用如此重要，但是它具体所指的事态却不太明确。

朗文的英英词典中这样解释道："通常指的是以人种或宗教为理由，用武力将特定的群体从某个地域驱逐出去，有时候甚至会屠杀他们。"也就是说，这个过程是否伴随杀人的行为，这个关键问题并不明确。当人们使用"种族清洗"这个词时，有时候意味着"屠杀"该民族，有时候没有这层意思。这也说明人们可以有意识地利用这个词的模糊语义。

朗文词典中接着又写道："这个词通过波黑战争变得有名了。"确实，这个词在那年夏天突然开始席卷全世界的媒体，这一点很明确。

关于"种族清洗"，在罗德公关公司提交给波黑政府的报告书中有这样的记载：

"1992年春，第一阶段。我们启动了新的策略，将灌输给美国决策者及各国领导人的关于波黑战争的信息量急速扩大，给他们造成巨大的冲击。为此，我们经过妥善安排，让世人开始关注'种族清洗'这个词。"

哈弗说："用一个词概括我们的工作，就是'推销信息'。麦当劳向全世界推销汉堡包，同样道理，我们在推销信息。在与波黑政府合作的业务中，我们应该推销的信息就是关于塞尔维亚的米洛舍维奇总统的行为多么残暴。"

人们在推销东西时总是需要有效的宣传语。在这场推销中，宣传语就是"种族清洗"。

美国政府的行动依然迟缓，虽然它表态支持联合国决定的经济制裁，却没有主动站出来带头制裁塞尔维亚的迹象。

曾任国务院新闻发言人的玛格丽特·塔特威勒这样说道："我们国家刚刚在海湾战争中率领 45 个国家的联军把萨达姆·侯赛因从科威特赶走。自富兰克林·罗斯福总统当政以来，不管你是否喜欢，对于每一届政权来说，'石油'才是保障美国国家安全的重要因素，才是他们关心的事。巴尔干地区的问题与保障美国安全无关。对于美国来说，波黑战争终归属于'欧洲后院'发生的事。因此当时的政权觉得，这个问题不必劳烦我们插手，应该由欧洲人来解决。"

不只是政府这样想。

关于当时美国的社会氛围，《华盛顿邮报》的阿尔·霍恩回忆说："大多数记者以及研究人员都对西拉伊季奇的主张持怀疑态度。很多人的意见是，美国不可能管得了全世界的所有纷争。"

此时，波黑政府通过萨拉热窝仅有的 3 部卫星电话给哈弗发来消息，说是塞尔维亚人正在用闻所未闻的方法攻击波斯尼亚人。

首都萨拉热窝依然处于包围当中，连日来承受着炮击和枪击，这和以前一样。不过，新的消息来自萨拉热窝以外的地区。

据说塞尔维亚人在所占领的地区，只把波斯尼亚人挑出来，把他们从家中赶出去，逼他们离开多年来住惯了的村庄和城镇。

哈弗马上注意到了这条消息。

这里面潜藏着能够直击美国人内心深处的东西。

"要想吸引美国人关注波黑战争，却没有像石油这种显而易见的经济上的利害关系，这对我们来说是个不利条件。但是，我们决定从更高的视角向人们发出呼吁。那就是民主主义和人权问题。因为我们美国正是在这两种价值观的基础上建立起来的。"

毫无防备的市民在萨拉热窝被杀害的影像确实令人震惊。但是，无论多么恐怖的电影，多看几次你就会习惯了，同样道理，流血场面的效力是有限的。相比之下，"民主主义"和"人权"这样的字眼扎根于美国人的灵魂深处，是他们魂牵梦绕的东西。他们从小就被灌输这两个词的重要性，以至于每个人都会自动地把侵犯这种价值观的人当作美国真正的敌人。而不分青红皂白就把人们从住惯了的地方赶走的影像反映的就是典型的"对基本人权的侵犯"。

从这次"驱逐"行为，人们一定会联想到另一件事。

那就是第二次世界大战中的惨痛记忆。

一个民族的居民遭到驱赶，排队聚集在广场上，脚步蹒跚地向前行走。这幅光景和纳粹党迫害犹太人的情形如出一辙。这彻底触到了住在西欧的所有人心灵的创伤。关于塞尔维亚人和"纳粹党"的类推，哈弗采取了极为谨慎且巧妙的策略。

哈弗多次强调："自始至终，我们都注意绝对不使用'大屠杀'或'像大屠杀一样'之类的表达。这个词应该只用来描述第二次世界大战中发生的事。波黑发生的事确实很残酷，令人难以置信。即便如此，我们还是认为应该和'大屠杀'区分开来。"

我看了一下罗德公关公司的档案记录，确实没有"纳粹党"或"大屠杀"之类的表达。他们小心翼翼地避免直接说出这些词。

为什么会这样？把大屠杀引为例证，把塞尔维亚人比作纳粹分子的话，公关效果不是更好吗？

哈弗本人真的相信，第二次世界大战中发生的事极其严重，无论规模还是残暴程度都是不可比拟的。这次公关策略之所以如此谨慎，确实有这方面的原因，不过还有其他原因。

"三个吉姆"中的一员说："其实，在波黑战争之前，我们受克罗地亚政府的委托开展业务时，为了谴责塞尔维亚人，曾经用过一次'大屠杀'。结果美国的犹太人社会对于我们使用这个词公然表示不愉快。出于这个教训，我们才尽量避免使用'大屠杀'这个词的。"

CEO 戴维·费恩自己也是犹太人，他发言时加强语气说："德国有 600 万犹太人惨遭杀害。纳粹党想让犹太人完全从世界上消失。纳粹党没把犹太人当人看，而且那是当作国家政策来执行的。我觉得波黑发生的事确实是悲剧，不过和大屠杀无法相比。明智的人不会拿二者作比较。"

如果把塞尔维亚人比作纳粹分子，用于公关策略，有可能被犹太人社会理解为对大屠杀中牺牲的人的亵渎。那是一把危险的双刃剑。

其中一位吉姆作证说："实际上塞尔维亚人堪称现代的纳粹分子，但是我们没必要用自己的话控诉他们像纳粹分子一样。"

哈弗采取了别的策略。

"我们不得不找出一个别的表达来代替大屠杀。比如'种族清洗'。"

"种族清洗"这个词是克罗地亚人教给"三个吉姆"的，他们在波黑政府之前签约合作过。

巴尔干地区以前就有这个词。它源于当地广泛使用的塞尔维亚-克罗地亚语，二战时期，用于指塞尔维亚人和克罗地亚人之间的民族纷争。当时克罗地亚存在纳粹党的傀儡政权，硬要把多民族混居的克罗地亚建成一个"纯粹克罗地亚人血统的国家"。于是，他们开始搜捕塞尔维亚人。那是一场惨绝人寰的屠杀，住在克罗地亚的190万塞尔维亚人当中，大约每6人就有1人被杀害。当时他们就使用了"种族清洗"这个词。

奋起抵抗的塞尔维亚人也开始驱赶、杀戮住在自己管辖地域的克罗地亚人。塞尔维亚人的领导人也宣扬"民族纯粹的塞尔维亚国家"的理想，下令"清洗"其他民族。

战后，铁托建立了政权，按照他的政策，南斯拉夫成了一个多民族共存的国家。于是，巴尔干地区的这个受到诅咒的词语也被封印在了历史中，虽然在部分学术著作中会被翻译成英语，但是并没有成为媒体中使用的普通英语词汇。

"三个吉姆"听说波黑之前的客户克罗地亚人在谴责塞尔维亚时使用了"种族清洗"这个词。于是，他们和波黑政府签订合同后，当收到塞尔维亚人"驱逐"波斯尼亚人的消息时，就开始大肆使用"种族清洗"这个词。从西拉伊季奇在国际会议上的演讲稿、波黑总统伊泽特贝戈维奇写给联合国秘书长加利的信函，到罗德公关公司自己发行的《波黑传真通讯》，借用马瑟莱拉的说法，就是"我们几乎在所有的文件中都使用了'种族清洗'这个词"。

哈弗说："听到'种族清洗'这一个词，人们就能理解波黑发生的事情。不用没完没了地解释'塞尔维亚人来到了哪个哪个村庄，用枪逼着波斯尼亚人在30分钟之内离开家，用卡车押送他们……'，只要说一句'ethnic cleansing'，就能传达全部内容。"

这无疑是宣传语的胜利。

其实，一开始塞尔维亚-克罗地亚语的原词被翻译成英语时存在两个版本，分别是"ethnic purifying"（种族净化）和"ethnic cleansing"。6月初的西拉伊季奇的演讲稿中也曾出现过"种族净化"这个说法。但是，在罗德公关公司的各种相关文件中，很快统一为"种族清洗"。我查了一下英日词典，这两个词在日语中都可以译成"净化"，"purifying"也可以翻译为"纯洁化"，更偏向于宗教意义。而"cleansing"就像厨房里的"清洁剂"，用于更加日常的场景，表示"去除污垢"。

关于这两个译词作为宣传语的力量差别，吉姆·马瑟莱拉解释道："ethnic purifying 给人一种稍微有逻辑性的感觉，而

ethnic cleansing 更偏向于表示'chilling'（令人恐惧）的感觉。"

他们把人当成垃圾对待，完全无视基本的人权——要想表达这些控诉内容，使用"ethnic cleansing"更能打动听众的心。

哈弗和西拉伊季奇开始利用一切机会宣传"种族清洗"，这个词一下子在媒体之间传开了。人们总是用它来谴责塞尔维亚人的行为。当时英国的前外交大臣卡灵顿勋爵正担任欧洲共同体的和平特使，他指出这个词有失公平："塞尔维亚人也好，克罗地亚人也好，波斯尼亚人也罢，都在做同样的事情。可是当塞尔维亚人成为受害者，被其他民族驱逐的时候却没有人使用'种族清洗'这个词。"

《华盛顿邮报》的阿尔·霍恩坦白地说："我觉得他们通过使用'种族清洗'这个过于象征性的词汇，把整个战争的现实情形过度简单化了。因为当地的事态要复杂得多。"

《纽约时报》的资深专栏作家大卫·宾德满脸不高兴地指出："'种族清洗'这个词利用了二战中那段不堪回首的记忆。虽然它没有具体的意义，却过度刺激了人们的情绪。"这个词虽然没有明说，却有让人忆起"大屠杀"的力量。

当时，西拉伊季奇依然在各国奔走，还没有回萨拉热窝。6月9日他在赫尔辛基参加完《夜线》节目之后，月底之前又访问了华盛顿、纽约、伊斯坦布尔、北京、斯特拉斯堡、伦敦，继续出席国际会议、与各国首脑会谈。"三个吉姆"继续帮他准备演讲稿、安排记者见面会。

记者见面会有两种，一种是在会场举办的正式的见面会，另一种是在举办会议或会谈的建筑物门口短暂停留、回答周围记者提问的形式，被称为"盯梢"（stakeout）。后者在日语中叫"围堵"（因为是截住受访者提问的形式）。经过哈弗的巧妙安排，不只是正式的记者见面会，就连"盯梢"型采访也会有众多媒体和摄像机聚集过来。当时的很多影像资料现在还被保留着，西拉伊季奇几乎是抓住一切机会使用"种族清洗"这个词强烈谴责塞尔维亚。

其实西拉伊季奇内心是反对使用"种族清洗"这个词的。他觉得这个词表达的力度不够。

"本来应该使用'种族灭绝'（genocide），'种族清洗'只是一个好听点儿的委婉表达。正确的说法应该是'种族灭绝'。但是，一旦使用了'种族灭绝'这个表达，按照国际条约的规定，各国政府就必须采取具体行动加以阻止。那样的话会让他们很为难，所以大家愿意使用'种族清洗'这个词。我希望全世界的人们都能回想一下犹太人被屠杀的画面。我认为用这么含糊的词是不足以形容的。"

西拉伊季奇毕竟不是公关方面的专家。实际上"种族清洗"这个词非常有效，能让人回忆起犹太人大屠杀。

西拉伊季奇虽然在内心深处并不认同，却像一个散播"种族清洗"的布道者一样在各地使用这个词进行宣传。

哈弗开始开展"种族清洗"宣传活动，他又接连采取了一系列措施。

哈弗给伊泽特贝戈维奇总统的首席助理萨维娜·巴布洛维奇发了一份传真。

"今后我想把塞尔维亚人在萨拉热窝以外的地方的行为作为

问题的焦点进行宣传,希望你务必多发一些这方面的具体事例。"

萨维娜的另一个身份是总统的女儿,她答应了这个请求,把各地发来的信息搜集在一起寄给了华盛顿的哈弗。

6月28日,一份汇总所有信息的文件经哈弗之手被分发了出去。上面写了30个"种族清洗"的事例,长达4页纸。罗德公关公司分发的新闻公告通常是一张A4大小的纸,行距也很宽,方便阅读。因为读者一看,发现要花很长时间阅读,很可能马上把它丢到垃圾桶里。但是这次却不一样。

4页纸上密密麻麻地写满了文字,这种格式本身就向人们传达了一个信息:塞尔维亚的"种族清洗"行为罄竹难书。而且,"种族清洗"这个不常见的词汇如今开始出现在媒体上,如果是嗅觉灵敏的记者,一定会抽时间读一下这份满载具体事例的文件。

这份文件确实是新闻素材的宝库。

在位于波黑北部的城市巴尼亚卢卡,5万名波斯尼亚人遭到了驱逐。而且那是塞尔维亚人市长下达的命令,官方的叫法是"种族迁移项目"。另外,在一个叫塔巴齐的村子里,塞尔维亚人把杀害的波斯尼亚人的脑袋当足球踢着玩。在一个叫福察的城市里,他们当着孩子母亲的面把那些幼小的孩子大卸八块,还逼那些母亲陈述自己的感想。还有,波黑各地都有关押被驱逐的波斯尼亚人的"集中营"(concentration camp)。

文件中任何地方都没有写"纳粹党"或"大屠杀"之类的字眼,但是每一个事例都会让人想起纳粹党迫害犹太人的历史事实。

尤其是"集中营"后来成了撼动全世界的关键词，在这一阶段，哈弗就在不露声色地使用这个词。

第二天（29日），西拉伊季奇给联合国安理会主席写了一封信。其中包含了另外一个秘不外宣的新消息。

"ethnic cleansing"这个词在这封信中出现了三次。信中还介绍了一个事例："住在波桑萨卡·克拉伊纳的波斯尼亚人总是被迫在胳膊上戴白袖章。"明眼人都能看得出来，这是一个让人联想到"搜捕犹太人"的故事。这封信立刻向媒体公开了。如果事情属实，那就大事不妙了。那些记者一定会想：难道二十世纪末噩梦会再次上演？必须马上奔走确认真伪！各家媒体的记者纷纷出动，想抢先报道这些事态。结果他们又发现了更多不为人知的"种族清洗"的实际事例。这一策略不久就会酿成巨大的后果。

为了宣扬"种族清洗"，哈弗瞄准了另一个目标：大型报社的"评论员会议"。

《纽约时报》《华盛顿邮报》等美国的主流报纸都有一个收集信息的机构叫"评论员会议"。这是评论员把新闻的主角请过来直接采访的一种集会，目的是以当场获得的信息为参考写社论。在美国的报社，到现场采访并撰写报道的记者和写社论的评论员完全是两班人马。哈弗为了直接游说评论员，决定让西拉伊季奇参加这个"评论员会议"。

"对于我们这些华盛顿的居民来说，瞄准评论员会议只不过是最基本的技巧。但是，对于西拉伊季奇外长这种突然从巴尔干地区来到美国的政治家来说，是完全陌生的事。因此我详细告诉他出席评论员会议的好处，让他做好万全的准备。"

《纽约时报》《华盛顿邮报》和《华尔街日报》是在美国最具影响力的三家报纸，哈弗让西拉伊季奇出席了他们的评论员会议，光是记录在案的次数就有7次。这些报纸的评论员会议在美国新闻界可谓巅峰般的存在。哈弗能安排西拉伊季奇多次出席，充分说明了他的专业实力。

会议的情形在各家报纸都属于最高机密事项，通常不会允许外人采访，更不可能让你录像。因此，只有参加过的人才知道现场的氛围，不过在这次采访过程中，我有幸拍到了几分钟《华尔街日报》的评论员会议的现场。

当时是在总部大楼的一间小会议室里，房间中央放着一张只到膝盖高度的桌子，周围摆着一些舒适的沙发。评论员占了一大半，嘉宾同样坐在沙发上。我采访时被邀请的嘉宾好像是一家制药公司的总经理级别的人物，正在满腔热忱地谈论美国的医疗政策。评论员们喝着咖啡听他讲述。在会场举行的记者见面会往往笼罩着一种剑拔弩张的紧张感，记者们连珠炮般地发问，发言人必须立刻做出回答。相比之下，评论员们则是一副气定神闲的样子。在这种轻松的氛围中，只有受邀嘉宾一个人极力陈述自己的主张，希望能让对方听进去。

但是，当西拉伊季奇参加各大报纸的评论员会议时，评论员们就无法保持淡定了。

"那真是一次很有意思的经历。我至今还清楚地记得参加《华尔街日报》评论员会议时的情形。因为我坐在房间角落的座位上，可以仔细观察与会人员的表情。通过评论员们的眼神和点头的样子，我能清楚地感觉到，他们逐渐深刻地感受到了波黑发生的那些事的恐怖程度。"

不只是《华尔街日报》，每次西拉伊季奇参加评论员会议时，哈弗都会陪同前往。评论员们和西拉伊季奇围坐成了一个圆圈，哈弗的座位总是和他们保持一定的距离。他的目的是独自站在局外人的立场上冷静地观察会议的情况。西拉伊季奇使出了浑身解数，把从哈弗那里学到的东西也都用上了。他滔滔不绝地讲述，仿佛刚刚从战火纷飞的萨拉热窝赶过来，激动的情绪还没有平息。

"评论员们向前探着身子认真地听着，几乎快从椅子上滑落下来了。他们也许已经听说过西拉伊季奇外长讲述的内容了，毕竟他们的信息收集能力很强，就连CIA[①]的报告也能弄到手。但是，当西拉伊季奇慷慨陈词时，效果是巨大的。每一个词都烙在了评论员们的心里，他们的脸色每时每刻都在发生变化。"

这样的会议结束之后，那些报纸必定会马上发表支持波黑的社论，这证明了哈弗的观察没有错。大多数社论中都会使用"种族清洗"这个词。其中有的文章提到西拉伊季奇曾亲临报社，并直接引用了他的发言。例如，西拉伊季奇参加了《华尔街日报》的评论员会议，正好一周后的社论中便引用了他的话：

"上周波黑外长西拉伊季奇在纽约呼吁全世界人民多关注一下塞尔维亚人的攻击。（中间省略）西拉伊季奇外长表示：'塞尔

---

① Central Intelligence Agency，美国中央情报局。

维亚越来越大胆了,毫不掩饰其征服邻国的野心。'"

紧接着,作者在该社论中表达了自己的见解,科威特在海湾战争中遭到萨达姆·侯赛因统率的伊拉克军队的攻击,作者认为波黑正在重演那段历史。文中根本没有介绍塞尔维亚人的主张,也没有引用他们的评论。

其他报纸的社论也是同样的情况。

乔治·马龙曾长期担任《华尔街日报》的评论员,如今已坐上了副总编的位子。他强调那都是出于自己的判断,他说:"确实,我们更加偏袒波黑政府。不过,那是因为我们自己感觉他们才是受害者。"

也有人持不同看法。

《纽约时报》的专栏作家大卫·宾德表示:"西拉伊季奇善于蛊惑别人,也很会撒谎。他发挥了惊人的力量,影响了战争的走向。另一方面,各大报纸的评论员会议只和波黑政府接触,没有尝试从塞尔维亚人手里获取信息。这是个问题。"

进入 7 月以后,"种族清洗"这个词几乎每天都会出现在三大报纸的版面上。

如果你在数据库中搜索《纽约时报》中的"ethic cleansing",就会发现在 1992 年 6 月之前,这个词基本没有出现过,但是 7 月出现了 23 次、8 月出现了 55 次,下半年几乎每天都能在版面上看到"ethnic cleansing"这个词。美国的各大报纸不仅会影响美国的政客,对所有发达国家的政治家都有特别的影响力。"种族清洗"很快就被西方各国的政治家挂在了嘴边上。大多数情况下,"种族清洗"是和纳粹党挂钩的。例如,加拿大的外交部部长芭芭拉·麦克杜格尔在记者见面会上说:"种族清洗就是纳粹党行为的重演。"参议院议员鲍勃·多尔甚至在新闻公告中表示:"米洛舍维奇就是另一个萨达姆·侯赛因,不,应该说是希特勒。"

哈弗的计划成功了。

那段时间,同样在华盛顿,有个机构被"种族清洗"这个词惊得瞠目结舌,自己也在盘算如何利用它的威力。

那就是掌管美国外交政策的国务院。

第七章

国务院的计谋

塔特威勒是深受贝克国务卿信任的新闻发言人。

英语中有一个表达叫"潮词"（buzzword）。"种族清洗"就是一个典型的潮词。《纽约时报》的记者克罗赛特也作证说："一夜之间'种族清洗'成了一个潮词。"

"buzz"相当于形容蜜蜂嗡嗡飞时的"嗡嗡"，所以"buzzword"的意思是在媒体中喧闹地飞来飞去的流行词。同时，它也给人一种不应该在官方的郑重场合使用的语感。也就是说，它终归只是一个流行词，过一段时间就会被人们抛之脑后。

不过，"种族清洗"却并非一个单纯的潮词。这个词当时用于指代波黑战争中塞尔维亚人实施的有悖人道的行为，如今被频繁用来表示世界各地发生的类似行为，还被收录到了英语词典当中。

是美国政府机构国务院给哈弗坚持使用的"种族清洗"赋予了权威，使其有机会从单纯的潮词中脱离出来。

《华盛顿邮报》的阿尔·霍恩解释道："自从国务院在简报中使用过'种族清洗'之后，新闻工作者、官僚和议员们就开始把它当作一个正式词汇了。"

国务院为何要在正式场合使用这个语义略微含糊的词语呢？

美国国务院（Department of State）的职能相当于日本及其他很多国家的外交部（Ministry of Foreign Affairs）。各国外交部的大部分业务是协调自己国家和外国的关系，确保本国利益。而美国国务院不仅要协调美国和其他国家之间的关系，还有一个很重要的职责，就是调解其他国家之间的争端与对立。

哈弗说："苏联解体之后，美国成了唯一的超级大国，其地位和世界上的任何一个国家都不一样。既然如此，作为我个人，同时作为一个专业的公关人员，又是如今成为特别存在的国家——美国——的公民，我认为我有责任向因为各种问题而苦恼的世界各国伸出援手，为事态的解决做出自己的贡献。"

在美国，即使是民间企业的一名普通员工，都认为自己有责任和义务参与国际政治，更何况是国务院呢？他们有强烈的使命感，觉得自己应该站出来解决全世界的问题。

在华盛顿的政府机关集中地带，国务院属于门可罗雀的地方。

华盛顿和美国的很多城市一样，被纵横的道路切分成了棋盘的形状。东西走向的道路以字母命名，如H街、I街。南北走向的道路以数字命名，如23号大街。另外，还有几条斜穿棋盘格子的道路，它们的名字里都带有美国的州名。

市中心有一个被称为"国家广场"的公园，是一个长方形的大草坪，面积是札幌的大通公园的好几倍。各个政府机关分布在它的周围，白宫位于广场北侧，而国会大厦位于东端。大部分政府机关位于白宫东侧，形成了一条繁华的政府机关大街。只有国务院靠近广场尽头的西端，再往西走一点就到波托马克河了。如果你去华盛顿旅游，参观政府机关的话，我不推荐你去国务院。它的正面宽度足有200米，说得好听一点，是一幢简单实用的建筑。不过，从设计上来看，它没有白宫和财政部的那种特征，等你参观完来到外面，会发现周围基本上没有餐馆或咖啡厅，如果你口渴了，想买一瓶矿泉水都很费劲。

在国务院单调的办公大楼里，高层正在反复讨论如何处理波黑战争。大致分为两种意见：有人主张彻底打击塞尔维亚及其掌权者米洛舍维奇，也有人认为这终究是地域性的内战，美国没必要过度干预，以免惹祸上身。

当时的国务院人才济济，高层领导中有国务卿詹姆斯·贝克、副国务卿劳伦斯·伊格尔伯格、新闻发言人玛格丽特·塔特威勒、主管欧洲事务的助理国务卿托马斯·奈尔斯、主管国际组织（联合国等）事务的助理国务卿约翰·博尔顿，他们各自拥有不同的背景。

他们主要负责布什政权的外交政策，后来在克林顿当政的 8 年时间里，大多数人都离开了公职，当前总统的儿子成为总统后，他们再次参政，回到了权力的周围。在老布什被得克萨斯州选为众议院议员时，贝克就担任他的竞选顾问，两人是 30 多年的老朋友。在克林顿当政时期，贝克回到得克萨斯，担任一家大型 IT 企业的董事。2000 年总统大选时，他担任小布什竞选团队的领军人物，当与民主党候选人戈尔阵营就佛罗里达州的选票展开激烈的争夺战时，他曾多次代表布什阵营参加记者见面会，为布什拉选票。

塔特威勒曾经担任手机行业协会的干部，后来被小布什政权任命为驻摩洛哥大使，也曾担任副国务卿这样的重要职务，负责宣传工作。博尔顿发挥他的专业特长，在华盛顿开了一家律师事务所，后来同样被小布什提拔为副国务卿，成为制定美国安全保障政策的核心人物（由于 2005 年被任命为驻联合国大使而引发热议）。

国防部的工作人员和国务院共同制定了针对巴尔干地区的政策，他们的命运也差不多。例如，在老布什政权中担任国防部部长的切尼，在克林顿当政期间被民间企业聘为董事，后来东山再起，登上了副总统的职位。

每次政权更迭，主要工作人员和高级官员就会大换血，优秀的人才在民间和政府之间循环流动。这种做法在日本是难以想象的，不过可以让他们磨炼公关方面的能力，从这个意义上说无疑起到了积极的作用。

举一个例子，在 1992 年 8 月召开的联合国人权委员会上，约翰·博尔顿为了谴责南斯拉夫展开辩论时，运用了绝妙的公关技巧。

面对博尔顿的严词谴责，南斯拉夫的代表反驳道："我们根本没有侵犯人权。"话音刚落，博尔顿立刻拿出了事先准备的《时代周刊》（*Time*）。封面照片是一群被塞尔维亚人抓捕的波斯尼亚人，他们隔着铁丝网，裸露着瘦弱的上半身。他用两只手高举那本《时代周刊》，说道："照片比任何语言都能说明真相。"说完这句话，他就默默地朝各国议席的方向展示那本杂志，以便在会场的每一个角落都能看到。会场变得鸦雀无声，所有人都注视着博尔顿和那幅封面照片。电视台的摄制组也录下了当时的情景，影像被发往世界各地。会议长达数小时，经过编辑之后，实际被播出的内容不过几十秒，不过那天各大电视台不约而同地选择了这个场面。

我问了一下当时的情况，博尔顿回答说："因为我作为律师在法庭上经历了充分的磨炼。关于如何陈述自己的主张才能给人留下深刻的印象，我自认为已经掌握了方法。"

这个故事还有下文。德国的新闻工作者托马斯·戴希曼在波黑战争结束后到当地调查时发现，那张照片看似是瘦弱的波斯尼亚男人被关押在用铁丝网围起来的集中营里，其实这个铁丝网是用来围住摄影师背后的仓库和变电设施的（而这些东西没有被拍进照片里），并非为了关押那些瘦弱的男人。但是，当博尔顿利用《时代周刊》的这幅封面照片时，这件事自然没有引发争议。而且，公关效果非同凡响。

那么，日本的外务省官员是否掌握了这些技巧呢？答案恐怕是否定的。博尔顿在法庭上面对陪审员磨练了本领，要想提高公关技能，需要像他那样在政府之外经历激烈的交锋。

国务院不得不面临艰难的抉择。塞尔维亚人的行为无疑是应当受到谴责的。他们侵犯人权的行为无比凶残，国务院也收到了相关报告。前新闻发言人塔特威勒说："每天早上，负责收集信息的人就会把相关资料放到我的办公桌上。我也能读到CIA提交给总统的报告。里面写着一些非常可怕的事，都是我以前从未耳闻目睹过的。我的灵魂受到了冲击。我情不自禁地感谢上帝，没有让那些事降临到我的身上。"

当老布什在1980年争夺共和党的总统候选人提名并最终败给里根时，塔特威勒在竞选团队负责外联工作。当时她年仅30岁。老布什成为里根政权的副总统之后，她也步入了政坛，历任里根总统的副助理、财政部发言人。后来老布什当上了总统，她就成了国务院新闻发言人。当时她年轻漂亮，在电视画面中的形象气质也很好，说着一口美国南方口音很重的英语，在国务院的记者见面会上总是给人留下深刻的印象。当时我作为《早安日本》的编导正在值夜班，凌晨两三点钟通过卫星连线美国看到了她在记者见面会上的风采，当时的印象至今难以忘怀。

塔特威勒年纪轻轻就进入了政坛，对政界的表象和内幕摸得一清二楚。贝克国务卿对她信任有加，不仅让她负责应对媒体，在决定各种政策时也会征求她的意见。她无论什么时候都不被情绪左右，能够做出冷静的判断，在针对塞尔维亚的政策方面，她也属于谨慎派。

即使现在她还说："波黑战争的本质（并非塞尔维亚人的武装势力单方面地侵略波黑）是发生在一个国家的内战。"

另一方面，驻南斯拉夫大使华伦·吉摩曼是强硬派，作为制裁措施的一环，他在5月中旬刚被召回华盛顿。他说："我们从各种角度分析了巴尔干地区的形势，6月左右坚定了我们的看法，塞尔维亚的总统米洛舍维奇就是各种罪恶的根源。"

贝克国务卿自从4月与西拉伊季奇会谈，被他的言辞打动以后，在心理上对波斯尼亚人产生了同情，一直想为他们尽一份力。6月23日，他在出席参议院外交委员会会议时，用最严厉的措辞谴责了塞尔维亚方的行为，说他们"惨无人道"。

但是，国务院在决定针对塞尔维亚的政策时，面临一个巨大的矛盾。

5月底，在联合国的主导之下，启动了针对南斯拉夫的经济制裁，对食品的进口也加以限制，尽管内容非常严格，看上去效果却微乎其微。贝尔格莱德的市场上依然摆满了各种颜色的蔬菜和面粉，食品一应俱全。

我在采访时，曾数次坐车在塞尔维亚国内穿梭，行驶了数百公里，我记得透过车窗看到的是绵延无尽的田园风光，令人感觉很单调。塞尔维亚是欧洲屈指可数的农业区，国民光靠国内的农作物暂时也不愁吃喝。

而且，流经塞尔维亚的多瑙河成了经济制裁的障碍。这条大河从匈牙利流淌过来，经过贝尔格莱德近郊，通往罗马尼亚，是冲破制裁的走私通道。虽然大家对此事心知肚明，却很难严格限制多瑙河的运输，因为那样会给流域各国的经济造成打击。

虽说经济制裁不够彻底，但要想采取更加强硬的手段，就意味着诉诸武力。西拉伊季奇和伊泽特贝戈维奇总统反复请求美国的也是军事介入。然而，这并非轻而易举的事。

关键的国防部反对动用军事力量，他们的主张是："万一美军被卷入陆地作战怎么办？"

那样一来，将会造成不可估量的损失，抵消海湾战争的胜利果实。

那么，应该怎么处理塞尔维亚呢？为了结束争论，6月底，国务院和国防部、总统助理等参与制定外交政策的工作人员齐聚白宫，在总统老布什面前进行集中讨论。

这次集会出现了极为少见的激烈辩论场面。国防部的工作人员在会上解释了派遣陆战部队的话需要的人数。

"光是为了保住萨拉热窝，就需要3.5万到5万兵力。要想确保陆路通道，还需要保住长达125英里的街道。而大部分街道都是适合游击队活动的理想地形。"

波黑和富含石油的中东不同，没有关系到美国生死存亡的国家利益，显然不能为了它冒那样的危险。

塔特威勒这样解释道："美国在采取军事行动时，总统必须能够向士兵的母亲、祖母还有孩子说明他们为什么要去赴死。"

在1991年的海湾战争中，美军尽情地显摆了现代武器的可怕程度。他们实现了单方面的进攻，据说杀害了数万乃至十数万伊拉克士兵，伊拉克甚至被称为最新武器的试验场。同时，美军的死者却控制在了一百数十人之内，可以说打了一个大胜仗。因为那次胜得太彻底，所以当时的状况是，除非美国参与的战争能够无限接近"零牺牲"，否则国民不会答应。

最冷静地注视着整个局势的人是副国务卿伊格尔伯格。

他曾两度在美国驻南斯拉夫大使馆工作，长期在贝尔格莱德生活，对塞尔维亚无所不知。他第二次担任的职务是大使。他和很多塞尔维亚人交往甚密，对他们非常了解。他们继承了在二战中没有向纳粹党屈服的游击队的传统，如果真心想打游击战，美军将会蒙受无法估量的损失。

如果国防部的负责人将设想的兵力派到波黑，伊格尔伯格说："那里将会成为第二个越南。"

而且，伊格尔伯格早就发现，不只是塞尔维亚人的武装势力，其实波斯尼亚人也有侵犯人权的行为。

他对同事兼好友塔特威勒说："巴尔干地区根本没有童子军。"

所谓童子军，是用来形容纯真无邪、举止得体的孩子。也就是说，他的意思是，在巴尔干地区的民族纷争中，不可能只有一方当事人是"完全善良的受害者"。按照伊格尔伯格的观点,塞尔维亚人、波斯尼亚人和克罗地亚人全都在互相驱逐、互相残杀。

老布什总统对采取军事行动持否定态度。他说:"美国不是世界警察。""这是我们经过深思熟虑后作出的判断,对采取军事行动不得不慎之又慎。"

最终,在老布什担任总统期间,美国没有对波黑采取大规模的军事行动。三年后(1995年),克林顿执政期间,才迈出了这一步。

动用军事力量打击塞尔维亚人的选项被封住了。

但是,也不能对塞尔维亚以及米洛舍维奇放任不管。老布什即将面临总统选举。这一年11月就要投票,阿肯色州的州长比尔·克林顿在民主党的总统候选人提名争夺战中逐渐占据了优势。他朝气蓬勃,身上甚至还有几分被暗杀的肯尼迪总统的影子,有可能成为老布什的劲敌。波黑战争出现在媒体上的次数日渐增多,如果面对塞尔维亚人的凶残行为却无动于衷的话,等于给克林顿阵营送上了一个合适的攻击理由。

"放纵米洛舍维奇的布什"——无论如何都要避免给人留下这种印象。

正在研究对策的国务院高官们注意到了"种族清洗"这个宣传语。

这段时间,哈弗以西拉伊季奇的名义写给贝克的书信中,几乎每次都会加入这个词。

例如,他在6月22日写的信中首先控诉道:"塞尔维亚人往波斯尼亚人躲藏的地下室里注入催泪瓦斯，将他们熏出来之后再用枪射杀。"然后又写道："希望您采取对策，阻止这些'种族清洗'行为。"

国务院意识到了这个新颖的词汇中蕴含的力量。

他们开始在记者见面会以及国际会议等场合使用"种族清洗"，把这个以前词典中都没有收录的词当成了官方用词。他们决定使用"种族清洗"这个词，把塞尔维亚及其最高掌权者米洛舍维奇塑造成全世界的"公敌"。

曾任助理国务卿的托马斯·奈尔斯说："为了谴责塞尔维亚人，我们也在国务院的正式声明中有效地利用了'种族清洗'。那是因为这个词非常适合表达他们的凶残程度。"

前大使吉摩曼也表示："'种族清洗'是一个很可怕的词，会给听者的心理状态带来巨大的影响。"然后，他用萨达姆·侯赛因的名字解释了将米洛舍维奇总统塑造成"公敌"的政策。

"我们决定把米洛舍维奇'萨达姆化'。也就是说，通过制造舆论，在国际政治舞台上把他当作战犯来对待，让所有国家对他弃之不理。"

如果自己的名字和伊拉克的萨达姆·侯赛因以及利比亚的卡扎菲一样，被加入"全球公敌"的行列，估计米洛舍维奇也会觉得很难忍受吧。米洛舍维奇和侯赛因以及卡扎菲不同，他是个有涵养的银行家，在战争开始之前，他和美国有威望的政治家及官员也有深交，举手投足都像个西方的绅士。对他来说，如果被贴上"种族清洗"的罪魁祸首的标签，应该是一种难以忍受的屈辱。那将形成一股强劲的压力，迫使米洛舍维奇改变政策。

另外,"种族清洗"这个词还有一个效果,那就是促使欧洲各国站出来解决问题。

欧洲共同体各国迟迟不肯对塞尔维亚人采取强硬的政策。贝克国务卿在访问伦敦,与梅杰首相会谈时,也曾要求英国在谴责塞尔维亚的问题上保持统一步调,但是梅杰没有点头。

谈到本应是盟友的英美两国之间产生的隔阂,塔特威勒回忆道:"梅杰首相当时甚至没有走到唐宁街10号(英国首相官邸)门口送一下贝克国务卿。"

欧洲各国在制裁塞尔维亚的问题上没有统一步调是有原因的。在历史上,英国和法国一直对塞尔维亚有亲近感。二战时期,塞尔维亚人曾与克罗地亚成立的纳粹党的傀儡政权拼力死战。

但是,贝克国务卿希望欧洲能够摆脱历史的桎梏,行动起来。即使美国不采取强硬手段,如果能借欧洲各国之手迅速解决波黑纷争,那么老布什总统也就不会被指责毫无对策了。

为此,贝克需要激发国际舆论,让英国和法国不得不行动起来。他在著作中写道:"英国政府担心需要像对北爱尔兰那样无休止地干预,不过如果舆论的关注和批判不断升温的话,他们也会感到压力。"

前助理国务卿奈尔斯说:"我们虽然会利用媒体,但是绝不会受媒体的影响。"

作为自身的经历,欧洲人拥有关于纳粹党的记忆,对于他们来说,"种族清洗"这个词有决定性的影响力。因此,国务院一下子扑向了这个词。

关于罗德公关公司和国务院的关系,"三个吉姆"之一作证说:"幸好国务院和我们站在了同一边。"双方虽然并不存在明确的合作关系,目标方向却是一致的。

哈弗并没有亲口说"种族清洗",而是通过媒体以及西拉伊季奇写给国务卿的信,成功让国务院注意到了这个词。当他在正确的时机织好这张网时,国务院开始把"种族清洗"当作正式场合使用的词语。

哈弗在国务院有各种关系。但是,国务院的官员比日本外务省的人还要自负,即使哈弗直接请求他们使用"种族清洗"这个词,他们乖乖听从的可能性也很小。要想让国务院使用"种族清洗"这个新词,需要采用间接的方法。为此,哈弗斟酌了最合适的手段和时机,这就是他的高明之处。

"种族清洗"变成了得到官方认可的词语。

"种族清洗"从国务院高官的口中说出来,也被用于声明当中。这个词作为"国务院发布的信息"再次受到了媒体的关注和报道。

"种族清洗"开始了自我复制。

第八章

总统和总统候选人

哈弗向克林顿和老布什这两大竞选总统的阵营推销了"种族清洗"这个词。

随着1992年7月的临近,"种族清洗"这个短语连续多日出现在电视、报纸和杂志上。与此同时,人们对波黑的关注度有了飞跃性的提升。

5月份的时候,即使是新闻工作者,还有很多人无法正确地说出波黑的位置,但是此时甚至有普通的美国人开始提出申请,想收养在波黑战争中失去双亲的孩子。

共和党的院内总务鲍勃·多尔和他的克罗地亚裔秘书米拉·芭拉塔实际上就曾为这样的孩子和辖区内的选民牵线搭桥。如今,那些孩子已经在堪萨斯州成长为大学生。

芭拉塔说:"美国人就是这样的国民,当看到那些受苦受难的人们时,有时候会发挥卓越的奉献和慈善精神。"

但是,世界各地都有民族纷争。饱受纷争苦难的孩子遍布全球。并非只有波黑的孩子特别不幸,不只他们应该享受美国国民的慈善。

哈弗说:"在竞争激烈的市场中,我们要打败竞争对手,传达顾客的信息。无论帮什么样的客户工作都是同样道理。至于波黑战争的案例,我们应当传达到的对象是决定美国外交政策的掌权者。无论非洲的厄立特里亚发生了多么悲惨的状况,都没有引起全世界的太多关注。那也是有相应原因的。"

哪个地区的纷争能够吸引唯一的超级大国美国的关注呢?在这个全球各地频繁爆发民族纷争的时代,饱受纷争之苦的地区之间产生了公关竞争。波黑有哈弗帮忙,厄立特里亚却无人相助。

当时的联合国秘书长布特罗斯·加利出生于埃及，也就是说他是非洲人。波黑战争引起了国际社会的特别关注，他对此有些不满。这种情绪逐渐加剧，他发言道："全世界有十个地方处于比萨拉热窝更艰难的状态。（波黑战争）说到底是有钱人之间发生的纷争。"

在出身非洲的加利秘书长看来，非洲也有很多受苦受难的人，估计他是这种心情。不过，这次发言遭到了国际上的强烈谴责。甚至有人说加利对"种族清洗"持宽容态度。加利没有看透国际舆论走向发生的巨大变化，没有意识到这种发言可能会带来危险。

不只是这次，加利秘书长有过多次违背美国舆论以及国际舆论潮流的言行。结果，他没能实现自己强烈渴望的连任，不得不离开这个职位，成了联合国历史上唯一一个"只任一届的秘书长"。

哈弗等"三个吉姆"将下一个目标锁定在了"政治"上。终极目标是美国总统。

美国的公关企业涵盖的业务范围很广。不仅媒体战略，直接游说在政治领域掌握权力的人也是一个重要的手段。所谓 PR，是"Public Relations"的省略，"public"即"公共"，包括媒体和官员以及政治，要与其建立"relations"即"关系"，无论采取直接还是间接的手段，都要选择当时最合适的方法。

关于公关工作，哈弗这样描述："我年轻的时候有从事新闻工作的经历，曾亲身感受过媒体的世界。我还投身过政治领域，担任过三位联邦议员的首席助理,也曾作为州长选举的参谋主持竞选活动。通过在媒体和政治领域工作的经历,我收获了一个'工具箱',可以用来应对任何状况。如果有人委托我做竞选方面的工作,我就会选择最合适的方法;当瑞士政府委托我搞旅游宣传活动时,我也是从自己的工具箱中挑选必要的工具,组合起来提供给他们。"

其中,"政治"是哈弗尤其擅长的领域。

"在我的家乡威斯康星,我母亲是当地政治活动的领袖,非常风光。从小母亲就向我灌输关心政治的重要性。要想守住扎根于美国的'民主主义',就需要关心政治。这番教诲至今还渗透在我的骨子里。"

哈弗的政治感觉是从小时候磨练出来的。在美国,"民主主义"的重要性以及为了守护它的"政治"的重要性已经渗透到了民间的各个角落。从中诞生了影响世界的总统,也出现了哈弗这样的人才。这无疑是当今日本所欠缺的社会环境。

1992年是一个特别的年份,4年一度的总统大选再度降临美国政局。

罗德公关公司在提交给美国公关协会的报告中写道:"1992年夏天,第二阶段。(中间省略)我们的工作重点是联系布什政权以及克林顿竞选团队。"

6月29日晚上,在罗德公关公司华盛顿分部的办公室里,电视上正在播出一条很有意思的新闻。

"根据舆论调查的结果,民主党候选人克林顿首次名列第一,与布什总统、独立候选人罗斯·佩罗形成了三足鼎立的局面。"

哈弗对另外两名吉姆说:"我们不能光联系布什,还得与克林顿的竞选团队接触。"

"那佩罗呢?现在佩罗势头正猛呢。"

哈弗回答说:"不,佩罗就算了。别看他现在风光无限,很快就会人气跌落。他现在只是在收集对政治表达不满的选票。没有人真心觉得他应该成为总统。"

总统大选当年媒体公布的舆论调查数据非常详细,甚至有些偏执。投票日定于11月份的第一个星期一后的那个星期二,每当临近这个日期的时候,各家媒体就会进行统计,甚至用图表形式表示每天的支持率变化。在数据的洪流中,如何读懂趋势,就要靠公关专家的经验和能力了。

在这一年的总统选举中,最热门的话题是候选人罗斯·佩罗,他既不属于民主党,也不属于共和党。当时共和党的布什是现任总统,阿肯色州的州长克林顿在民主党的候选人提名竞争中胜出,在各种舆论调查中,佩罗与他们或并驾齐驱,或略胜一筹。在这一天的ABC电视台的调查中,克林顿的支持率为33%,佩罗是30%,布什则是29%,三人势均力敌。在一些有影响力的评论家当中,也有人开始谈论佩罗当选的可能性。

然而,哈弗没把佩罗当回事。果然不出他所料,后来佩罗的支持率急剧下降,仅仅过了半个月,在7月中旬就被迫放弃了竞选资格。哈弗以自己业务的成败为赌注,多次在选举领域打拼,所以能作出独具慧眼的判断。

克林顿阵营从年初就参与了民主党内的提名竞争,6月初在加利福尼亚州的预选中确定了候选资格。后来他和共和党的布什总统展开了竞争，由于他只是阿肯色州这个小地方的州长，在华盛顿和全国的知名度较低，一开始在舆论调查中的数字也没有增长。但是，克林顿虽然拥有连任 5 届州长的资历，却比布什年轻 22 岁，此时凭借年轻有为这个卖点，他的支持率开始逐渐攀升。

对于哈弗来说，最重要的目标自然是现任总统布什。不管 11 月的选举结果如何，布什至少在半年之内还是总统。如果等待选举结果出来，在那之前波黑政府可能就被塞尔维亚人击溃了。

不过，为了给布什总统施加压力，也需要去游说克林顿阵营。

克林顿候选人已经开始将波黑战争作为攻击布什阵营外交政策的素材，他指出布什总统对于塞尔维亚人过于宽容。如果克林顿把波黑战争作为争论的焦点，进一步让话题升温的话，布什为了应对选举也不得不采取积极的政策。

作为游说克林顿阵营的踏板，哈弗成功给西拉伊季奇安排了一场会谈，对象是被提名为副总统候选人的参议院议员艾伯特·戈尔。

戈尔为了拉选票东奔西走，在美国各地发表演讲。与此同时，西拉伊季奇也在全世界飞来飞去，争取国际谈判。会谈地点安排在了机场的贵宾专用候机室，非常适合他们二人。哈弗像往常一样，事先将此次会谈通知给主要媒体，确保众多电视台记者前来采访，然后带着西拉伊季奇来到了纽约的拉瓜迪亚机场。

参议院议员戈尔在 4 年前（1988 年）的总统选举中参与了民主党的提名竞争，虽然以失败告终，却稳固了实力派议员的地位。众所周知，他后来在克林顿政权下担任了8年副总统，于2000年作为民主党的总统候选人与小布什竞争，由于佛罗里达州的"有争议的开票"，最终以微弱劣势惜败。

这位戈尔当时就是很有竞争力的副总统候选人，提出了独到的政策。人们认为他在外交领域比刚从阿肯色州走出来的克林顿还厉害。

而西拉伊季奇在那段时间每天都要经历国际会议、记者见面会和采访的锤炼，表达能力越发精进了。

"三个吉姆"之一的吉姆·马瑟莱拉至今还记得那种惊讶的感觉。他说："我在收音机上听了西拉伊季奇的采访，当天晚上做了噩梦，甚至被惊醒了很多次。那次采访是我自己安排的，可是西拉伊季奇细数塞尔维亚人的种种残暴行为的语气非常有画面感，能够给人带来强烈的冲击。听了客户的采访竟然会睡不着，我还是头一次有这种体验。"

举行会谈的地点是位于登机口附近的候机室，只有西拉伊季奇、戈尔和哈弗三人被允许进入。

房间中央摆着一张会议桌，西拉伊季奇和戈尔坐在旁边的椅子上，哈弗在房间一角落座，仔细倾听两人的对话。为了在会谈结束后立刻发布新闻公告，哈弗把会谈内容全都记录下来了。他还有一项重要的工作，就是观察西拉伊季奇的说话方式，在会后指出应当改善的地方，以备下一次与重要人物进行会谈。

哈弗甚至屏气凝息，努力消除自己的存在感。主角是西拉伊季奇，自己只是透明人，没必要让戈尔意识到西拉伊季奇有公关企业的员工陪同。

这次会谈和通常的两国政客之间的会谈氛围完全不同。

在长达一个半小时的会谈过程中，开口说话的几乎都是戈尔。西拉伊季奇就连展示一鳞半爪的表达能力的时间都没有。

特别是开头的15分钟，西拉伊季奇没能陈述任何意见。

哈弗作证说：“西拉伊季奇外长在和美国的议员交谈时，一般是对方先问‘现在那边情况如何’或者‘今天有什么新消息’，然后西拉伊季奇作出回答，以这种形式开始并进行下去。毕竟波黑的外交部部长带来了当地的最新消息。可是戈尔根本不提问，他只是不停地讲自己的看法。”

戈尔反复强调原则："我们国家应该对巴尔干地区的问题给予更多关注。"

归根结底，戈尔是一名政客。他事先宣扬自己擅长外交，自从前一年克罗地亚和塞尔维亚开始打仗时，他就经常发表关于南斯拉夫内战的看法。但是，与其说他真正意义上关心巴尔干地区的人们的命运，倒不如说他满脑子都在考虑自己来年能否进入白宫。虽然波黑的外长就在眼前，他却没心思仔细倾听对方讲述来扩充知识，也没有通过辩论增长见识的意思。

看到戈尔那样的态度，哈弗有没有感到失望呢？

哈弗用类似评论家的说话方式回答道："不，我没有感到失望，只是觉得很有意思。因为我一眼看穿了戈尔候选人的内心。"

在美国万众瞩目的陪跑人（副总统候选人）戈尔和西拉伊季奇实现了"面对面"的会谈，这一事实对于哈弗来说更重要。而且，这次会谈长达一个半小时，此事可以写在新闻公告中。这就足以称得上成功了。一开始他就没有期待会谈本身会有惊人的内容。

但是，会谈刚结束，就发生了一件令哈弗失望的事。

"我无法忘记那天发生的事。我本来打算安排一次盯梢（'围堵'采访），让戈尔和西拉伊季奇并肩站在摄像机前，回答记者的提问……"

通讯社采访此次会谈的摄像资料至今还保留着。会谈刚一结束，等在候机室外面的记者们就打开门涌进来了，哈弗坐在门左侧的角落里，戈尔和西拉伊季奇并排坐在中央的桌子旁，还在专注地交谈。影像到此暂时中断，下一个画面就是哈弗在门外介绍："这位是波黑外长哈里斯·西拉伊季奇。"然后西拉伊季奇独自面对记者的提问。

戈尔去哪里了呢？

"他逃走了。会谈一结束，戈尔马上就从后门出去，乘坐专机飞走了。"

哈弗说，他并非只是因为赶时间。

"他是为了逃避盯梢。这是政客时常干的事。面对麻烦的论点，先不表明态度，这并不是什么稀奇的事。"

如果被照相机拍到与西拉伊季奇的合影，无论他当时说了些什么，都会给人留下一种印象，他支持战争的一方当事人——波黑政府。如果戈尔认为此时这样做并非上策，这也不足为奇。西拉伊季奇独自一人面对哈弗召集的报道阵容，在哈弗看来，这是一个画龙却未点睛的结果。如果戈尔没那么谨慎，若无其事地从进来的门离开的话，有很多摄像机等在那里，应该无法避免与西拉伊季奇同框。但是，戈尔从27岁起就一直当选为联邦议员，在美国的政治舞台上身经百战、千锤百炼，并没有犯那种低级错误。

话虽如此，对哈弗来说，这次会谈也不算失败。西拉伊季奇和戈尔的会谈实现了。以此事为素材开展公关业务的手段多的是。

哈弗的真正目标是现任美利坚合众国总统的布什，他是很难搞定的对象，与在野党的副总统候选人戈尔不可同日而语。

布什总统的周围有无数官员和工作人员。想要突破重围将信息送到总统手上，即使对于哈弗来说，也是一项棘手的工作。布什在历任总统中也是尤其难以对付的政治家，他识别公关策略的能力很强。

里根和克林顿都是很有个性的总统，各自连任两届共 8 年，第 41 任总统乔治·H. W. 布什夹在二人中间，也许给人们留下的印象不深。实际上，与象征"强大的美国"的里根相比，布什看上去有些软弱，一直有人在背后说他是"wimp"（懦夫）。但是，后来他的长子当了总统，次子当了佛罗里达州的州长，稳固了作为美国政界名门的地位，堪比肯尼迪家族。

本来以乔治·布什的资历，是无法成为总统的。二战后，他在得克萨斯州创办了石油公司，大获成功。42 岁那年他当选为众议院议员，连任两届后转而竞选参议员，虽然被提名为候选人，却落选了。后来他既没当过联邦议员，也没当过州长。虽说他担任过里根政权的副总统，却政绩平平。1988 年，当他参加总统竞选时，在支持率方面与民主党候选人、马萨诸塞州州长杜卡基斯有很大差距。当时我正在波士顿留学，周围的人都认为来年1月杜卡基斯肯定会成为美国总统。那里是杜卡基斯的家乡，可能也有这方面的因素吧。

尽管如此，布什却当上了总统，原因就在于他成功运用了公关战术。布什阵营认识到了自己的劣势，他们注意到杜卡基斯州长的政策中包括保护罪犯的人权和废除死刑这一条。这只是杜卡基斯候选人的众多主张之一，布什候选人却给他贴上了"对凶犯宽容"的标签，猛烈攻击这项政策。他通过一个著名的选举宣传广告杰作，给杜卡基斯阵营造成了决定性的打击。

如今已经过去了15年，那条广告还深深地刻在我的记忆中。那是一个很简单的影像，荒野之中安装了一道通往监狱的旋转门，衣衫褴褛、面露凶相的罪犯排着队走进去，转一圈之后又一个接一个地走出来。不过，该广告特意采用了黑白拍摄，给人一种毛骨悚然的印象。它意味着如果杜卡基斯当选，社会就会变成这样，这一信息直击选民的内心深处。该广告一经播出，杜卡基斯的人气暴跌，布什当上了总统。

关于布什作为总统的业务能力，哈弗的评价有些严厉。他说："我认为布什总统的指导能力存在问题。他的行动太慢。如果换成英国前首相撒切尔那样的人物，应该能够更迅速地作出决断。"

哈弗说过："我这一生大部分时间都是一个支持共和党的人。"既然如此，他的这个评价可以说是相当严厉。这也意味着布什总统没有如哈弗所愿，迟迟不肯援助波斯尼亚人。因为布什小心谨慎，又有公关战略方面的知识，是个很难搞定的目标。

和国务院的官员不同，布什总统基本没有说过"种族清洗"这个词，谈到美国是否干预波黑战争的问题，也总是重复消极的发言。

国防部以及军队的首脑担心"波黑演变成越南"，反对介入，他们的意见似乎影响了布什。国防部部长切尼和参谋长联席会议主席鲍威尔凭借海湾战争的胜利这份大礼，获得了极大的发言权，也深受布什的信任。

7月初，向布什总统推销"种族清洗"的两次机会临近了。

第一次是7月4日，美国的独立纪念日。波黑在这一年3月举行了投票，询问国民对于独立的意见，紧接着宣布独立。一个月后，美国承认了波黑的独立。哈弗想出来的方案是，让伊泽特贝戈维奇总统在即将到来的美国独立纪念日给布什总统写一封感谢信。

哈弗写的草稿还保留着。

有好几个版本，随处可见手写的修改痕迹，还写着"草稿第二版"之类的文字。一看就知道草稿重新写了好几次。

信中写的日期是7月3日。正文很简洁，共16行，写在一张A4大小的纸上。日理万机的总统阅读这封信所花的时间估计不到一分钟。

信的开头充满了对美国的赞誉之词。

"值此美国庆祝独立之际，请允许我代表波黑共和国的国民及政府，对于贵国给予我们刚刚诞生的民主主义的无畏的援助，表达衷心的感谢。（中间省略）对于我们来说，美国就是一座灯塔，向全世界释放自由和正义以及民主主义的光芒。"

哈弗解释道："我们的目的是，强调波黑和美国一样，拥有自由和民主主义的价值观。为了传达这层意思，独立纪念日就是独一无二的好时机。"

重点是波黑总统说自己的国家"fledgling democracy"。所谓"fledgling"，是指像雏鸟一样，或者蹒跚学步的意思。他如此放低姿态，将美国吹捧为"民主主义的老前辈"，希望借此动摇布什总统的内心。美国人在内心深处往往很介意自己国家的历史很短，只有200多年。信中称赞其拥有"悠久的民主主义传统"，这种做法非常迎合美国人的自尊心。

哈弗得意地说："米洛舍维奇绝对写不出这样的信。"

毋庸置疑，不只是米洛舍维奇，西拉伊季奇和伊泽特贝戈维奇总统也写不出这样的内容。巴尔干地区的人自尊心都很强。虽然现在满足于"欧洲后院"的地位，但是他们背负着在漫长的历史当中培养起来的民族自豪感。他们就算是为了策略，也不会写"您就是全世界的灯塔"之类的话。

因为哈弗是美国的公关专家，才能写出这样的表达。

信中第三段出现了最重要的一句话：

"无论任何国家，都不应该赞成其他国家实施的屠杀、驱逐以及'种族清洗'。"

"种族清洗"这个词加了引号，能够自然而然地吸引读信人的目光。这封一位总统写给另一位总统的信中，布满了哈弗的策略。

第二个机会在7月9日那天降临了。

CSCE在北欧国家芬兰的首都赫尔辛基召开了首脑会议，按照计划，布什总统和伊泽特贝戈维奇总统都将出席。这是一次重大的活动，美国和欧洲各国的首脑云集，讨论冷战结束后欧洲的安全保障体制。

从公关战略角度来看，有两个要点。

第一，在正式会议之前，布什和伊泽特贝戈维奇两位总统很有可能举行第一次首脑会谈。这将是一次宝贵的机会，可以直接向美国总统陈述自己的主张，不知道什么时候才会有下一次机会。

另外，布什总统在正式会议上的演讲内容，将会成为另一个焦点。

法国的密特朗、英国的梅杰、德国的科尔、俄罗斯的叶利钦等各国领导人齐聚一堂，如果能让布什总统在这个场合亲自使用"种族清洗"这个词，会给各国首脑留下深刻的印象。

独立纪念日的那封信，也是为了这一天布下的棋子。但是，不管怎么说，如果能够通过首脑会谈直接向布什总统本人诉说的话，那才是最好的办法。尽管写演讲稿的另有其人，登上讲坛的却是布什总统本人。即使有原稿，美国的政治家也未必会照本宣科。他们有时候用自己的语言进行改编，有时候运用抑扬顿挫或轻重缓急等各种技巧，该强调的地方自己想办法强调，这就是美国的政治家。如果能够让布什总统在演讲中强调"种族清洗"，那就算大获成功了。

哈弗亲自前往赫尔辛基出差。那里聚集了来自世界各地的2 000多名新闻工作者。

身在萨拉热窝的萨维娜·巴布洛维奇是伊泽特贝戈维奇总统的首席助理，同时也是他的女儿。哈弗向她提出要求："请把我们的身份登记为波黑政府代表团的正式成员，以便我们能够参加所有谈判。另外，如果伊泽特贝戈维奇总统与布什总统的会谈能够实现，请安排我一起出席。"

此时波黑政府已经完全倚仗哈弗，外长西拉伊季奇和总统助理萨维娜收到的那些国际谈判的细枝末节的信息，哈弗都能逐一了解详情。有时候他会就应对策略提供建议，有时候也会协调西拉伊季奇和伊泽特贝戈维奇之间的意见。

但是，作为波黑政府的工作人员出席总统之间的会谈，是进一步深入内部的业务内容。毕竟哈弗是美国国民，并非波黑国民，跟波黑没有任何关系。

然而，波黑政府同意了哈弗的要求。

在这一点上，西拉伊季奇和伊泽特贝戈维奇贯彻了实用主义。他们的想法是，只要是用得着的人才，无论花钱雇用，还是其他国籍，只管拿来用就行。

哈弗在赫尔辛基，不仅和美国，也和欧洲各国乃至澳大利亚、土耳其等所有国家的媒体进行交涉，接连为伊泽特贝戈维奇和西拉伊季奇安排了单独采访，同时等待着"与布什总统的会谈定下来了"的通知。

伊泽特贝戈维奇在赫尔辛基的各国媒体面前很受欢迎，与西拉伊季奇相比毫不逊色。此时和西拉伊季奇第一次在美国召开记者见面会时的情形不同，波黑发生的"种族清洗"的实际状况已成为国际新闻的一大热点。而且，伊泽特贝戈维奇比西拉伊季奇出国的机会少，对于西方的记者来说，更是一次难得的采访机会。

在会谈开始的两个小时之前，哈弗接到了布什将要和伊泽特贝戈维奇进行会谈的通知。他麻利地帮伊泽特贝戈维奇和西拉伊季奇做了会谈中的角色分工。

"我们能和美国总统交谈的时间非常有限。也不知道什么时候才有下一次机会。我们必须妥善安排好。首先，请伊泽特贝戈维奇总统说话。先寒暄，再讲一下大概的框架，然后把接力棒交给西拉伊季奇外长。请用通俗易懂的语言对美国人解释一下塞尔维亚人的行径。"

关于这个角色分工，哈弗这样解释道："一般人不太了解，国际性的首脑会谈往往会在友好的氛围下进行，其实只是单纯的闲聊，很快就到了预定的结束时间，这种情况很常见。因此，要想确保把自己想说的话传达给对方，就需要事先安排妥当，定好发言人、发言内容和要点。从英语能力和逼真的表述能力来说，西拉伊季奇外长要在伊泽特贝戈维奇总统之上，所以我决定让总统拣最重要的话说，尽快说完，然后把时间留给西拉伊季奇外长。"

此次会谈的录像中，还包括实质讨论开始前的几分钟内容。房间的大小与小学教室差不多，椅子被摆成了V字形，布什总统和伊泽特贝戈维奇总统分别坐在最重要的位置，美国方面除了贝克国务卿，还有几名工作人员一字排开，对面坐着波黑方的代表。

会场上有几十架电视摄像机，人群拥挤嘈杂。伊泽特贝戈维奇将目光投向了摄像机,似乎对这样混乱的场面有些吃惊。他和西拉伊季奇不同,还不太习惯面对媒体。另一方面,由于他连续多日住在炮弹与枪弹交织的总统府里,冒死为波斯尼亚人工作,因此很有领袖风范,颇受欢迎。布什似乎对这样的伊泽特贝戈维奇产生了好感和兴趣。

几分钟后,媒体被要求退出会议室,会谈开始了。

会谈的形式基本是波黑方面说、美国方面听。

首先,伊泽特贝戈维奇的英语虽然不太熟练,却斩钉截铁地提出了要求:"塞尔维亚人正在攻击萨拉热窝,请您从空中轰炸他们的大炮阵地。这是只有美国才能做到的事。"

布什委婉地告诉他美国不能单独采取行动:"我们需要跟欧洲的友好国家商量之后,再进行下一步。"

"那么,我们不得不采取自卫对策。我们可能会从其他国家购买武器,招募外国士兵。幸好有的国家答应了我们的请求,愿意卖武器给我们,也有士兵愿意赶来相助。"

自从上一年斯洛文尼亚和克罗地亚爆发了南斯拉夫战争以后,国际社会就禁止向原南斯拉夫各国出口武器。所以波黑和塞尔维亚都无法进口武器。伊泽特贝戈维奇的意思是有可能无视国际间的这项约定。跟能说会道的西拉伊季奇相比,伊泽特贝戈维奇虽然英语不太流利,说话却很有分量。这些耍手腕的话由他说出来更有压迫力。

接下来就该西拉伊季奇大显身手了。他穿插着举了一些宛如纳粹党暴行的残酷事例,讲述了萨拉热窝的市民如何生活在水深火热之中,"种族清洗"在整个波黑境内发展到了什么程度。他明明没有回过波黑,却仿佛亲眼所见一样,他的讲话技巧已经达到了艺术的高度。他还指出,时间拖得越久,当地的状况越糟糕,国际社会要想解决这个问题付出的代价也会更大。因此,他恳求美国尽可能地早点行动。

哈弗冷静地观察着美国代表团的成员的表情。贝克国务卿听了西拉伊季奇的这番话,似乎内心不为所动。

哈弗说:"据说贝克国务卿是那种冷静又透彻的类型的人,无论遭遇什么样的事态,无论听到什么,总会计算其背后的政治风险和得失。不过,我并没有指责他的意思。我觉得那是他应尽的职责。"可能也是因为贝克4月曾和西拉伊季奇交谈过,已经对他的讲话技巧产生了免疫力。另外,通过国务院的工作人员每天上报的消息,贝克应该知道,西拉伊季奇的话多少有些夸大其词,在攻守形势逆转的地方,波斯尼亚人也曾对塞尔维亚人实施有悖人道的行为。

然而,对于布什总统来说,这是第一次"体验西拉伊季奇的讲话艺术"。布什的表情浮现出了明显的变化,这一切都被哈弗看在眼里。

"布什总统一直在全神贯注地倾听。而且我看得出来,他的内心发生了激烈的动荡。"

正在此时,哈弗注意到美国代表团出现了小小的波动。

当时布什正在发言。

"国务院的工作人员从背后悄悄走近贝克国务卿,递给他一张小纸片。贝克国务卿倚在椅子靠背上接过那张纸,那一瞬间我看清了那是一张什么纸。"

那是哈弗的名片。在谈判开始之前，哈弗将自己的名片递给那位国务院的工作人员，并作了自我介绍。那张名片如今到了贝克手上。

"我当时的理解是，美国代表团发现对面的波黑政府一方的座位上坐着一个美国人，这让他们很介意。"

哈弗瞅准时机，尽量不着痕迹地悄悄离开了座位，走出了进行首脑会谈的房间。

"我的想法是，不能因为我的存在，对谈判的进展造成丝毫的影响。我觉得这次会谈真的是一次难得的机会，所以哪怕是再小的风险也应当回避。在国务院的官僚和政客当中，有人不希望美国公关企业的员工出现在这样的谈判场合。例如，克林顿政权的第一任国务卿克里斯托弗就属于非常在意这些事的人。而第二任国务卿奥尔布赖特就丝毫不介意。虽然当时我不清楚贝克国务卿属于哪种类型，反正我决定不要冒险。"

实际上，在哈弗离开之前，谈判基本已经结束。包括贝克在内，没有人责难哈弗的存在。

会谈结束后，西拉伊季奇从房间走出来，问哈弗："吉姆，你为什么中途离开了？"

西拉伊季奇没有注意到美国代表团的小小的举动，哈弗对他解释了这件事。西拉伊季奇表示，哈弗离开以后，会谈进行得也很顺利。看来会谈取得了成功。

几个小时之后，哈弗和西拉伊季奇亲眼见证了首脑会谈的成果。

赫尔辛基会议的高潮是布什总统的演讲。布什登上讲坛，用比以往任何时候都严厉的语言谴责了塞尔维亚人。最后，他用戏剧性的语言结束了演讲。

"如今，我们在这里商议的这一瞬间，他们也在实施'种族清洗'。"

布什缓缓从讲坛上走下来，满场响起了雷鸣般的掌声，久久没有平息。

布什特意把"ethnic cleansing"这个词说得很慢，并用很大的声音加以强调。英国的梅杰自不必说，密特朗和科尔以及叶利钦虽然母语不是英语，就算其他部分听不懂，应该也能听清这个单词吧。

布什也认识到了"种族清洗"这个宣传语所拥有的力量。

赫尔辛基峰会结束后没过多久，布什给伊泽特贝戈维奇写了一封信。这封信由在纽约的美国驻联合国大使转交给了波黑驻联合国大使萨契尔贝伊，共3张A4大小的纸，长达73行。信中详细回顾了以前围绕波黑战争进行的国际谈判的经过，列举了塞尔维亚人的暴行并加以谴责。

开头的第三行出现了"种族清洗"这个词。

上面写道："对于'种族清洗'这种天理难容的政策，我表示强烈的谴责。"

"我们准备推行孤立塞尔维亚的政策，加强监管，确保经济制裁措施得到贯彻执行。"

"我们正在给联合国安理会施加压力，以便通过决议，采取一切必要的手段为波黑提供人道援助。"

"一切手段"也包括军事行动。毫无疑问，以赫尔辛基峰会的首脑会谈为契机，布什的认识发生了变化。

关于自己发挥的作用，哈弗回忆道："我所负责的工作，如果拿日本的外交当局作比较，就相当于外务省的官员的职责。不过，波黑政府本来就没有外交官员之类的职位，所以我还承担了这个角色。"

估计他所言不虚。日本政府有时候也会雇用美国的公关企业。不过，绝对不可能让公关企业的员工一起参加首脑会谈。在日本，由官员负责国际政治舞台上的公关战略。任何一个发达国家都是如此。然而，问题在于哈弗的公关能力远超日本外务省的官员。结果就发生了令人啼笑皆非的现象：波黑这样的小国没有自己的外交官员，却受到了全世界的关注，在国际政治的舞台上比日本等国家的存在感大得多。

我想陈述一下自己的感想。

日本外交当局的公关战略水平极低。这是一个结构性的问题。美国的高级官员往往先在民间历练之后再进入政府，或者成为官员之后也会暂时离开政界，在社会上积累经验。他们的能力都是在民间的那种你死我活的严酷世界中磨练出来的。另外，助理国务卿博尔顿是律师出身，以前曾担任司法部的高级官员，像他这样在各种中央机关工作、视野开阔的例子也很多。日本的外交官有时候也会被"临时调往"其他部门，但是说到底只是以"客人"身份待在那里，与美国的做法存在根本性的性质差异。美国的做法非常灵活，假如哈弗愿意，他本身也可以进入国务院工作。要想制定并执行用于国际政治的公关战略，绝对需要这样宽广的胸襟。

在日本，大多数外交官都是大学毕业后马上进入外务省，在那里工作一辈子。按照这种做法，日本的国际形象恐怕永远都无法提升。最近政府也开始从民间录用一部分人才，但是无论从质还是量的方面来看，都只能算权宜之计。显而易见，如果不从根本上改革现在完全僵化的政府的人事制度，在21世纪，日本的国际地位将会不断下降。

第九章

反　攻

"So, help me God",南斯拉夫联盟的总理竟然用英语作为演讲结束语。

1992 年 7 月 14 日，有个人就任了南斯拉夫联盟的总理，他的名字震惊了全世界。

前助理国务卿托马斯·奈尔斯曾在美国国务院主管欧洲事务，他是欧洲问题方面的专家，却表示此事完全出乎意料。他坦白地说："我只能说这是历史上很难解释清楚的一次偶发事件。"

比尔·普雷斯曾在 CNN 的招牌辩论节目《穿越火线》（*Crossfire*）中担任主持人，他认为这位新总理有能力改变南斯拉夫的命运："如果他能取代米洛舍维奇，成为南斯拉夫联盟的总统的话，一定可以避免巴尔干地区后来发生的悲剧。"

新总理的名字叫米兰·帕尼奇。他生于贝尔格莱德，却拥有美国国籍，住在洛杉矶近郊的奥兰治县。也就是说，住在加利福尼亚的美国人突然成了南斯拉夫联盟的总理。不仅在南斯拉夫，即使在巴尔干地区，乃至整个欧洲，都是史无前例的事。

帕尼奇生于 1929 年，年轻时是代表南斯拉夫的自行车运动员。在世界各地参加比赛的过程中，他无法抑制对自由的国度美国的向往，在 26 岁那年流亡到美国。当时他身上只有 200 美元，后来创立了 ICN 制药公司，成功发展成了国际性的大型企业，整个集团的总资产额达到了 15 亿美元。CEO 帕尼奇在世界各国成立了分公司，经常乘坐私人专机在各国之间飞来飞去。也就是说，帕尼奇是实现了美国梦的典型代表。

实际执行这次异想天开的总理任命的人，就是塞尔维亚共和国的总统米洛舍维奇。他的目的很明确。米洛舍维奇给新总理赋予的使命就是，挽回日益恶化的塞尔维亚的形象，在和波黑政府的公关战中打赢翻身仗。

5月底，联合国开始对塞尔维亚实施经济制裁措施，不过短期之内市民的生活不会马上陷入困境。但是，米洛舍维奇担心这会对将来产生严重的影响。他在进入政界之前，曾担任贝尔格莱德银行的行长。他很关心经济，拥有很多相关知识，他知道如果制裁措施长期持续下去的话，其影响会一点一点地逐渐显现出来。但是，他不知道怎样才能让联合国解除制裁。

一名部下对他说："塞尔维亚的国际形象不断恶化，我觉得政府需要聘请一位能够向西方各国强力推进公关战略的人才。"

"我们国家有熟悉公关战略的人吗？"

"这个嘛……"

那个部下没能回答出来，不过当时米洛舍维奇的脑海中浮现出来一个人，那就是身在美国的帕尼奇。

帕尼奇很在意自己的祖国塞尔维亚受到的评价变差一事，很早之前就在美国发起了行动。他和塞尔维亚裔女参议员海伦·宾利合作成立了一个叫"塞尔维亚网"的组织。大学教授、政界、经济界有名望的人等在美国的塞尔维亚裔成功人士纷纷加入，为了挽回塞尔维亚人的形象集思广益。他们利用成员的社会地位，多次在《纽约时报》等报刊上刊登拥护塞尔维亚的言论广告。由于没有罗德公关公司那样的专家参与，并没有取得出色的成果。不过，在美国努力挽回塞尔维亚形象的帕尼奇的名字却传到了米洛舍维奇的耳朵里。

"把那个人请过来的话，也许能派上用场。因为他在美国政界和媒体那边肯定也有很多关系。"

米洛舍维奇去找作家出身的南斯拉夫联盟总统乔西奇商量了一下，正好南斯拉夫联盟的总理一职空缺，便决定把这个职位给帕尼奇。这在塞尔维亚政界是任何人都没有想到的事，不过既然是米洛舍维奇的主意，就没有人敢违抗。

当时，塞尔维亚共和国与南斯拉夫联盟基本上近似一个国家的状态。组成南斯拉夫联邦的各个共和国接二连三地宣布独立，"联邦"只剩下了塞尔维亚共和国与黑山共和国。这两个共和国中，塞尔维亚要大得多，国土面积占整个联邦的80%，人口占九成。即使如此，"联邦"在形式上依然存在，因此南斯拉夫联盟的总统和总理、塞尔维亚共和国的总统和总理都在共同的首都贝尔格莱德。无论谁都看得出来，在这四个人当中，实际上权力最大的是米洛舍维奇。

帕尼奇被选拔为总理后，在贝尔格莱德分别会见了米洛舍维奇以及自己的顶头上司——联盟总统乔西奇。

"现在西方媒体对我们的敌视非常不合理。你在美国取得了成功，希望你先解决一下这个问题。"

不仅米洛舍维奇，在塞尔维亚拥有很大势力的塞尔维亚正教会以及军队的领导人全都说了同样的话。

帕尼奇回答道："交给我吧。"他明确理解了众人期待自己承担的角色。

帕尼奇知道波黑政府的背后有罗德公关公司的支持。因为他在美国时就曾作为"塞尔维亚网"的代表之一，就签约问题试探性地咨询了排名靠前的几家大型公关企业，结果发现了惊人的事实。

"那些公关公司已经和原南斯拉夫的各个共和国签订了合同。克罗地亚、马其顿等先行一步，我们出手太晚了。"

帕尼奇也曾考虑过雇用罗德公关公司。后来他才知道罗德公关公司已经先后和克罗地亚、波黑签订了合同。

尽管如此，帕尼奇仍然对自己有信心。因为美国让他从一个只有 200 美元的人变成了亿万富翁。他知道如何在美国获得成功。他在政界和经济界不乏熟人。还有一点，帕尼奇在答应就任总理之前，就和布什总统有过接触。

他对布什说："南斯拉夫联盟让我当他们的总理，我打算答应，不过还想继续保留美国的公民权。我想作为一个美国人去担任南斯拉夫联盟的总理。"

严格说来，如果一个美国公民成为南斯拉夫联盟的总理，接受联盟政府的工资，就等于违反了经济制裁政策。但是，作为特例，布什同意帕尼奇保留美国国籍的同时担任南斯拉夫联盟的总理。

通过这件事，帕尼奇觉得自己获得了布什总统的支持。

帕尼奇的公关战略始于 7 月 14 日的总理就职典礼。

这一天，在南斯拉夫联盟的国会上，帕尼奇与联盟总统乔西奇、塞尔维亚共和国总统米洛舍维奇并排坐在最前排，会议进行到一半的时候，在基本全票通过的情况下被提名为总理。然后，他站上讲坛，开始发表就职演讲。演讲大约持续了 20 分钟，最精彩的部分就是最后一句话。

演讲自然是用塞尔维亚语进行的，不料帕尼奇突然说了一句"So，help me God"，结束了演讲。

南斯拉夫联盟总理的演讲竟然用英语作为结束语，简直是前所未闻的事。

日本的首相无论多么擅长英语，如果最后用英语致辞结束演讲的话会怎么样？估计是一样异常的光景。

但是，在瞬间的鸦雀无声之后，满场的议员全都站立起来，用雷鸣般的掌声对这位新总理表示了欢迎。这说明贝尔格莱德的人们对于仇视自己的国际舆论感到烦恼，发自内心地希望帕尼奇能够力挽狂澜。

然而，帕尼奇用英语献给上帝的祈祷，并不是说给会场上的国会议员们听的。他是考虑到了现场有西方各国的媒体的摄像机。

一个塞尔维亚裔美国人，从加利福尼亚来到贝尔格莱德，当上了总理，光是这段独特的经历，就已经让很多西方媒体产生了特别的兴趣。

西方各国的主流报纸马上报道了这句"help me God"。各大电视台也千篇一律地截取了演讲中的这一片段向全球播出。这句话非常适合用来作原声摘要。

就职演讲结束后召开了记者见面会，对于西方记者的提问，帕尼奇自然是用英语回答，而对于当地记者用塞尔维亚语提的问题，一开始他使用塞尔维亚语回答，很快也切换成了英语，并不在意那名提问的记者是否能听懂。西方的记者很高兴，因为这样采访很轻松。这一点对帕尼奇来说很重要。

帕尼奇说："西方的记者们一开始用怀疑的眼光看着我。所以我要竭尽所能对西方的记者表示友好。因为这是我的职责。"

正如帕尼奇说的那样，对于他的实干能力，当初大多数西方媒体的报道都持半信半疑的态度。不仅是因为他时隔37年才回到贝尔格莱德，还因为他在美国也没有任何从政经验。这样的商人能做成什么事呢？这种论调根深蒂固。正因为如此，帕尼奇才拼命采取对策应对媒体。

加利福尼亚的企业家突然冒出来负责塞尔维亚的公关战略，对于哈弗来说也是一件出乎意料的事。哈弗说，一开始以为帕尼奇就任总理的消息是个玩笑。但是，当他发现消息属实后，就叮嘱西拉伊季奇小心提防："他们将会正式开始反攻。我不清楚帕尼奇这个人的能力有多强，不过他有可能成为难以对付的敌人。很遗憾，至少他能动用的资金远超我们。"

经过调查，他们发现帕尼奇可以立刻用于公关的费用超过了100万美元，除了他自己经营的制药公司ICN拿出来的钱，还有来自"塞尔维亚网"成员的捐款。波黑政府处于就连支付几万美元的费用都举步维艰的状况，这样看来，两者的资金力量相差悬殊。

而且，帕尼奇以前通过巧妙运用公关战略发迹，成了一方富豪。有时候为了宣传自己公司生产的药品的功效，他采取的手法被视为有违法的嫌疑。他在宣传治疗艾滋病的药物时，存在欺骗消费者的行为，也曾遭到食品药品监督管理局（FDA）和证券交易委员会（SEC）的指控。帕尼奇对这个问题寸步不让，他不仅坚持声称自己的合理性，还协助民主党中有权势的人筹集资金，获得了对方的支持，不久后和政府做"交易"，达成了和解。这件事充分显示了他处世精明的一面。

当时人们认为，帕尼奇最大的弱点是在南斯拉夫联盟国内没有伙伴。针对这一点，帕尼奇也有条不紊地采取了对策。

首先，他邀请了在美国斯坦福大学研究文学的米奥德拉格·佩里西奇，令其担任自己内阁的信息部部长。佩里西奇是个不折不扣的学者，和商人出身的帕尼奇的性格形成了鲜明的对照。不过，他在美国生活的时间很长，精通英语，而且熟悉美国社会的构造，与帕尼奇意气相投。他对美国报道波黑战争时偏向于谴责塞尔维亚的状况感到愤怒，也认识到了公关的必要性。

另外，帕尼奇还把 ICN 制药公司秘书室里的美国人大卫·卡莱夫带到了贝尔格莱德，让其担任秘书。卡莱夫虽然并不是公关专家，却也曾在 ICN 制药公司负责对外宣传工作。最重要的是，他是土生土长的美国人，和塞尔维亚没有任何渊源。当西方的记者申请采访帕尼奇时，负责接待的卡莱夫是美国人，他和波黑政府聘请的哈弗作用一样，可以增加西方记者的好感。举例来说，如果一个缺乏海外采访经验的日本记者申请采访美国的重要人物，当他意外地发现其秘书是日本人时，那种安心的感觉是一样的。

这样一来，帕尼奇的周围聚集了一群既通晓英语又熟悉西方社会的人才，他开始马不停蹄地走访各国。他用两周时间走访了 13 个国家，与 27 位国家元首进行了会谈，包括法国总统密特朗、英国首相梅杰，基本涵盖了欧洲的主要国家。这是一种声势浩大的外交方式，以前的塞尔维亚政治家从来没有这样尝试过。

但是，比起和各国元首进行沟通，更重要的是他每到一个国家，都会受到当地记者和电视摄像机的关注。

如果老老实实地待在贝尔格莱德，在媒体露面的机会就很有限。这一时期，在波黑的首都萨拉热窝，有大量西方记者报道塞尔维亚人进攻的情形。"那个举办过冬奥会的地方——萨拉热窝，正化为一片废墟。"这样的报道如实地反映了当时的状况。反过来，战火并没有波及贝尔格莱德，驻在那里的西方记者也很少。但是，如果帕尼奇访问英国，以《泰晤士报》（*The Times*）为首的伦敦各家报纸负责国际版面的记者几乎都会来采访；如果他去法国，《世界报》和《费加罗报》（*Le Figaro*）的记者也会来采访。

帕尼奇在各地被记者围在中间，他口齿伶俐、能言善辩。

帕尼奇的语言富含比喻意义，能给人留下深刻的印象，经常被报道直接引用，也曾多次出现在标题中。例如："我此行的目的是把塞尔维亚这艘海盗船变成和平之舟。"

帕尼奇还主动使用了"种族清洗"这个词。

"'种族清洗'是我国的耻辱。它害得塞尔维亚人被全世界当成了野蛮人。我会立刻制止这种行为。"

另外，他还说："实施'种族清洗'的人，无论是谁，都应该被抓进监狱，接受国际法庭的审判。"这句话即使从西拉伊季奇口中说出来也不奇怪。

帕尼奇之前从未参与塞尔维亚的政治，他承认塞尔维亚人实施过"种族清洗"行为，表示会加以制止，只有他才能使用这种逻辑。帕尼奇把自己作为新手的劣势转化为优势，妙语连珠，赢得了西方记者的喜爱。

没过多久，西方媒体当中寄希望于帕尼奇的论调逐渐增多了。

首先，美国的主流报纸之一《洛杉矶时报》（*Las Angeles Times*）经常用大段的文章报道帕尼奇出访各国的经历，介绍他说过的话，可能也是因为这家报社就在他的家乡加利福尼亚。另外，7月27日刊行的《新闻周刊》以"Panic and Hope"（恐慌和希望）为题写了一篇专题报道，帕尼奇的名字用英语拼写是"Panic"，与"恐慌"的拼写相同，语义双关。文中介绍了担心帕尼奇的国内政治基础薄弱的意见，同时又引用了他的老朋友——一位美国原参议员——的话："估计米洛舍维奇很快就会发现，帕尼奇不是可以随意操控的人。"这篇报道的署名中有玛格丽特·华纳的名字，她原本应该是哈弗最信赖的新闻工作者之一。帕尼奇没有任何实际业绩，却出现了这种对他抱有期望的报道，证明"美国人成为南斯拉夫联盟的总理"这一事实本身就是一种有效的公关策略，而且已经开始发挥作用。

下一期的《新闻周刊》又用了几乎一整页的版面刊登了对帕尼奇的独家专访。帕尼奇讲述了自己的家庭成员组成。

"我妻子是克罗地亚人；女儿嫁给了波斯尼亚人，改信了伊斯兰教。"

帕尼奇不惜将自己的隐私拿出来作卖点，自己化身"广告塔"，他想彻底抹掉塞尔维亚人歧视波斯尼亚人、实施种族清洗的负面形象。这表明了他为达目的不择手段的决心。

帕尼奇在美国时就看过关于西拉伊季奇的报道，知道他在媒体上非常活跃。关于西拉伊季奇,帕尼奇评价说:"西拉伊季奇是一名卓越的'公关人员'。即使讲述的内容空洞无物,他也能在电视摄像机面前潸然泪下。如果他成为一名销售人员,肯定会大获成功。"

帕尼奇不仅在回答我的采访时这样说,在和平谈判中见到西拉伊季奇时也曾当面说他:"比起当什么外交部部长,你更适合到处推销二手车。"

据说西拉伊季奇听到这句话后给帕尼奇回了一个笑脸。

帕尼奇下定了决心,要成为塞尔维亚方的西拉伊季奇。

美国的媒体中发生的变化即将形成更大的旋涡。

《国家杂志》(*National Journal*)上刊登了一篇题为《波黑有什么特别的?》的论文,作者是专栏作家大卫·莫里森。他首先承认:"毫无疑问,南斯拉夫联盟发生的令人发指的行为是难以饶恕的。可能有5万名波斯尼亚人被杀害,还有140万人遭到了驱逐。"接着他又指出:"不过,苏丹死了50万人,300万人流离失所。"他的主张是不应该只过度强调波黑的悲剧。

在该论文中,代表美国的国际问题智库兰德公司的权威研究员本杰明·施瓦茨也评论道:"(非洲和波黑)应该没什么不同。(只关注波黑)甚至是一种犯罪行为。"

持有这种想法的人,在帕尼奇上台之前就有,在他下台之后应该也有。然而,这种意见是否会出现在公众视野范围内,就要取决于当时支配媒体的社会氛围。在支持波黑的意见一边倒的氛围笼罩下,公开表示"悲剧并非只发生在波黑"是很危险的事。

前文介绍过的联合国秘书长加利就是因为表明了这种想法，结果遭到了谴责。如果是像加利这样的政治家，就有可能失去地位；如果是研究人员或新闻工作者，说不定会断送自己的声望。即使有人写了这种内容的论文，编辑估计也会斟酌发表的时机。

莫里森和施瓦茨等人的观点并没有否定塞尔维亚人存在有违人道的行为，而是一种正当的言论，他们希望媒体拥有平衡感和广阔的视野。这些论调以前没有浮出水面，如今之所以会出现，说明帕尼奇的努力多少阻挡了一些支持波黑的舆论的激流。

为了进一步削弱这股激流，帕尼奇打算在幕后采取对策。

那就是雇用美国有实力的公关企业。

帕尼奇既要扮演相当于西拉伊季奇的角色，还必须完成类似哈弗的工作。作为一个社会主义国家，南斯拉夫多年来处于铁托的统治下，没有人能够理解西方世界所说的公关的意义，没有人能够辅佐帕尼奇。说到公关，很多人以为是用来给自己国家的人民洗脑的宣传活动。经过各种努力，费尽辛苦，最终绝大多数人还是认为没有必要征服美国的新闻工作者和议员。

美国律师大卫·厄尼负责协助塞尔维亚方进行公关活动，关于塞尔维亚人对公关的理解落后于时代的现状，他感叹道："塞尔维亚人单纯地相信，即使他们不采取任何措施，用不了多久人们也会自然而然地知道真相。因此，为了让他们明白，需要花钱朝对自己有利的方向引导舆论，我费了一番周折。"

帕尼奇在没有专业人士帮助的情况下，辗转于各国之间，连日来召开记者见面会、接受采访，已经疲惫不堪。波黑政府有罗德公关公司相助。塞尔维亚人绝对需要为他们工作的公关企业。

帕尼奇对信息部部长佩里西奇说："我希望你飞到纽约，找一家优秀的公关企业，与他们签订合同。只有我们塞尔维亚人还没有借助专业人士的智慧啊。这样下去的话迟早会输。我以前找过几家，你要扩大范围，多打听一些公司。拜托你了。"

佩里西奇回到美国，到处寻找公关企业，腿脚都跑得酸痛了，然而却没找到愿意和塞尔维亚签约的公司。克罗地亚、波黑等其他共和国都在雇用美国的公关企业，为什么单单南斯拉夫联盟政府不行呢？佩里西奇虽然感到难以理解，但是他一想到帕尼奇那急切的神情，还是像一个营销人员一样百折不挠地继续寻找公关企业。

终于有一家规模不算太大却备受好评的公关企业答复说："好吧。老实说，你们已经落后了，这项工作难度很大，不过我们挑战一下吧。"

"看来总算可以给帕尼奇总理汇报好消息了。"

佩里西奇放心了。两天后，他再次造访了该公司位于纽约的办事处。

然而，该企业的态度在两天之内发生了天翻地覆的变化。

"很遗憾，我们不能和贵方签订合同。"

"为什么呀？"

"按照规定，在和国外的顾客交易时，必须向政府申报。可是，他们说如果和南斯拉夫联盟政府签约并收取报酬的话，就会违反法令。"

"为什么呢？"

"因为违反经济制裁措施。"

5月底,为了响应联合国的制裁方针,美国政府采取的经济制裁措施又在联合国制定的制裁方案的基础之上添加了一条。按照文件规定,不只是物品,还"禁止进出口一切形式的服务"。

美国的公关企业如果为南斯拉夫联盟政府或塞尔维亚人工作,就会违反这条规定。

按照法律规定,公关企业在和国外的政府或企业签订合同时,必须将合同内容上报司法部。司法部向公关企业作出指示,不要和塞尔维亚人签约。这一消息也传入了位于华盛顿的南斯拉夫联盟大使馆。

谈到当时的感受,佩里西奇说:"美国政府肯定想要捏造'黑色塞尔维亚'的形象。"

帕尼奇听到这个消息后,愤怒地说:"我是美国人!美国为什么对我采取这种态度?"

帕尼奇保留美国国籍的同时担任南斯拉夫联盟的总理,这一特权得到了布什总统的认可。因此他以为自己获得了美国政府的大力支持,然而以美国政府的立场,对帕尼奇的态度却没有那么宽容。

前助理国务卿奈尔斯说:"我早就知道他无法控制塞尔维亚的政界。因为他根本就没有从政经验啊。确实,他出生于塞尔维亚,又在美国创立了事业,所以跟这两个国家的渊源都很深。但是,仅此而已。帕尼奇没有权力,在米洛舍维奇认为可以利用他的时候,就会利用他,一旦认为他没有了利用价值,就会立刻抛弃他。这就是他的处境。"

在美国政府看来,对于保留帕尼奇的公民权一事不加追究,就可以避免被人指责说妨碍帕尼奇就任总理,这一点最为重要,如果帕尼奇能够取得一定的成果,那就是意外收获。

实际上,国务院的一位负责人当时就曾向某家主流报纸表示:"我们可不想被人指责,说什么巴尔干地区的形势本应有所好转,就因为你们妨碍帕尼奇就任总理,结果问题没有得到解决。"

也就是说,单凭帕尼奇是美国人这个理由,没必要给予他更多支持。

但是,帕尼奇并没有放弃与公关企业签约的打算。他觉得无论如何都需要专业人士的帮助,以便与罗德公关公司抗衡。

他想到了一个办法,那就是利用在美国的塞尔维亚人团体。如果在美国的塞尔维亚裔居民组成的团体自行雇用美国的公关企业,就不算违反经济制裁政策。因为那是美国国内的合同,跟南斯拉夫联盟的进出口没有关系。而且,除了帕尼奇自己创办的"塞尔维亚网",美国还有好几个塞尔维亚裔的团体,资金力量十分雄厚。

此时,实际行动起来的是一个叫"塞尔维亚统一议会"的团体,负责人名叫迈克尔·格奥尔基耶维奇,他和帕尼奇一样,是一位在加利福尼亚取得成功的实业家。他出身名门,继承了南斯拉夫王国时期的王族血统,作为在美国发迹的塞尔维亚人代表,他和帕尼奇也有来往。虽然在铁托的社会主义政权下,他无法在祖国得见天日,但他觉得如今正是为国尽力、显示存在感的大好时机。

格奥尔基耶维奇把这项工作托付给了大卫·厄尼,后者在密尔沃基市开了一家律师事务所。厄尼律师是个地道的美国人，不过他夫人是塞尔维亚裔美国人，因此他对塞尔维亚有亲近感。

他说："好的，作为朋友我愿意助你一臂之力。"

厄尼开始不知疲倦地寻找公关企业。他是一位经验丰富的美国律师，比起曾经从事文学研究的信息部部长佩里西奇，他寻找公关企业的效率高得多。

厄尼的事务所的所在地密尔沃基市是威斯康星州的核心城市，也是美国知名的啤酒之都，距离芝加哥只有数小时车程。这一带属于五大湖沿岸地区，居住着众多来自塞尔维亚的移民。

厄尼的事务所非常雅致，位于密尔沃基市中心的摩天大厦，接近顶楼。他在那里接受了我的采访。他说话像机关枪一样快。

"我听说那些人人都能立刻想到的知名公关公司已经和原南斯拉夫的其他共和国签订了合同。但是，我通过一番努力，很快就和华盛顿的一家公关企业签订了临时合同。虽然那是一家新成立的公司，但是人们纷纷称赞它的实力不逊于知名企业。"

那是乔迪·鲍威尔创办的公关企业。他是前总统卡特的白宫新闻发言人，由于头脑聪明、能力出众，他的名气很大。听说这是一家雄心勃勃的公司，在政治和国际关系领域摸爬滚打，在相关工作中发挥其高明的手腕。

该公司名叫鲍威尔·泰特公司，其负责人乘飞机来到了芝加哥。厄尼和妻子前往芝加哥，与格奥尔基耶维奇会合后，一起听了负责人对提案的说明。

"那个企划方案给我留下了特别深刻的印象。大家一起讨论，觉得这样一来肯定可以挽回塞尔维亚的形象。我们都很高兴，随后立刻寄了一张5万美元的支票作为预付款。"

鲍威尔·泰特公司回复说收到了定金支票，金额确切无误。

虽然经历了重重障碍，最终他们在专业人士的帮助下正式开始反攻。他们要揭露波斯尼亚人欺瞒公众的真相，趁罗德公关公司和西拉伊季奇不备，实施更厉害的公关策略，做到一鸣惊人。

塞尔维亚方的所有人对此深信不疑。

但是，事情的发展并没有那么顺利。

正在此时，紧接着"种族清洗"，另一个可怕的关键词伴随着巨大的冲击力，开始从欧洲席卷全世界。

第十章

集 中 营

位于波黑北部的奥马尔斯卡有个"集中营",这个消息传遍了全世界。

纳粹党是盘踞在西方社会人们内心深处的一种精神创伤。1992年8月初，这道深深的伤痕使"集中营"（concentration camp）这个词如亡灵一般再一次出现在欧美社会。

无需直接言明，一说到"种族清洗"，人们就会想起大屠杀，而"集中营"就是纳粹党的典型形象。"种族清洗"这个词在长达4年的波黑战争中一直被使用，逐渐成了那场战争的代名词。它作为国际政治领域的一个术语固定下来，现在仍然有人使用。而"集中营"这个词虽然也是一直用到战争结束，但是如同昙花一现，只在那一年夏天的短期内成为媒体的高频词汇。可以说它的冲击力很强，但效果持续的时间比较短。

"集中营"是公关战争中的烈性药，在短时间内，产生了非同凡响的效果。

《华尔街日报》的副总编乔治·马龙表示："'集中营'是一个非常'loaded'的词。"'loaded'指的是枪里"装填着"子弹的状态，由此也衍生出了"有言外之意"这层意思。确实，"集中营"这个词包含的言外之意，拥有如铅制子弹般的危险力量。

每当听到"集中营"这个词，人们就会联想到奥斯威辛集中营，脑海中浮现出的是形容枯槁的犹太人被剥夺了全部财产后押往毒气室的画面，非常有冲击性。

斯皮尔伯格在名利双收后又凭借《辛德勒的名单》斩获了奥斯卡金像奖。当时，他选择了集中营作为这部电影的主题。斯皮尔伯格知道，这个主题最能打动评委的内心。

据说波黑有一处塞尔维亚人建造的"集中营",用来关押波斯尼亚人。这则消息登上了 8 月 2 日刊行的纽约小报《新闻日报》(Newsday)的头条。随后,又加上其他媒体的争相报道,急剧增加了这则新闻的冲击力。无论是西拉伊季奇和哈弗,还是塞尔维亚方的帕尼奇等人,甚至美国的国务院和议会都受到了"集中营"这股滔天巨浪的冲击。有些人巧妙地乘风破浪,而有些人则被巨浪吞没了。

那一天,"死亡集中营"这几个大字占据了《新闻日报》的一整个版面。这篇报道的主要内容是从波黑北部一个名叫奥马尔斯卡的集中营逃出来的两名囚犯的证言,附上了其中一名犯人(63 岁,化名为"梅霍")的面部照片和集中营的示意图。根据犯人的证言可知,在这个集中营里,有 8 000 多名非塞尔维亚人被囚禁在铁栅栏之中,有些人惨遭枪杀,有些人被活活饿死。

这篇报道并不是哈弗安排人写的。写报道的记者叫罗伊·加特曼,在波黑战争爆发之前,他一直驻扎在德国,担任新闻日报社欧洲分社的社长。罗德公关公司的联系人名单中并没有加特曼的名字。

但是,在这篇报道出来之前,哈弗就已经知道在奥马尔斯卡有一处类似集中营的地方。加特曼的报道与哈弗接下来准备推出的公关策略刚好一致。

这个策略指的是,尽最大可能给进入波黑的西方记者提供便利,让他们不光报道萨拉热窝,还要报道波黑全国各地的消息。

西拉伊季奇问哈弗:"具体应该怎么做呢?"

哈弗建议说:"你需要为西方记者在萨拉热窝建一个媒体中

心。为了方便记者们开展工作,你要准备几台能让他们与本国取得联系的传真和电话,还有桌子和椅子,以及累了的时候能躺下休息的沙发,口渴的时候随时都能喝的饮品,总之就是建一个这样的设施。每天都在那里召开记者见面会,将全国各地的波斯尼亚人受到迫害的消息告知记者们就可以了。然后,要是还有电视的上行链路设备(将卫星通信的信号发射升空的装置),那就完美了。"

说完之后,哈弗就把一个标题为《萨拉热窝媒体中心计划书》的工程建设企划书递给了西拉伊季奇。那将是堪比奥运会时兴建的国际媒体中心的豪华设施,计划书的最后一页写着费用预计在 80 万美元到 100 万美元之间。对于当时的波黑政府来说,很难拿出这样一笔巨款,也不可能在战火连天的萨拉热窝建成这样的设施。

不过,在企划书的创意当中,面向西方记者定期召开见面会这一条实现了。当时在波黑国营电视台工作的塞娜达·库莱索被任命为政府发言人。她曾在英国留学,和西拉伊季奇是故交。她每天在萨拉热窝的办公室里召集西方记者,举行简要的新闻发布会。《新闻日报》的记者加特曼也经常参加这种记者见面会。

在当地,人们以前就悄悄议论说可能有集中营。5 月初,波黑政府没有借助哈弗之手,自行收集了一些传说中的集中营所在地和规模及其他相关信息,整理提交给了美国国务院和联合国。负责此事的是莫尔·萨契尔贝伊,他在刚成立不久的波黑驻联合国代表团担任大使。萨契尔贝伊虽然出生于美国,并在美国长大,但其父亲与伊泽特贝戈维奇总统关系亲密,因而突然被任命为驻联合国大使。

萨契尔贝伊受过美式教育,性格开朗,人品也很好。哈弗等三位吉姆在内心深处对他有好感,但是雇用罗德公关公司的人并不是萨契尔贝伊,而是西拉伊季奇。因此,当萨契尔贝伊在纽约拿着"集中营"的名单向国际社会控诉的时候,哈弗并没有采取行动。而且,美国国务院和联合国也都对萨契尔贝伊提交的集中营名单置之不理。

7月底,帕尼奇就任南斯拉夫联盟总理之后,哈弗开始认真思考"集中营"的问题。到了那时候,从波黑传来的"集中营"的信息变得更具体了,让人很难忽视。

谈到当时的感受,哈弗说:"一股难以名状的怒火直冲我的脑门。这件事绝对无法被原谅。我大声地对自己说,一定要把这件事传播出去,尽可能让更多的人知道,这是我的职责。"

正好在同一时期,波黑政府那边不断传来有人被强制带去集中营的消息。具体情况是住在波黑北部的普里耶多尔市附近的男性居民,接连被强行带到了建造在附近矿山上的铁矿石冶炼厂中的集中营里。冶炼厂所在地区被称为奥马尔斯卡。

7月24日发行的《波黑传真通讯》以该信息为基础,哈弗在文中控诉道:"奥马尔斯卡等集中营里关押着2万多名普里耶多尔男性市民。"

紧接着,28日他又继续报道说:"塞尔维亚人共计运营着45个集中营,9.5万人正在遭受严刑拷打。"

他还刊登了住在附近的波斯尼亚人的证言:"这一切都是欧

洲在本世纪初已经经历过的惨剧。然而，全世界竟然无动于衷，这到底是为什么？"

哈弗决定接下来开始编织一张关系网，与位于纽约的驻联合国代表团以及华盛顿建立统一战线。

7月29日，西拉伊季奇正在伦敦参加国际会议。哈弗在发给他的传真中写道："戴维·菲利普斯已经在纽约当上了驻联合国代表团的顾问，他已经开始研究新的反塞尔维亚决议案，准备提交给安理会。"菲利普斯是最初将西拉伊季奇介绍给哈弗的人权活动家。他长年出入联合国，深谙应该在什么时机说服谁。

与此同时，在华盛顿的国会山，也就是联邦议会那边，哈弗安排"三个吉姆"之一、擅长游说议会的吉姆·马瑟莱拉进入参议员迪肯西尼的事务所工作，又让他向参议院提交一份谴责"集中营"的决议书。迪肯西尼在共和党中很有影响力。他与哈弗关系融洽，有时候会共进晚餐，促膝谈心。迪肯西尼问哈弗："吉姆，我作为一个美国人能为波黑人民做些什么？"

如此一来，哈弗就在联合国和议会之间织就了一张关系网，准备发起宣传"集中营"的活动。正在此时，《新闻日报》社报道了关于奥马尔斯卡集中营的独家新闻。

加特曼是怎样写出这篇报道的呢？

加特曼的意图基于混迹在媒体领域中的人特有的考量。

在独家报道奥马尔斯卡之前，他先写了一篇名为《强行押送波斯尼亚人的列车》的报道。这也是一篇让读者联想到纳粹党的故事。列车里塞满了犹太人，他们被运往奥斯威辛，这是众所周知的事。但是，押送犹太人用的是货车，而塞尔维亚人用的是客车，上面有一排排座椅，目的地也不是奥斯威辛，而是将波斯尼亚人作为难民送往奥地利。

先是"押送囚犯的列车"，然后是"集中营"，我问加特曼为什么瞄准了这些容易让人联想到纳粹党的故事，他回答说："并非我瞄准了类似纳粹党的故事，而是因为他们使用国营铁路运送波斯尼亚人，而且确实存在集中营，这两件事证明了这些违反人道主义的行为是有组织地进行的，其背后有国家的主导，所以我才报道的。"他同时又说："我们在写新闻稿的时候，需要一个'package'。集中营完全符合要求。"

这里所说的"package"的意思是"吸引读者兴趣的一连串故事"。他在搜寻"package"的过程中，找到了"集中营"这个点。

另外还有一个不可忽略的事实，加特曼本身就是一名犹太人。关于这件事，他给出的回应是："我确实是一个犹太人。但是我是二战后出生的，并没有经历过大屠杀，而且写报道这件事与自己的宗教和民族无关吧。"

在写关于集中营的新闻稿之前，加特曼并没有去过奥马尔斯卡。

当时加特曼在计划其他主题的采访，当他进入波黑北部塞尔维亚人掌控的地区时，一个给他提供协助的波斯尼亚人说："附近有一个叫奥马尔斯卡的地方，很多波斯尼亚人都被关押在那里，受尽了虐待。"加特曼得知此事后，向当地警察局的宣传部门申请对奥马尔斯卡进行采访。

负责宣传的塞尔维亚人当即回答说："可以啊，我们带你过去。"

加特曼以前也曾采访过别的战俘收容所，就在附近一个叫马尼阿察的地方。那里面的犯人待遇虽然不算好，但是也不至于被称为集中营。

按照那名向加特曼提供奥马尔斯卡相关信息的波斯尼亚人的说法，奥马尔斯卡才是可以称为集中营的地方。负责人答应带加特曼去那里。

"也许能获得一则重磅头条消息。"一想到这里，加特曼就兴奋不已。

但是，没过多久，负责人就反悔了。

他说："如果带你去那里，我们无法保证你的人身安全。因此就当我没答应过你吧。"

加特曼听完这话后心想："什么意思啊？明明有警察随行，却说什么不能保证安全。这怎么可能呢？对了，肯定是因为奥马尔斯卡真的存在'集中营'，所以他们才想隐瞒这件事。"

但是，没有当地警察的同意，无论如何也没办法去奥马尔斯卡，于是加特曼就暂时去了邻国克罗地亚的首都萨格勒布。他从那里打电话给报社总部的编辑，咨询对方的意见。

"我听说有个集中营，但是去不了当地。"

编辑回答道："即使你去不了奥马尔斯卡，应该有从那里逃脱出来的犯人吧。如果你能采访到他们，也能完成报道呀。"

"对啊，也许可以这样做。"

加特曼突然想到：现在自己所在的萨格勒布也有难民营，那儿应该会有从波黑逃来的波斯尼亚人。

于是，他立刻赶往难民营，见人就打听，终于从"来自奥马尔斯卡"的梅霍和另一个人那里获得了关于"集中营"的证词。

为了打探此事的内幕，加特曼采访了国际红十字会和美国国务院的负责人。

他们都没有明确表示"奥马尔斯卡存在集中营"，但是也没有阻止他写相关报道。国际红十字会的负责人说："我们也未被允许进入奥马尔斯卡。如果那里不是'死亡集中营'（death camp），他们应该会让我们进去的。"

加特曼再次联系了总部，说明了事情的原委。

编辑说："好的，这样就够了，把稿子发过来吧。"

加特曼却犹豫了，他说："再给我 48 小时，不不，24 小时就可以。这样就可以收集到更多的数据了。"

但是编辑坚持说："采访到这个程度就足够了，赶紧把稿子发给我吧。"

于是，加特曼就照做了。

他说："我想如果自己写的稿子早点刊登出来，也许会拯救更多囚犯的性命吧。"

收到新闻稿之后，总部的编辑以"死亡集中营"为标题，用最大的字号将其排在了头版的整个版面上。

这篇报道首次向全世界正式披露了塞尔维亚人的"集中营"。我们很难判断，它是否经过了充分的调查和取证。因为加特曼没去过现场，全都是道听途说的消息。因此，现在也有一些塞尔维亚人表示无法相信加特曼的报道。当然，加特曼本人对自己的报道很有信心。

他因为这份独家报道荣获了普利策奖。

虽然加特曼本人不在罗德公关公司的联系人名单上，但是《新闻日报》的编辑索尔·弗雷德曼作为负责报道国务院的记者，一直能收到《波黑传真通讯》，也定期和加特曼保持联系。正如加特曼所说，虽然在现场的记者负责收集信息并撰写新闻稿，但是选择什么样的时机、以什么样的形式将其报道出来，则在很大程度上取决于编辑的意见。当时主要的沟通工具是传真机和电话，如今主要靠网络和电子邮件，不过这种情况依然如故。换言之，公关企业即使无法联系到现场的记者，只要能给他们在华盛顿或纽约的总部提供一些信息，带来一定的影响，就能取得很大的成效。我们无法断言，加特曼的这个独家消息之所以被报道出来，是因为哈弗曾与《新闻日报》的总部有过接触。不过 NPR 的记者西尔维娅·波焦利一直从现场发来报道，她表示："在波黑当地，年轻的记者们有时候会按照总部编辑的指示，在报道时歪曲在现场耳闻目睹的事实，这种事我见过好几次。公关企业也清楚这一点，所以一直瞄准媒体的总部。"

然而，在《新闻日报》刊登独家消息的当天，那篇报道并没有立刻在华盛顿引发热议。加特曼问总部的编辑："反响如何？"

"目前似乎没什么反应。"

编辑的回答让加特曼感到很失落。

关于加特曼的报道，曾在国务院主管欧洲事务的助理国务卿托马斯·奈尔斯表示："好像那条新闻最早是在长岛的一份报纸上刊登的吧。不过，单凭那篇报道，我们无法判断事情的真伪。"

倘若那条新闻刊登在《华盛顿邮报》或者《纽约时报》上，结果可能就会大不相同吧。但是，《新闻日报》只是小地方的小报纸。它的总部位于长岛，该岛在曼哈顿的东侧，算是纽约的卫星城市。拿日本打个比方，在东京人看来，《新闻日报》就是总部位于房总半岛的小型报社。

然而，哈弗一眼就看透了这篇报道的意义，心里盘算着"要把这个故事扩散到整个华盛顿。"

第二天（8月3日），他马上在《波黑传真通讯》中介绍了加特曼的报道。《波黑传真通讯》上刊登《新闻日报》的报道还是头一次。

从这一天开始，加特曼的报道像一圈圈涟漪，逐渐在整个华盛顿荡开。

当被记者问到关于《新闻日报》上刊登的报道时，美国国务院的副发言人理查德·鲍彻回答道："关于集中营一事，我们也掌握了相关消息。"

主发言人塔特威勒去非洲的野生动物园度假了。鲍彻留在国务院负责发言，他的本意可能是想打消人们对自己团队的信息收集能力的怀疑，但是反过来说，这样的发言存在危险，有可能被人们谴责"你们明明知道有集中营，却不公开消息，放任不管"。第二天（8月4日），有人在议会上指出该发言不妥当，助理国务卿奈尔斯只好赶紧撤销了同事的发言。他说："关于昨天鲍彻发言的报道是没有根据的。"

实际上，国务院并没有把"集中营"当成重大事件。发言人塔特威勒在非洲收到汇报后表示："我们几乎每天都会听说很多无比残酷的故事，与之相比，集中营的消息不算特别糟糕。因为我已经连续多日听到'有些母亲在自己的孩子面前被强奸、被枪杀'之类的新闻了。"

当时，在波黑北部，英国的电视新闻制作公司 ITN① 的采访团队正前往加特曼报道过的奥马尔斯卡集中营。他们原以为"死亡集中营"并不是可以轻易采访的地方，不过住在波黑境内的塞尔维亚人领袖拉多班·卡拉季奇却爽快地答应了。他说："可以啊，想采访就去吧。"

于是 ITN 的团队作为西方的新闻单位，对奥马尔斯卡进行了首次采访。当时采访团队所看到的场景只不过属于"战俘收容所"的范畴，无法与奥斯威辛相提并论。不过，既然当局同意采访，也许早就把与"集中营"相关的证据藏到别处了。

关于当时总部给采访团队下达的指示，领头的女记者佩妮·马歇尔在《泰晤士报》的星期日版面上坦率地表示："总部吩咐我们，在找到集中营的证据之前，不用发送其他任何新闻稿。"

团队接着又去采访了奥马尔斯卡附近的另一个集中营，那个地方叫特尔诺波尔耶。那里虽然卫生条件极差，有人证实存在拷问和殴打等现象，但是也不至于被称为"集中营"。不过，由于时值盛夏，很多人在室外裸露着上半身，其中有些男性骨瘦如柴，两排肋骨清晰可见。与记者马歇尔同行的摄影师杰里米·阿尔文将镜头对准一名瘦削的年轻男子，开始了拍摄，两人之间隔

---

① Independent Television News，英国独立电视新闻公司。

着带刺铁丝网。如前所述，德国的一名新闻工作者在战争结束后进行了调查，发现战争开始之前铁丝网就在那里，并不是为了关住犯人。结果在录像中，瘦得皮包骨头的男子出现在了铁丝网的另一边。这样的取景具有极为重要的意义。

采访团队最终在特尔诺波尔耶也没有见到"集中营"，就离开了波黑北部，回到了位于匈牙利布达佩斯的采访据点。当他们把录像带放进编辑机播放时，才感受到了这段录像带来的冲击力。隔着带刺铁丝网看到瘦骨嶙峋的男子，这正符合人们在心中描绘的"集中营"的景象。

于是，他们立刻把这段录像传送到了英国，8月6日晚，在ITN的新闻节目中播出了录像。

哈弗立即在第二天的《波黑传真通讯》中介绍了这段录像。全美国的电视台、报社和杂志社都争先恐后地购买"瘦削男子"的影像版权，在各自的平台上传播。这段极具冲击力的录像反复出现在人们的视野中，使得美国的舆论沸腾了。

《纽约时报》上刊登了题为《不能姑息塞尔维亚人》的社论，文中表示"成千上万人被关押在集中营"。

在议会中，那些有影响力的议员也接连不断地使用"集中营"这个词，将塞尔维亚比作纳粹党加以谴责。

布什总统在白宫的记者见面会上说："被塞尔维亚人关押起来的犯人的录像证明我们必须针对这个问题采取有效的对策，我们绝对不能允许世界上再次出现纳粹党'集中营'那样的人神共愤的行为。"这次讲话彻底决定了事情的走向。

"瘦削男子"的影像之所以会引发强烈的反响，有一方面原因是处于悲惨境遇的是欧洲的白人。《纽约时报》的记者芭芭拉·克罗赛特说:"一眼就能看出来他是欧洲人,他那备受摧残的样子让人们感到震惊。"如果同样的背景中出现的是非洲的黑人,恐怕不会给西方社会带来如此巨大的冲击。

不管怎样,事情的发展是哈弗希望看到的。加特曼和ITN都不是在哈弗的游说之下去采访的,但是早在加特曼的报道之前,哈弗就曾放出"奥马尔斯卡存在集中营"的消息,由此可见哈弗的信息总是比别人的采访领先一步。因此,每当出现有关"集中营"的新消息,他总能立刻采取适当的对策。

哈弗说:"这种独家消息的爆出是罗伊·加特曼等新闻工作者努力的结晶。我们所做的工作只是把他们的报道扩散开来,让人们觉醒。"

因为我也是从事媒体工作的人,所以很清楚内情。我们采访时往往会参考其他媒体报道的信息。有时候确定主题时也会从其他公司的报道中获得灵感。当一件事最早以独家新闻的形式被报道出来时,能否引起轩然大波往往取决于其他被称为"主流"的媒体是否竞相对其追踪报道。最早的独家新闻如果不是出自"主流"媒体的话,那么其他媒体的动向尤为关键。哈弗深谙其中道理。

哈弗事先做好了充分的准备,眼见时机成熟,立刻把"集中营"引发的舆论与联合国以及议会的动向联系在了一起。

他事先把菲利普斯和马瑟莱拉分别安插进位于纽约的联合国和位于华盛顿的联邦议会,两人不断给他发来新的消息。

首先,议会的参议院和众议院在8月11日分别通过了严厉谴责塞尔维亚的决议案。参议院在商讨决议案时，马瑟莱拉所在的迪肯西尼议员的事务所发挥了很大的作用。哈弗手里有一份马瑟莱拉提前发来的决议案的草稿。字里行间都是手写的修改痕迹和批注，文中指出，为了改变波黑战争的现状，应当采取"一切必要的手段"。也就是说，支持动用军事力量。

虽说这样的决议不具备强制力，不过可以验证每位议员对于谴责塞尔维亚一事持赞成还是反对态度。

多尔议员的秘书米拉·芭拉塔解释了在议会中通过决议的作用："如果有人反对决议，就可以逼问该议员'你支持塞尔维亚人的哪种行为？'，从而劝说其加入自己这一方。"

紧接着，联合国安理会于 8 月 13 日通过了一项决议，文中提到"根据波黑政府代表团发来的公文"。该公文指的是驻纽约的萨契尔贝伊大使和哈弗通过传真往来反复推敲后形成的文案。整个决议几乎通篇采纳了波黑政府的主张，对塞尔维亚进行了彻头彻尾的谴责。正文中虽然避开了"集中营"这个词，却加入了"市民被强行关押在战俘收容所中，遭到了残暴的对待"之类的表达。谁都看得出来，这就是代替民间广泛流传的"集中营"这个词的外交用语。决议的末尾处总结道："如若不遵守决议，安全理事会将不得不诉诸其他手段。"

随后，联合国人权委员会召开了史无前例的临时会议。在此之前，除了定期大会之外，联合国人权委员会从未召集所有加盟国召开会议。但是，由于国际舆论的沸腾，为了审议波黑战争中的人权问题，委员会决定破例召开此次会议。

会议都是有关"集中营"的内容。会场一角安放着一块巨大的电子显示屏。作为参考资料，屏幕上反复播放着 ITN 报道的"瘦削男子"的录像。各国委员再次瞪大了眼睛盯着那幅可怕的场景。会上通过的决议中清楚地写着，在战争各方中，波斯尼亚人的人权尤其受到了严重的侵犯。一直以来，联合国的决议采用的说辞都是，督促波斯尼亚人、塞尔维亚人、克罗地亚人等各方势力和平解决争端。这是第一次将波斯尼亚人单独提出来，承认了其受害者的身份。

在此期间，准备在公关战争中"反攻"的南斯拉夫联盟总理帕尼奇以及塞尔维亚一方的首脑们做了些什么呢？

加特曼的报道一出来，帕尼奇就高呼："假的，不可能有这样的事。"

帕尼奇从小在美国长大，他深知"集中营"这个词将会带来严重的影响。他立刻吩咐信息部部长佩里西奇联系住在波黑的塞族人领导，收集相关信息。

对帕尼奇来说不幸的是，"集中营"的问题发生在已经独立的"邻国"波黑境内。居住在波黑境内的塞尔维亚人建立了"波黑塞族共和国"，成立了单独的"政府"和"议会"。也就是说，塞尔维亚人在已经从南斯拉夫联邦中独立出来的波黑共和国里，又建立了属于自己的国家。

在波黑境内由塞尔维亚人自己统治的这个地区，从制度上说属于南斯拉夫联盟的"邻国"，而南斯拉夫联盟的总理帕尼奇身在贝尔格莱德，无法直接行使权限。实际上，他并不了解那里存在什么样的收容所、发生了什么事。

但是，国际舆论并不理解这令人一听就头昏脑涨的民族间复杂的政治结构，他们只是简单地认为，反正帕尼奇所在的塞尔维亚共和国同样也是塞尔维亚人，估计也能控制波黑的塞族人吧。

帕尼奇的部下佩里西奇给位于萨拉热窝郊外的度假区帕莱打了一个电话。那里有"波黑塞族共和国"的"政府"和"议会"，履行着其"首都"的职能。

接电话的塞族共和国首脑似乎不明白来电者在说什么，不慌不忙地说："你说'集中营'？不可能有那样的事儿。不信的话请随时过来察看。"

佩里西奇还给波黑北部靠近奥马尔斯卡集中营的一个自治区打了电话。那里由塞尔维亚人统治，官员也全都是塞尔维亚人。他们的回答也一样，说根本就没有集中营。

佩里西奇说："好的，我知道了。这个问题一旦扩大，后果将会非常严重，拜托你们一定要慎重对待波斯尼亚人。"

帕尼奇听说此事后，提议组成"集中营查证考察团"，让西方记者随行。他说："既然如此，我们就去一下那个据说有'集中营'的地方吧。也带上美国和欧洲的记者，如果那里没有'集中营'，谣言也就可以平息了。"

然而他发现，不光是备受争议的奥马尔斯卡，要想前往波黑共和国境内的收容所，还存在办理入境手续等多个问题，无法立刻实现。因此，考察团改去了一个叫苏博蒂察的小镇，该镇位于南斯拉夫联盟境内，靠近与匈牙利的国境交界处。罗德公关公司的《波黑传真通讯》上刊载了波黑政府制作的"45个集中营名单"，而苏博蒂察也在其中。

他们到当地之后才发现，那里只是一个普通的战俘收容所，关押了一些从上一年开始的南斯拉夫内战中抓获的克罗地亚人。而且没有任何东西能表明这里有过虐待、拷问和杀人等行为。

帕尼奇挺起胸膛对随行的记者们说："你们要是能找到'集中营'，我就奉送5 000美元的赏金。"

随行的记者们发出了窃笑声。

5 000美元这个金额也太没有诚意了。从一开始大家就知道，在南斯拉夫联盟内，帕尼奇总理的权限所及之处，那些收容所本来就不是"集中营"。这就像一场胜负已定的比赛。

而就在考察结束的那个晚上，英国的ITN播出了"铁丝网后面的瘦削男子"的录像。

帕尼奇看到后大吃一惊。录像的内容具有充分的说服力，足以使帕尼奇相信集中营的存在。他心想："果然还是有集中营呀。"

帕尼奇和佩里西奇陷入了恐慌。

佩里西奇随即去找塞尔维亚共和国的总统米洛舍维奇商量。

他说："情况非常糟糕，我们必须采取一些对策。"

佩里西奇是南斯拉夫联盟政府的内阁成员，按理说塞尔维亚共和国的总统米洛舍维奇不是他的上司，两人之间也没有多深的交情。但是，他实在是坐立不安。

米洛舍维奇却是意外地镇定。

"没事没事，你冷静一下。真相这种东西，用不了多久自然就会水落石出的。大家早晚都会明白，现在的传闻全都是假的。"

米洛舍维奇似乎完全不了解"集中营"的相关报道会带来多

么严重的后果。佩里西奇反驳道:"不,你这样不慌不忙的可不行。国际舆论很快就会把我们当成纳粹党来谴责,必须早做准备。"

帕尼奇也是同样的想法。

不出一两天,欧美的各大媒体就纷纷出面谴责,把塞尔维亚骂得狗血淋头,报纸上也充斥着各国首脑和国际组织的领导发表的尖锐评论。

"我们必须考虑下一步该怎么做,想出一个反败为胜的绝佳办法。"

帕尼奇正在绞尽脑汁地想主意,结果收到了一个来自美国的消息。

美国三大电视网之一 ABC 的资深时政记者萨姆·唐纳森提出了一个大胆的独家采访计划。

这正是帕尼奇苦苦寻觅的对策。

"这才是能实现惊天逆转的关键一击。"

然而这个看似绝佳对策的提案,最终却以悲剧收场。

在触及这个悲剧之前,有一个需要我们重新回顾反思的问题,那就是"集中营"真的存在吗?

战争结束之后,设在荷兰海牙的前南斯拉夫问题国际刑事法庭对几个"收容所"的负责人问罪追责,审理过程中收集到了许多证词。奥马尔斯卡集中营的 5 名下级看守作为被告,一审被判有罪,而所长潜逃在外。

我去奥马尔斯卡采访的时候,过去关押囚犯的那家冶炼厂还在勉强维持着运营。当地的塞族警察和记者给我做向导，把我带到了一面墙前，那就是当时报道中声称实施过枪杀的地方。他们指着没有弹痕的墙面，纷纷表示根本无法相信这里曾发生过屠杀事件。

只看现场采访、收集证词得到的材料，奥马尔斯卡和"瘦削男子"录像的拍摄地特尔诺波尔耶无疑成为了"种族清洗"的舞台。另外，估计那里也曾有过杀人和拷问的行为，不过我认为那是当地收容所的所长擅自决定的。在帕莱的波黑塞族领导人都不了解收容所的真实情况，更不用说远在贝尔格莱德的帕尼奇等人了。

他们实施的侵犯人权的行为是难以宽恕的，我们必须好好讨论应该向谁问责。不过奥马尔斯卡等地的"收容所"不仅和奥斯威辛的规模不同，也和希特勒有意识地企图灭绝犹太人的"集中营"有着本质上的区别。

当时新闻工作者们从各种角度报道波黑战争，在他们使用过的词汇当中，有些词会让人想起纳粹党屠杀犹太人、毒气室等历史上的特定事件，这种做法是对的吗？我对此颇感疑惑。

阿尔·霍恩曾负责编辑《华盛顿邮报》的国际新闻，他说："我之前对于使用'集中营'这个词也有抵触。我认为波黑实际存在的东西和纳粹党的毒气室是不同的。我们无法断定，塞尔维亚人关押波斯尼亚人的目的是杀害他们，还是防止他们被征入伍后拿起武器作战。"

《纽约时报》专栏作家大卫·宾德是研究巴尔干地区问题的专家，他对当时的报道情形持批判态度。他表示："波黑的收容所并不是纳粹党建的那种集中营。而且，无论是塞尔维亚人还是波斯尼亚人都建过收容所。用非黑即白的手法报道此事，属于典型的美式操作。因为美国人特别喜欢惩恶扬善的故事，动不动就想把一切问题简化成善恶分明的电视剧。"

《新闻日报》的记者罗伊·加特曼是最早报道此事的人，我问他："你现在也认为使用'集中营'这个词是没问题的吗？"

他回答道："你是说词汇的用法吗？即便我使用的词汇指代的意义和纳粹党的行为有些许差异，但是我别无选择，只能使用它。我也讨厌这种说法啊，但是我想不到更合适的表达。这是一个国家组织的犯罪，是基于一个民族比其他民族更优等的想法，剥夺某个民族的权利，对待他们的态度甚至不如对待动物。这是对人权的侵犯，也是对和平的侵犯。"

抢先发布"瘦削男子"录像的ITN记者马歇尔在该报道的5年前，一直负责伦敦郊外某个小镇的地方版面。为了她的名誉我要补充一点，这是她经过周密采访后认真做出的报道。她还掌握了关于塞尔维亚人暴行的大量证词。而且她本人一直使用"战俘收容所"这个词，并没有提及"集中营"。但是，撼动世界的不是那些报道中的细节，而是那一张带给人冲击力的照片，它确实让人联想到了纳粹党。

帕尼奇就任总理后，塞尔维亚方开始准备"反攻"。然而"集中营"报道掀起的风暴给他们带来了致命一击，让哈弗的处境变得更为有利。

哈弗对我说："多亏了那些报道，我们的工作更容易开展了。

西拉伊季奇一来到美国,那些有权势的议员们都争着想要和他见面。他作为波黑政府的代言人,也受到了媒体的追捧。不管是戴维·布林克利(当时担任 ABC 的主持人,是美国首屈一指的时政记者)还是别的记者,大家都想采访他。"

第十一章

罪 恶 的 子 弹

1992年8月13日,南斯拉夫联盟的总理帕尼奇召开了记者见面会。当天,帕尼奇从萨拉热窝机场赶往波黑总统府的途中,随行的ABC节目制作人遭到狙击,丢掉了性命。

1992年8月13日，美国的报道节目制作人大卫·卡普兰乘坐带篷卡车从萨拉热窝机场前往市内，一枚子弹从背后贯穿了他的腹部。数小时后，卡普兰在萨拉热窝市内的医院中去世，享年45岁。在他的死亡被确认之前，南斯拉夫联盟的总理帕尼奇赶到了医院，面对西方记者的提问发出了怒喝，当时的录像如今还保存着。

　　"这是塞尔维亚人干的吗？"

　　"不要再问这种无聊的问题了！在这种时候，你们还是只能想到这种问题吗？"

　　帕尼奇一向把与西方记者的友好关系当作自己的强项，此时也难免方寸大乱。因为降临在卡普兰头上的悲剧是帕尼奇自己参与策划的公关策略造成的。

　　8月初《新闻日报》的记者加特曼报道了"集中营"，紧接着英国ITN播出了"铁丝网后面的瘦削男子"的录像，这两件事正从根本上破坏塞尔维亚方的公关战略。

　　ITN的录像播出之后过了几天，美国的塞尔维亚人组织费尽苦心找到的公关企业鲍威尔·泰特公司的负责人给负责交涉的律师大卫·厄尼打来了电话。

　　"非常遗憾，我们想终止合同。"

　　厄尼律师抗议道："为什么啊？不是上周才请你们来芝加哥交换的合同吗？5万美元的定金支票你们也收到了吧？"

"坦率地说,看眼下的状态,塞尔维亚的形象太差了。我们认为无论开展什么样的公关宣传活动都于事无补。"

"可是,正因为我们处于这样不利的状况之下,你们作为专业人士承接这项公关工作才更有意义不是吗?如今的报道有失偏颇,请帮我们纠正舆论的错误认识!"

厄尼通过电话、传真和写信各种劝说,苦苦恳求,但是都没有奏效。鲍威尔·泰特公司看到舆论急转直下,做出了冷静的判断。

他们最终通过传真宣布撕毁合同,里面写的最重要的一条理由是:"如果你们有用于公关的资金,难道不应该用来援助生活在水深火热中的当地人吗?"

媒体连续数月都在报道巴尔干地区有很多人饱受折磨、需要援助。鲍威尔·泰特公司与厄尼律师开始谈合同是最近一两周的事,事到如今才发来这样多管闲事的信息,说明真正的原因另有所在。

厄尼回忆说:"华盛顿的知名公关企业,已经承接了业务,却又反悔拒绝,真是让我发自内心地感到失望。他们肯定是担心'在为塞尔维亚人工作'的事被世人知道后,自己的声誉会受到影响。"

吉姆·马瑟莱拉是罗德公关公司的"三个吉姆"之一,同为公关专家,他分析道:"塞尔维亚人变成了一种'radioactive'的存在,他们意识到这一点太晚了。"

所谓"radioactive"是具有放射性的意思。这句话是说他们甚至会污染接触或靠近他们的人,使之受到世人的恶评。

厄尼万般无奈，只能放弃和鲍威尔·泰特公司的合同。他向鲍威尔·泰特公司的负责人传达了放弃合同的意思，结果对方要求说："既然如此，我们前一阵去芝加哥协商时的差旅费给报销一下吧。"他们仿佛忘记了，作废已经达成协议的合同是他们先提出来的。塞尔维亚方拒绝支付该费用。

这样一来，帕尼奇原打算雇用公关企业来对抗罗德公关公司的计划回到了原点。

"必须想个办法。"

帕尼奇心中的焦躁达到了极限。

正在此时，美国三大电视网中的一家提出了一个方案。

主动提议的人是代表 ABC 的重量级时政记者萨姆·唐纳森。他的方案是，让帕尼奇从贝尔格莱德坐飞机突然访问萨拉热窝，与波黑政府的总统伊泽特贝戈维奇举行高层会谈，由 ABC 全程跟踪采访。

关于此事，我曾多次向唐纳森申请采访，却没有获得许可。除了帕尼奇的证词，还有随同他前往萨拉热窝的秘书官大卫·卡莱夫的证词，再加上其他证词，基本可以确定该方案不是塞尔维亚方想出来的，而是 ABC 主动提出来的。唐纳森从贝尔格莱德陪同帕尼奇登上飞机，在机舱内深入交谈，直至到达萨拉热窝机场，这段录像至今还保存着。

新闻以及纪录片节目的采访中所谓的"捏造"是指什么呢？像我这样在电视台制作非虚构节目的人总会有意识地思考这个问题。

如果不和采访对象进行磋商，只是一味地等待机会的话，就不可能制作出节目来。要想制作电视节目，不仅需要摄影师、负责照明的工作人员、编辑人员、负责音效的专家等众多人才，还需要摄像机和照明等器材，还得有资金。既然如此，就不能无限延长采访时间。要想拍摄给人深刻印象的纪录片，必须在有限的时间内，以一种简明易懂的形式把采访对象的想法、感受、行为转化成影像，也就是说需要发生能够挖掘采访对象"本质"的"事件"。为了用镜头记录那样的"事件"，能够使用各种手段巧妙安排，可以说是一名优秀的编导必备的能力。

不过，编导不能随意想象采访对象心中原本没有的想法、感觉和行动计划，更不能强行要求采访对象按照自己的猜测进行拍摄。这属于"捏造"。和采访对象商量之后，用镜头记录一些如果不拍摄就不会发生的事，单纯地把这种行为称之为"捏造"是不对的。

然而，在实际制作节目的现场，"捏造"的界线往往很模糊。随着采访的深入，很多时候即使我们不说，对方也能体会我们的意图，按照我们的期望采取行动。随着人际关系和利害关系的加深，有时候我们甚至能够随心所欲地控制对方。结果，在节目制作完成、播出之后，我有时候也会不断反省，扪心自问：这样究竟算一个好作品吗？

那么，唆使帕尼奇突击访问的方案算是"捏造"吗？

突击访问萨拉热窝的想法是存在伏笔的。那一年6月底，法国总统密特朗突然访问了萨拉热窝，令全世界大为震惊。因为当时所有人都觉得西方首脑访问当地太过危险，不可能实现。密特朗从克罗地亚的首都萨格勒布乘坐直升机在萨拉热窝机场着陆，周围都是手持步枪的民兵。机场以前归联合国部队管理，此时由于形势过于危险，他们已经撤走，由塞尔维亚民兵管辖。密特朗到达之后马上前往市内，在6个小时的滞留时间内和战争双方当事人进行会谈，结果成功让塞尔维亚人武装势力撤出了萨拉热窝机场。这就意味着各国可以空运人道援助物资了。航线立即重新开放，空运来的物资拯救了饥饿的萨拉热窝市民。这算是此行的一大成果。

密特朗总统回国时更加令人惊心动魄。他再次出现在萨拉热窝机场，结果突然遭遇一场枪战，他乘坐的直升机中弹了。他身穿防弹背心，搭乘抢修过的直升机踏上了归途。当时的录像传遍了全球，人们纷纷称赞总统的勇气和执行力。

时隔一个半月，无论是提议"突击访问"的记者唐纳森，还是听到提议的总理帕尼奇，估计都想到了密特朗总统的那次突击访问。帕尼奇不是来自第三方国家，而是来自当前正和波黑政府交战的塞尔维亚人的大本营——贝尔格莱德。作为"和平使者"，帕尼奇将会受到称赞，而跟踪采访的ABC将会获得重磅独家新闻。

实际上，帕尼奇就任总理后，紧接着在7月中旬就访问了萨拉热窝，与伊泽特贝戈维奇总统见了一面。考虑到这一点，也有人认为，如今还没过一个月，没必要再次紧急访问萨拉热窝。

然而，面对反复劝说的唐纳森记者的热情，帕尼奇总理答应了。正因为是帕尼奇，才能和美国电视新闻界的超级大牌记者唐纳森建立这样的合作关系，这是任何一个其他塞尔维亚人都做不到的事。

还有一个原因，上次在 7 月访问萨拉热窝时，由于公关宣传不到位，媒体的关注度很低。这次带着 ABC 的节目组，让其跟踪采访的话，他们既然花费了巨额资金、投入了人力物力，考虑到费效比，必定会进行深度报道。另外，一旦 ABC 报道了，与其处于竞争关系的其他电视台也不得不报道。要想挽救"集中营"报道给己方造成的困境，这个方案看上去非常理想。

帕尼奇说："那时候我的想法是，只要是为了和平，我愿意付出一切努力。萨拉热窝到处都是新闻工作者。唐纳森记者随同我前往萨拉热窝，完成为了和平的壮举，这一状况非常重要。毕竟他的影响力十分出众。"

1977 年至 1989 年期间，唐纳森作为负责报道白宫的记者，几乎每晚都会出现在招牌新闻节目《今夜世界新闻》中，站在白宫前面报道独家采访的成果。自卡特担任总统以来，他采访过每一届总统，凭借如此辉煌的业绩、条理清晰的解说以及比《星际迷航》中的斯波克身材更好的风采，给观众留下了深刻的印象，成为了美国家喻户晓的人物。1989 年，ABC 新闻频道赌上公司的命运打造了一个名为《黄金时间实况》（*Primetime Live*）的报道节目，由唐纳森担纲主持人。用一句话概括，他是美国电视新闻界的一大风云人物。

贝尔格莱德机场准备好了帕尼奇总理专用的小型喷气式飞机。后部的舷梯被放了下来，唐纳森和帕尼奇并肩登上了飞机。登机口是个斜面，帕尼奇被脚下的断坡绊了一下，打了一个踉跄，当时帕尼奇露出了吃惊的表情。随行跟踪采访的 ABC 的摄像机将整个过程都拍了下来。另外，ABC 的报道节目制作人大卫·卡普兰和摄影师，以及帕尼奇的秘书官大卫·卡莱夫、信息部部长佩里西奇等人也上了飞机，狭小的舱内基本坐满了人。

贝尔格莱德和萨拉热窝相距约 200 公里，感觉飞机刚一起飞马上就要进入降落状态。

飞行过程中，负责保护帕尼奇的警卫人员拿来了一张便条。上面写着："刚收到消息，说有一个暗杀帕尼奇总理的计划，执行时间是到达后的下午 2 点。他们还想杀害随行的唐纳森记者。"

帕尼奇给唐纳森看了一下这张便条。机舱内充满了紧张的气氛。

面对没有经历过战争的两名美国人，警卫负责人一副早就习惯了战争的样子。他自信地说："不要紧，我们会全力以赴，严加警备。交给我们吧。只要您按照我们的指示，不要轻举妄动，就没问题。"

驻扎在萨拉热窝机场的联合国部队在跑道上安排了装甲车。所幸他们事先察觉了敌方的计划。只要从飞机上转移到装甲车里的那一瞬间多加小心，避开狙击的话，应该就没问题。

不一会儿工夫，小型喷气式飞机降落在了萨拉热窝机场。

写着 UN（联合国）的装甲车横靠在了飞机旁。此时出现了一个计算失误。

装甲车的数量比预先计划的少。因此，现有的两辆装甲车无法承载所有人。据说前一天发生了激烈的战斗，联合国的装甲车也被损毁了，此时能拿出两辆来已经是竭尽全力。警卫人员围成了一道人墙，帕尼奇和唐纳森无暇面向镜头挥手致意，在众人的簇拥下坐进了装甲车。两辆装甲车出发之后，机舱内还剩下制片人卡普兰和摄影师，以及秘书官卡莱夫等数人。

ABC 的工作人员对卡莱夫说："这样一来，我们就拍不到帕尼奇和唐纳森开进萨拉热窝的场面了呀。"

如果帕尼奇和唐纳森就这样直接开到波黑总统府，与伊泽特贝戈维奇握手、会谈，而 ABC 错失了拍摄这些场面的机会，丢脸可就丢大了。

正当此时，他们看到不远处停着一辆破旧的大众牌带篷卡车。

"租用那辆车吧。"

其实，他们本应该等待装甲车到目的地后再返回来接自己的。一行人也收到了警告，说狙击手已经做好准备在等待他们。包租的带篷卡车没有防弹装备，薄薄的车门和窗玻璃很明显无力抵挡枪击。然而，ABC 工作人员的脑海中没有对子弹的恐惧，只有对错过拍摄的担忧。

不过，我无法说当时 ABC 的工作人员的行为很愚蠢。在这种情况下，担心自身安危的想法往往会从头脑中消失。1997 年，在秘鲁的首都利马发生的一起日本大使官邸被劫持的事件到了最后关头，秘鲁政府派特种部队强行闯入官邸时，为了尽快赶到位于官邸附近的转播点，我也曾不顾警卫士兵的制止，强行闯过禁止入内的警戒线。官邸中连续传来枪声和爆炸声，那名士兵端着枪，大声让我退回去，他的眼睛充血，失去了冷静。在那样亢奋的状态下，无论发生什么都有可能。但是，事件已经持续了 4 个多月,眼看就到通过武力闯入来解决的最后关头,在那个最重要的瞬间,万一我无法赶到现场怎么办?比起考虑自身的安全,这种想法在当时完全占据了上风。

ABC 的工作人员当场用胶带在包租的带篷卡车的车身上贴了一个"TV"的形状,装扮成了临时的报道专用车。然后,卡普兰和工作人员以及卡莱夫就坐上车出发了。

离开机场没多久,传来了一声枪响。

谈及当时的状况,卡莱夫作证说:"我感觉汽车的行驶速度大约在时速 30 英里(48 公里)左右。卡普兰先生就坐在我旁边。那一瞬间,所有人都很害怕,陷入了恐慌状态。我也不知道该怎么办,姑且趴在了车厢里。因为我觉得对方有可能还会开枪。但是枪声只响了一次。我往旁边一看,发现卡普兰先生已经浑身是血。我对司机大喊'赶紧返回机场'。司机说'机场里什么设备都没有,最好是赶往市内的医院'。他开车继续往市中心赶。到医院应该没用多久时间,估计也就十几分钟吧。但是,我们感觉却像是永恒。一路上血流不止。终于到了医院,急诊医生立刻将他送进了手术室,但是没能救活他。"

子弹正好从贴在车身上的胶带的"T"和"V"的中间穿过去了。

在萨拉热窝,每天都有很多普通市民被狙击手的子弹夺去性命。这样一想,也许可以说卡普兰的死也只是日常发生的一件事罢了。然而,考虑到对国际舆论的影响,一名美国人几天前还过着平安舒适的生活,如今却死在萨拉热窝的医院里,此事的重大意义和无名的萨拉热窝市民的死大不相同。这样说显得很无情,但这就是国际政治与公关领域的冷酷现实。

卡普兰被击中的消息马上传到了帕尼奇和唐纳森那里。二人将一切安排暂时搁置，迅速赶往卡普兰所在的医院。作为目击现场的证人，卡莱夫与二人在医院会合后，详细说明了枪击的情形。帕尼奇和唐纳森二人的脸色都变得苍白。唐纳森立即站在摄像机前，录下了一段现场报道，说随行的同事——一位制片人——遭遇了枪击，正在接受手术。我看了一下那段录像，唐纳森平时的表情充满了自信，甚至有些傲慢，透过画面可以看出，那一刻他心中的不安溢于言表。

帕尼奇的周围聚集了很多留在萨拉热窝的西方记者，他们围成一圈，七嘴八舌地提问。大多数问题都是关于开枪射击卡普兰的凶手是不是塞尔维亚人。

帕尼奇无法冷静地回答这个问题。

卡普兰的死亡被确认之后，帕尼奇取消了与伊泽特贝戈维奇的首脑会谈。

"卡普兰先生可以说是我们团队的一员。也就是说，我们访问萨拉热窝的代表团成员被枪杀了。我只能决定中止首脑会谈。"

此次突击访问实质上是 ABC 和帕尼奇共同策划的活动。作为主办方的 ABC 的制片人被人杀害，面对这样的事态，帕尼奇无法继续完成访问的日程。

美国媒体大规模报道了此次事件。认为凶手很可能是塞尔维亚人的论调占据了主流。就连唐纳森主持的节目《黄金时间实况》也介绍了这种观点。

信息部部长佩里西奇回忆说："西方的媒体动不动就把一切

责任归咎于塞尔维亚人。他们喜欢塑造'恶人'。而且，一旦认定了'恶人'，也不去认真查证其'恶行'，就写成新闻稿大肆报道。'无罪推定'是民主主义的原则，却从未适用于塞尔维亚人。"

当时的凶手是谁，至今尚不明确。

如果说波斯尼亚人想要杀害身为塞尔维亚人的帕尼奇总理，这种动机很容易让人理解。但是，帕尼奇的很多发言明显表达了对波斯尼亚人的理解，如果说极端的塞尔维亚人民兵想要杀害他，也完全有这种可能。

无论是战争的哪一方当事人实施了狙击，结果都一样，那一发子弹从根本上破坏了帕尼奇的"扭转局势的计策"。ABC的摄像机原本应该拍下作为"和平使者"进入萨拉热窝的帕尼奇的风采，结果却要传达惨无人道的塞尔维亚人杀害美国公民的消息。

《华盛顿邮报》严厉地指责道："帕尼奇总理想把自己塑造成'带来和平的人'，他的企图造成了卡普兰的死。他本应提供安全的交通工具，却疏忽了这一点。"

这种失策的根本原因在于帕尼奇没有协助自己的公关专家。如果由罗德公关公司安排此次萨拉热窝访问，估计绝对不会让卡普兰及ABC的节目组成员置身于危险之中。即使装甲车的数量不足，也会想办法至少让一名摄影师随同帕尼奇和唐纳森先走，或者如果只有一个空位的话，哪怕让唐纳森下车，也会建议让摄影师随行吧。如果总理和唐纳森记者先走一步，留下那些负责拍摄的工作人员，他们就会不顾危险地追上去。在专业人士看来，这是理所当然可以预测到的事态。正是因为没有能够随机应变地指挥现场的专家，才造成了无法挽回的后果。

听说帕尼奇访问萨拉热窝失败的消息，哈弗并没有放松。因为在这段时间，哈弗眼前出现了一个碍眼的人。这个重要的人物最近从萨拉热窝回到了美洲大陆，反复发表"根本不存在集中营"的言论，令人头疼的是，他已经引起了媒体的关注。

必须尽早除掉与己方的公关战略作对的人。

在哈弗的头脑当中，逐渐形成了对付这个人的计策。

第十二章

清 除 障 碍

麦肯基将军是联合国驻萨拉热窝防护军司令。如今他已退休,在加拿大多伦多郊区安度晚年。

就在 ABC 的制片人卡普兰丧命萨拉热窝的 8 天前，一名军人到达了加拿大的首都渥太华的机场。

路易斯·麦肯基将军英姿飒爽地从舷梯上走下来，虽然他当时已经 52 岁，但是看上去比实际年龄年轻得多，显得容光焕发。头上戴的蓝色贝雷帽，说明他完成了联合国驻萨拉热窝防护军司令的任务，荣归故里。很多市民自发来接机口迎接这位将军。当地广播台将事先准备好的巨幅卡片交到了将军手上，上面是 2000 名听众联名写的"欢迎回家"的留言。在如潮水般涌来的欢呼声中，将军与时隔 5 个月再次相见的妻子一起向群众挥手致意。在举世瞩目的萨拉热窝的战火中，他提高了加拿大军队的声誉，作为英雄凯旋。他的军旅生涯在那一瞬间达到了顶峰。

然而，身在华盛顿的哈弗对他有不同的看法。

"他是一个'障碍'。出现这种问题时，无论属于哪种类型，重要的是不能放过，要迅速处理。"

麦肯基成了哈弗瞄准的目标。载誉归来后没过几天，他就遭遇了全世界声讨的暴风骤雨。这说明，一旦成为哈弗这样的公关专家眼中的"障碍"，将会是多么危险的事。

那么，作为加拿大的国民英雄，麦肯基将军为什么会被哈弗盯上呢？

麦肯基和南斯拉夫联盟的总理帕尼奇不同，并非自愿加入这场公关战争的。他是被卷进来的。

在执行萨拉热窝的任务之前，将军把戎马生涯的大部分都献给了世界各地的联合国维和行动。加拿大和日本一样，安全保障依赖于美国，因此他们的军队非常重视在联合国执行的活动。在这样的背景下，麦肯基曾在中东巴勒斯坦的加沙地带、民族冲突不断的塞浦路斯、中美洲的尼加拉瓜等全球8个地方参加维和行动，有时候会伴随生命危险，可谓战绩辉煌。

将军在这一年3月初进驻萨拉热窝，为了避开愈演愈烈的战斗，他暂时撤到了克罗地亚。6月底，法国总统密特朗成功突击访问后，为了"占领"塞尔维亚人武装势力移交给联合国的机场，他紧接着率领加拿大军队再次进驻萨拉热窝。在当时的新闻录像中，一辆辆涂着雪白油漆（表示属于联合国部队）的装甲车排成一行驶入机场，列队整齐的部下升起了联合国旗帜，麦肯基将军在一旁敬礼守望。他的身影仿佛给陷入无秩序状态的萨拉热窝带来一束光，真是名副其实的正义的伙伴。

在萨拉热窝，机场周围是战斗最激烈的地带，加拿大部队设在跑道旁边的帐篷三番五次遭到枪击或炮击，有多名士兵负伤。外出巡逻的队员遭到绑架监禁的事件也发生过好几次。麦肯基将军每次都不分昼夜地赶赴现场，与民兵领袖谈判，救出了部下。在他的努力之下，萨拉热窝机场的安全得到了保障，每天约有20架运输机载着200吨救援物资飞来，避免了陷入包围的38万萨拉热窝市民被饿死的情况。

一想到后来媒体对他的攻击，就令人很难相信麦肯基将军在萨拉热窝时非常受西方记者欢迎。电视摄像机频繁地拍摄他，如果你搜索那一年六七月份与萨拉热窝相关的影像资料，就能搜到大量将军的录像。之所以受欢迎，是因为将军性格爽朗，喜欢一边喝酒，一边推心置腹地交谈，对记者们也总是很客气。

后来率先谴责将军的《新闻日报》的记者加特曼也表示："他的性格很容易让人产生好感。而且他严守交往的礼节，如果我们打电话采访他，他却不在的话，过后他一定会回电话。"

不只是人品好，将军还具备取悦记者和摄影师的才能。有一次，将军乘坐的装甲车的车队在十字路口偶遇当地居民的车辆，便停了下来。碰巧一群西方的媒体人士也在那里。将军从装甲车上跳下来，像交警一样亲自用手势指挥交通，熟练地引导人和车通行。摄影师们都不想错过这个绝佳的拍摄对象，竞相按下了快门。无论是在司令部连续多日召开记者见面会，还是在室外停住脚步接受采访，将军的回应总能博得媒体的欢心。对于生活在萨拉热窝的西方记者来说，他成了不可或缺的存在。

要想妥善应对媒体，获得他们的支持，需要一定的素养，大致可以分为三个等级。最差的类型就是根本不想理解媒体人士的心理。他们平时无法获得关注，当被聚光灯对准时，又总是持消极态度。他们认为"媒体在自己做好事的时候毫不理睬，就喜欢横挑鼻子竖挑眼"。日本的政治家和官员大多属于这种类型。

第二种类型是出于本能懂得如何通过言行取悦媒体。这种类型的人有时候会成为媒体的宠儿，能够取得卓越的公关效果。不过，他们只是凭自己的感觉行动，并没有制定并执行周密的公关战略，所以一旦某个环节出现问题，就无法进行修正了。麦肯基将军正是这种类型。

第三种类型不仅拥有敏锐的感觉，还能思考公关战略。在政治或经济领域处于领导地位的人很难同时属于这一群体。要想制定真正的公关战略，需要花费一定的时间和精力，训练收集信息的方法，掌握一些专业技能。波黑政府的外交部部长西拉伊季奇虽然也具备敏锐的感觉，但是就这三种类型来说，恐怕应该归入第二种。哈弗这样的人的协助将会发挥重要的作用。

早在 7 月份，哈弗就收到了相关消息，说驻扎在萨拉热窝的联合国部队的加拿大籍指挥官发表了一些对波黑政府不利的言论。

据说他反复主张："不只是塞尔维亚人有错。参与战争的各方势力都存在问题。"

哈弗身在华盛顿，却通过各种渠道监控着来自萨拉热窝的新闻和消息。他说："当时网络还没有普及，所以很不容易。确实每天需要努力 24 小时。报社、通讯社自不必说，还有在美国的克罗地亚人、萨拉热窝出身的波斯尼亚人团体、科索沃出身的阿尔巴尼亚人团体等等，得通过这些门路获取信息。"

站在反塞尔维亚立场上的各民族在美国组建了各种团体，哈弗在他们之间搭建了一个信息网。此时在巴尔干地区与塞尔维亚人处于战斗状态的各民族自然包括在内，他还盯住了后来于 1999 年与塞尔维亚人发生纷争的科索沃自治州的阿尔巴尼亚人的团体。哈弗把自己掌握的信息告知这些团体，作为回报，他们也会把通过自己的信息网从当地获得的信息发送到哈弗手上。

不过，引发问题的加拿大籍指挥官麦肯基将军在萨拉热窝期间，哈弗并没有对他采取特别的措施。

来自萨拉热窝的新闻都是市民死伤的录像和报道，极具冲击力，连续多日充斥着各种媒体。其中只夹杂着麦肯基的部分发言片段，无须太担心引起白宫和议员们的关注。从优先顺序来看，对付麦肯基的事还排在后面。哈弗决定暂时"放他一马"。

将军在萨拉热窝继续发表同样主旨的言论。他没有意识到，不支持塞尔维亚人和波斯尼亚人中的任何一方并发表中立的言论存在巨大的风险，有可能会给自己的职业生涯造成重大的影响。

在将军看来，"不只是塞尔维亚人，战争的双方当事人都有错"，估计这是他的真实感想。另一方面，本来联合国部队的宗旨就是"中立"，其任务不是介入战争，而是军事观察。

麦肯基将军表示："我一直坚持中立的立场。舍弃这一立场很容易啊。但是，那就意味着要为了胜利而杀人。那将成为唯一的目的。"

实际上，麦肯基收到的关于"塞尔维亚人的残暴行为"的信息当中，也有很多是毫无根据、荒唐无稽的内容。

例如，据说在塞尔维亚人掌控的地区，波斯尼亚人的婴儿被丢到动物园的笼子里喂狮子了。人们一本正经地谈论此事，西方的主流报纸上也刊登了相关报道。

麦肯基是个实诚人，为了确认此事的真伪，他亲自前往该动物园调查了一下。

"令人高兴的是，那里没有婴儿的痕迹，只有饿得奄奄一息的狮子。"

原来传言完全是胡说八道。

不仅如此，根据麦肯基的所见所闻，战争的双方当事人使用的手段其实更加卑劣。

他作证说:"例如,在炮击敌人时,他们故意把迫击炮安放在医院旁边。一方射击后,另一方自然会反击,对方的炮弹瞄准了这一方的迫击炮阵地,也会炸到旁边医院的小儿科病房。经过留在萨拉热窝的众多记者的报道,就能博得全世界母亲们的同情。为了吸引国际舆论,他们不惜牺牲自己的国民啊。"

关于被人指责"有意伤害自己民族的人"的说法,波黑政府至今仍不肯承认。不过,当时担任欧洲共同体和平特使的前英国外长卡灵顿接受了我的采访,强烈暗示存在过那样的行为。他说:"波黑政府采用了极为无情的做法。我们有相关证据。"

另外,接任麦肯基来到萨拉热窝的美国将军查尔斯·博伊德在其论文中声称:波斯尼亚人武装势力曾狙击或炮击自己民族的人。麦肯基当时就觉得发生过类似的事情,所以才会那样发声。

在萨拉热窝的市民当中,波斯尼亚人占了一多半,麦肯基的发言招来了他们的反感。在萨拉热窝的市民看来,这一切都是塞尔维亚人的错,必须无条件地承认这一点。波黑政府毫不掩饰他们的不满,所有市民都开始指责麦肯基。当将军乘坐吉普车行驶在萨拉热窝市内时,就连走在街上的孩子都会对他竖起中指。对于西方人来说,这个手势极具侮辱性。

在充满憎恶和不信任的纷争地带,想要保持"中立"是一件非常危险的事。"如果你不是我们的同伴,那你就是敌人。"这是在波黑作战的所有人共通的心理状态。联合国维和部队想要在其间保持"中立",结果被双方都视为了敌人。麦肯基也很清楚这种危险性,将部下的生命置于危险之中让他很难过,那种精神上的压力重重地压在了他的双肩上。

"我们豁出性命确保能给他们空运食物，却没有人说一声谢谢吗？"

将军在西方记者面前继续重复"中立性言论"，仿佛为了发泄心中的愤懑。

他想到什么就说什么。例如："波斯尼亚人也好，塞尔维亚人也罢，双方满脑子都是憎恶的情感，实在让人无可奈何。""联合国部队与其待在波黑，还不如去索马里救助那些饥饿的人们。那样才是把钱用在了刀刃上。"

对于这类发言，位于纽约的联合国总部的官员们不禁蹙眉，有时候也会发传真劝将军对媒体发言要谨慎，不要想说什么就说什么。但是，萨拉热窝的记者们欢迎将军说真心话，他没有停止发言。

8月初，情况发生了变化。法国、埃及和乌克兰的部队进驻萨拉热窝，与加拿大军队交接后，麦肯基将军完成了任务准备回国。

此时，一个不幸朝麦肯基袭来。

同一时期，也就是8月的第一周，"集中营"的故事突然火了。这个话题受到了西方媒体的热议。麦肯基正在这个风头上从萨拉热窝的前线回到了美洲大陆，他是联合国部队的指挥官，母语又是英语。这是偶然形成的状况，将军还没有准备好如何应对自己的境遇。

麦肯基在回加拿大的途中，先顺路去了纽约的联合国总部，向联合国的高层汇报和问候之后，在总部大厦的会议厅里参加了记者见面会。记者们连珠炮般提问的内容超乎了麦肯基的预料。

谈到当时的困惑,将军说:"我原以为会被问到在陷入包围的萨拉热窝每天怎样度过。然而,那些记者一个劲儿地问我集中营的事,我是完全不知情啊。"

记者问道:"关于集中营,你知道些什么?"

面对语气强硬的记者,麦肯基的脸上有一瞬间浮现出了吃惊的表情,然后他回答道:"我对此一无所知。我只知道,波斯尼亚人和塞尔维亚人都主张对方设立了集中营,双方互相谴责。"

记者对这个回答不太满意,继续追问道:"今天下午,安全理事会要开会讨论集中营的事,对吧?你手上掌握了什么特别信息或秘密,打算作证,不是吗?"

将军反复否认道:"根本没那回事儿。因为我们既没有义务也没有能力调查集中营的问题。我们的任务是守卫萨拉热窝机场,保障救援物资能送进去。确实,我们是在萨拉热窝唯一悬挂国际机构旗帜的组织,所以战斗双方的势力都来找我控诉过。他们都说对方在波黑各地设立了集中营。但是,你们要我判断事情的真伪,我也无能为力啊。"

对于哈弗来说,这段发言不容忽视。

麦肯基并没有说不存在集中营。他说的是,因为他在萨拉热窝,所以不了解分布在波黑各地的集中营。但是,媒体不是这样理解的。麦肯基和一千几百名士兵驻扎在那里,每天率领近百辆装甲车巡逻,多次往返于塞尔维亚人的司令部和波黑总统府之间进行交涉,美国的记者们经常在电视新闻中看到他。他们难免会想,既然麦肯基将军一口咬定"什么都不知道",那就等于暗示他否认集中营的存在。

另外,哈弗在这段时间正通过《波黑传真通讯》,努力在华盛顿宣传波黑政府制作的"集中营名单"。名单上列出的地址中分明有一处就在麦肯基的司令部所在的萨拉热窝机场的跑道旁。既然麦肯基表示毫不知情,就会在很大程度上损害这份名单的可信度。这有可能为对方的公关提供合适的素材,他们会声称以帕尼奇为首的塞尔维亚人设立"集中营"纯属捏造。

麦肯基在纽约逗留了两天半,其间不断在美国的主要媒体上出镜。在联合国召开记者见面会的第二天,他参加了CNN的《拉里·金现场》(Larry King Live),当天晚上参加了ABC的《夜线》,次日早晨又参加了CBS的《今晨》(This Morning)。这些全都是代表美国电视新闻界的报道节目,哈弗之前曾费尽千辛万苦想让西拉伊季奇出镜。麦肯基之前在萨拉热窝,他的发言被媒体编辑成了仅有数秒的原声摘要,观众只能听到只言片语。而这些节目都是直播,比以往的报道更能给人留下深刻的印象。各个节目留给麦肯基的时间从几分钟到十几分钟不等,他生来爱说话,在节目中反复强调"关于集中营,我一无所知。没见过,也没有相关信息"。

在短短数天时间里,在各种媒体上露面,重复同样的发言,是传播某种观点的最有效的方法。当时"集中营"逐渐成为欧美的主流媒体的主要话题,麦肯基却泼了一盆冷水,这是哈弗难以容许的事。

西拉伊季奇以前就曾提议,想通过某种形式向麦肯基提出抗议。哈弗认为现在才是落实到行动上的最佳时机,他和西拉伊季奇讨论了一下具体方法。单纯地由西拉伊季奇或伊泽特贝戈维奇向麦肯基提出抗议的话，恐怕效果不明显。以前将军在萨拉热窝时，波黑政府就和他产生了矛盾和对立，以各种形式表达过对他的不满。尽管如此，将军的态度却没有改变。

商讨的结论是，不直接对麦肯基说，而是给他的祖国加拿大的外交部部长写一封抗议信。不直接针对他本人，而是向他的上司表达不满，这样做也存在风险。当时加拿大的女外交部部长芭芭拉·麦克杜格尔是在国际社会中支持波黑的可靠的朋友。她比其他国家的首脑和阁员更早站出来严词谴责塞尔维亚人，发表了很多支持波斯尼亚人的言论。

7月初，她曾把塞尔维亚人比作纳粹分子："全世界再次看到了纳粹分子的屠杀行为。我们连续多日目睹了同样恐怖的行为。难道我们可以任由人种歧视主义不断蔓延却坐视不管吗？"

写给这位麦克杜格尔外长的信万一产生了适得其反的效果，把加拿大推向塞尔维亚方的话，就是巨大的损失。考虑到麦肯基是加拿大引以为傲的英雄般的军人，必须慎重斟酌书信内容。

哈弗对西拉伊季奇说："我来写草稿，有什么问题的话，你负责修改。"

麦肯基从纽约回到加拿大，受到了热烈欢迎之后，他还是重复之前的发言。

哈弗监听了他的所有发言，一字不漏地记录了下来，同时小心谨慎地推敲书信内容，得到西拉伊季奇的同意之后，作为正式的外交文书发送给了麦克杜格尔。

该书信占用了两张 A4 大小的纸，签署的日期是 1992 年 8 月

10 日。从复印件中就能看出来哈弗经过深思熟虑的痕迹。

首先，开头就是言辞激烈的表达："我国政府从加拿大军人麦肯基将军的话里感受到了莫大的侮辱。"这句话表明了他们发送这封书信的决心。

然后，继续写道："我们相信将军的发言并不代表加拿大政府的官方外交政策。"麦肯基的话和之前麦克杜格尔外长谴责塞尔维亚的发言有很大出入。这句话指出了加拿大外交政策方面存在的矛盾。

接下来的内容就是哈弗尽情发挥的独角戏了。他从麦肯基在世界各地的各种媒体上发表的言论中选出一些问题较大的发言，列上日期、媒体名称、具体内容，并逐一进行反驳。

首先是麦肯基第一次在联合国总部召开的记者见面会上的发言："关于集中营，我一无所知。"

哈弗指出："将军自己把司令部设在了萨拉热窝机场，跑道旁边明明也有集中营，这究竟是怎么回事呢？"

8 月 6 日，麦肯基在《新闻日报》上的发言："波黑政府拒绝通过和平会议与塞尔维亚方对话。"

哈弗反驳道："实际上波黑政府出席了该会议。"

8 月 9 日，麦肯基对加拿大的电视台 CBC[①] 说："波黑存在两个政府。"

哈弗表示："通过全民投票选出来的只有现在的波黑政府。"

就像这样，他从报纸、通讯社和电视台的报道中摘取了麦肯

---

① Canadian Broadcasting Corporation，加拿大广播公司。CBC 是加拿大政府的国家广播公司，规模相当大。

基说过的6句话，一一指出其中存在的矛盾和对事实认知的错误。

世界各地的媒体多得数不清，如果不是掌握了麦肯基的所有发言的相关信息，是无法完成这样的绝技的。麦克杜格尔读到这里，一定会对西拉伊季奇的信息收集能力感到吃惊，同时也不得不承认他很有说服力吧。

哈弗在信的结尾部分写道："7月9日，您用充满勇气的铿锵有力的语言支持了波黑。因此，我国政府相信您没有和麦肯基将军共享意见。正因为感谢您，我们才想向您传达对麦肯基将军发言的担忧。"

他通过赞誉之辞表示没有忘记麦克杜格尔之前给予的支持，同时又逼迫她对麦肯基采取一定的措施。

这是一份完美的外交文书。

哈弗确认书信已经送达麦克杜格尔手中之后，没有忘记立刻归纳要点，并通过以《紧急公开》为题的新闻公告通知给媒体。他亲自打造了写给加拿大外长的抗议信函这一新闻素材，又将这一话题提供给媒体。而且对时机的选择也考虑得很周全。按照计划，麦肯基将于次日即8月11日再次访美，在联邦议会参议院的听证会上作证。为了给站在证人席上的麦肯基施加压力，另外也为了让人们对他的证词的可信度产生疑问，这一天安排新闻公告是最好的时机。

谈到危机管理的公关战略中什么比较重要，哈弗说："在我们能为客户所做的贡献当中，最重要的是当发生对客户不利的情况时，要立即反驳，反过来散布对客户有利的信息。一旦错过时机，即使说同样的话，有时候也会没有任何效果。关于麦肯基将军的这件事，我们在最好的时机采取了应对措施，马上营造了对客户有利的形势。"

次日，在参议院举行的听证会上，议员们用质问般的语气向这位加拿大的将军提问，仿佛他不是来自同盟国。

多名议员执拗地盘问同一个问题："你真的没有见过塞尔维亚设立的集中营吗？"

麦肯基每次都回答："从未见过。"

"既然你读过关于集中营的报道或者控诉，那你就没想过动用联合国部队的军事力量支持红十字会去现场监察吗？"

"嗯，确实是这样，我的回答是 yes，但是要想那样做，必须考虑整体情况。"

麦肯基的回答在旁人看来也是很勉强的。

加拿大媒体的论调也发生了转变，不再把他当作英雄，而是投去了怀疑的目光。将军在听证会结束后从华盛顿回到了渥太华，不得不马上出席当地一家主流报纸的评论员会议，阐述自己行为的正当性。

"好奇怪，这时机也太巧了吧。"

仿佛为了配合他在参议院的作证，攻击他的信息被散布开来，周围人看待他的目光也变得严厉起来。麦肯基感觉似乎有某种意志在背后有计划地操纵这一切。但是，他不清楚具体是什么。

将军回忆道："当时我没有意识到公关企业的存在。过了一段时间之后我才恍然大悟，原来是公关企业搞的鬼。"

当初将军作为一名英雄从萨拉热窝刚回国时，人们纷纷议论他会升任加拿大政府的国防部部长。但是，这些风声戛然而止，反倒是逼迫他退役的那些有形无形的压力增强了。

"总之，声称不了解集中营情况的发言是这一切的诱因。从那以后，无论我说什么都会受到指责。"

麦肯基受到了各种诽谤。

有人说："因为他妻子是塞尔维亚人，所以他才会支持塞尔维亚人。"（其实他妻子是苏格兰人。）

还有人说："他在萨拉热窝强奸了被关押在集中营里的波斯尼亚女性。"

这都是毫无根据的谣传。但是，它们确确实实影响了将军的声誉。

其中有些指责也不能说完全无凭无据。

将军在各地进行演讲活动。主办方希望他讲一下萨拉热窝的情况。他在哪里讲了些什么内容，这些信息都传到了哈弗那里。

"分布在美国各地的克罗地亚人及阿尔巴尼亚人团体会告诉我麦肯基将军即将在某个地方进行演讲。比如说，有一次他在波士顿发表了演讲。紧接着就有人用传真发来了详细的发言内容。"

而且，由谁负责支付演讲报酬成了被攻击的目标。因为部分演讲报酬是由美国的塞尔维亚人团体负担的。记者加特曼率先报道了"集中营"，又调查了演讲报酬的出处并写了新闻稿。

"麦肯基将军进行演讲时从塞尔维亚人那里接受了巨额报酬。"这已经形成了公论。有人说具体金额是 1.5 万美元，也有人说是 2 万美元，甚至有人指责说高达 3 万美元。

支付演讲报酬的在美国的塞尔维亚人团体当中，有一个就是帕尼奇总理参与创立的"塞尔维亚网"，不过他们和麦肯基接触时没有说出正式名称，表面上看是一个和塞尔维亚无关的政治团体。因此，麦肯基表示："我从来没听说过什么'塞尔维亚网'啊。"

离退休还有数年时间，结果将军却不得不离开了军队。

现在，将军在一个安静的小镇边上生活，住在一栋大别墅里，从多伦多驱车向北行驶需两个半小时左右。我去他家采访的时候，正值短暂的夏季，是一个晴空万里的日子。采访结束后，为了拍摄房子的外观，我来到院子里，看到阳台上放着一把安乐椅。

"我想拍摄一段向观众介绍您的录像，可以麻烦您坐在那把椅子上吗？今天室外的光线条件也不错。"

将军立刻看透了我的真正意图。

"你是想拍出那种退休后只能晒晒太阳的老人形象吗？"

他一语道破了我的真实想法，却爽快地答应了我的要求，坐在安乐椅上看了一会书。

麦肯基在萨拉热窝被称为"报道摄影师的恋人"，他那充满热情的服务精神至今未变。不过，这和专业的公关战略是两码事。

英语中有个词叫"politically correct"（政治正确）。它的意思是，不管你心中的真实想法和对事实的认识如何，考虑到发言在政治方面的影响而选择的适当表达。麦肯基借用这个词解释了自己当时的想法。

"我只是作为一名军人接受了采访。回答问题的时候,我脑子里根本没有想过以后可能会受到谴责。也没想过要作出'政治正确'的回答。我现在仍然觉得那样做是对的。我只是单纯地回答了一个单纯的问题。因为我真的对集中营一无所知。"

将军又分析道:"我在萨拉热窝时,与驻留在当地的记者们真可谓生死与共,建立了深厚的信任关系。我回到这边以后,必须应对追求轰动效应的媒体,他们和萨拉热窝的记者们不是同一种类型。这对我来说算是一种不幸吧。"

但是,这个分析恐怕是错误的。无论在萨拉热窝还是在纽约,媒体在本质上没什么区别。不同的是将军引人注目的程度。

谈及驻守萨拉热窝时的麦肯基,哈弗表示:"我们一开始就知道麦肯基将军的所作所为。是有些碍眼。不过,另外还有很多需要优先处理的事,所以暂时放在一边没去管他。"

虽然说了同样的话,但是在萨拉热窝发言时,将军并不是很大的"障碍"。当将军在位于纽约的联合国总部这个舞台上,或者在电视网的直播中发言时,对于哈弗来说,将军成了必须清除的障碍。

麦肯基将军很有军人风度。估计他并不是带着某种政治意图想要支持塞尔维亚人的。他只是陈述了自己的所见所感,由于天生感觉敏锐,再加上机缘巧合,他在执行任务时比一般的军人承受了更多的媒体关注。这样一来,他的人生节奏就被打乱了。

第十三章

"剧　　　　场"

　　1992年8月26日至27日，为和平解决南斯拉夫问题，在伦敦召开了国际会议。

南斯拉夫联盟总理帕尼奇作为和平的使者对萨拉热窝进行突击访问，结果随行的 ABC 制片人遭到枪杀，这一悲剧导致他想一举挽回公关战争失利局面的战略失败，随后帕尼奇回到了首都贝尔格莱德。面对持续恶化的局势，帕尼奇没有工夫沉溺于失意之中，他必须马上采取对策。

　　帕尼奇想出的下一个策略是举办一次大型会议，让主要国家的元首齐聚一堂，共同商议波黑战争的解决方案。该会议可能会成为世界媒体关注的焦点。他的目的是作为南斯拉夫联盟代表出席此次会议，并以自己擅长的英语演讲与西拉伊季奇等波黑政府的首脑对决，借此扭转局势。

　　因为没有公关专家的帮助，帕尼奇在西方媒体上的曝光率与对方拉开了差距。于是他安排了这个让西方媒体无法拒绝的"华丽的舞台"，打算一决胜负。

　　帕尼奇首先去找法国总统密特朗征求意见。

　　他作证说："我预约好和密特朗总统的会谈后马上飞往巴黎。我和总统促膝交谈，商量了召开国际会议的事。"

　　这次会谈长达一个多小时，远远超过了原定的 15 分钟。在历史上，法国对塞尔维亚有一种亲近感，而对于受到大多数西方国家敌视的塞尔维亚人来说，密特朗总统是为数不多可以商量事情的欧洲首脑。

　　帕尼奇恳求道："我急需一个向世界诉说和平的机会。"

　　密特朗没有马上点头，不过最终他说道："我同意你的想法。"

"非常感谢,召开会议的地点当然应该是巴黎吧。"

密特朗最后的回答是:"不,我觉得伦敦比巴黎更合适。你可以去找英国首相梅杰商量一下。"

这对帕尼奇来说有点意外。和法国相比,英国对塞尔维亚采取了更为严厉的态度。如果在巴黎召开会议的话,议长就是密特朗;如果在伦敦召开,议长就是梅杰,会议的运营事务也会由英国外交部负责。在巴黎召开对塞尔维亚来说更为有利,但密特朗在召开会议的地点上没有作出让步。

帕尼奇一回到贝尔格莱德,就给英国首相梅杰打了个电话。梅杰已经收到了密特朗的消息,知道帕尼奇想召开国际会议。梅杰答应在伦敦召开。

帕尼奇至今仍认为这次会议是在自己的提议下召开的,但是根据当时的事情经过和其他人的证词判断,很可能密特朗和梅杰早就有了召开大规模国际会议的构想,而且基本已经确定在伦敦召开。不管怎样,除了举办地点之外,此次国际会议将按照帕尼奇的想法召开,会议时间定在了 8 月 26 日,为期 3 天。

帕尼奇为了抓住这次机会,想尽一切办法做好了完全的准备。

塞尔维亚共和国北部有一个名叫"哈尔特科布奇"的小镇,这里居住着很多克罗地亚人。帕尼奇首先让人逮捕了该镇的议会议长及其 4 名同伙,他们都是塞尔维亚人,逮捕理由是他们实施了"种族清洗"行为。他们是塞尔维亚民族至上主义者,对非塞尔维亚人进行迫害和驱逐,还擅自把该镇的名字改成"塞尔比斯拉布奇",意思是"塞尔维亚人的城市"。由于对谴责塞尔维亚人的西方各国感到反感,南斯拉夫联盟的塞尔维亚民族主义情绪日益高涨,帕尼奇的这一政策在国内极不受欢迎。但是,帕尼奇已经下定决心,哪怕损害自己在国内的政治基础,他也要向国际社会发出呼吁。

果不其然,塞尔维亚国内掀起了反帕尼奇的浪潮。他们高呼不要向不公平对待塞尔维亚人的西方舆论献媚。帕尼奇不顾国内的呼声,又下令更换联盟政府的内务部副部长凯尔泰斯。据传这个人暗地里和波黑的塞族势力勾结,帮助他们镇压波斯尼亚人。他原本是塞尔维亚共和国总统米洛舍维奇一手培养起来的人,被安插进了帕尼奇的内阁中。很明显,一旦解雇了他,就会触怒在贝尔格莱德拥有最大实权的米洛舍维奇。

帕尼奇已经做好了思想准备。

这是一个公关策略,帕尼奇打算让米洛舍维奇独自承担塞尔维亚和南斯拉夫联盟形成的负面形象,把一切责任都推到他头上。帕尼奇的计划是,当米洛舍维奇的"负面形象"达到顶点时,就让他包揽全部责任,辞去总统职务,然后由在西方颇受好评的自己取代他。

米洛舍维奇根本不可能同意这个计划。帕尼奇主意已定,要在和米洛舍维奇的权力斗争中取胜,并强制执行这个计划。更换内务部副部长就相当于正式宣战了。

帕尼奇和米洛舍维奇原本并不存在对立关系。当初是米洛舍维奇选中了帕尼奇。帕尼奇自己也说:"我和米洛舍维奇总统本来是互相合作的关系,因为我一开始也是为他工作的。"

帕尼奇内阁的信息部部长佩里西奇作证说："帕尼奇承认米洛舍维奇很聪明。"也许帕尼奇也发现了米洛舍维奇具备和自己不同的才能，对他怀有某种敬畏之心吧。

取代米洛舍维奇或许也是帕尼奇对权力产生了欲望的表现。但是要想揭掉贴在塞尔维亚人身上的罪恶标签只有这个办法，这也是实情。这之后又过了9年的岁月，米洛舍维奇被赶下了权力的宝座，被塞尔维亚共和国当局逮捕并送往每牙的国际法庭，这一事实便是最好的证明。现在的塞尔维亚共和国政府通过把米洛舍维奇交给国际社会并让其背负全部罪责，向外界声称问题不在于全体塞尔维亚人。这和帕尼奇想的方法如出一辙。

哈弗也立刻收到了关于在伦敦召开会议的通知。

他当即作出判断，认为这是最关键的决胜时刻。他马上委托伦敦分公司为其战略提供援助。

罗德公关公司在世界各地都设有办事处。伦敦分公司就是其中之一。就像足球比赛中客场作战总是面临不利状况一样，在国外开展公关工作也要和各种各样的困难作斗争。此时如果有当地的强力支援的话，也可以把客场变成主场。但是在大型组织中，有时候总部和办事处的合作并不顺利。当彼此的领地意识发生冲突的时候就会产生适得其反的效果。哈弗的分工很明确，他自己掌握制定战略的主导权，伦敦分公司负责安非酒店、提供分公司内的场地和电话等设施，也就是说提供后勤服务，另外在必要的时候给予适当的建议。因为采取了这种形式，所以确保了工作的顺利开展。

哈弗迅速加强了伦敦方面的支援阵势，又接连向萨拉热窝的总统府发送了传真。

按照哈弗的要求，总统府发来了英国外交部准备的参加伦敦会议的登记文件。上面写着各国代表团的人数仅限12人。"三个吉姆"中的哈弗和马瑟莱拉拿到了非常宝贵的身份卡，能够出入会场中的任何地方，包括一些就连记者都无法入内的场所。

另外还有一个美国人加入了伦敦之行的团队。他就是最开始将哈弗介绍给西拉伊季奇的人权活动家戴维·菲利普斯，也是哈弗的合作伙伴。

菲利普斯主管一家名叫"议会人权财团"的NGO[①]，为了应对此次的伦敦会议，哈弗加强了与他的合作。说起NGO，可能会给人一种不计较利害得失、为了崇高的理想而不辞辛劳的慈善团体的印象。但其实有些NGO也擅长参与政治活动，在华盛顿的媒体、政界、官场都撒下了关系网。

关于菲利普斯，曾任《今日美国》（USA Today）记者的李·卡茨作证说："举个例子，菲利普斯告诉了我们联邦议会的议员中谁在关注波黑战争。因为有几百位议员，我们很难把握每一位议员对什么问题感兴趣。特别是在我负责报道国务院时，没时间往国会大厦（联邦议会）那边跑，他能告诉我议会的情况，说实话真的非常感谢他。"

不仅在议会那边，菲利普斯在国务院、联合国等参与国际政治的相关人员中也拥有强大的人脉，具备很好的协调能力。哈弗

[①] Non-Governmental Organization，非政府组织。

正是盯上了这一点。

哈弗制作了一份题为《战略性信息》的备忘录，围绕如何在伦敦会议之前引导国际舆论，总结了几条基本方针，具体包括以下几点：

1. 侵略者企图强制推行大塞尔维亚主义。
2. 波黑政府是经过国民投票选出来的合法政府。
3. 塞尔维亚人是恐怖分子和侵略者，波斯尼亚人是受害者。
4. 谈判不应在塞尔维亚军事力量的威胁下进行。
5. 侵略者正在有组织地进行种族清洗。
6. 侵略者在波黑各地设置了集中营。
7. 应当在联合国的主持下在波黑全境部署军事力量。
8. 必须严格执行对塞尔维亚的经济制裁。
9. 国际社会给恐怖分子谈判的机会，就等于为他们的存在提供了法律依据。
10. 为了保障波黑的民主主义，需要为其制定宪法做好准备。
11. 对于犯下有违人道罪行的人，必须在军事法庭上进行审判。

他把"侵略者"当成了"塞尔维亚人"的同义词，这种无异于贴标签的表达正是5月以来哈弗等人一直坚持的公关战略的重中之重。另外，以谴责"恐怖分子"为由发难，在十年后的今天也是屡见不鲜的做法。备忘录中的最后两条是以取得具体成果为目标的提案。制定民主的宪法和开设军事法庭，这是菲利普斯强烈要求的，他将人权和民主主义奉为金科玉律，这种主张非常符合他作为人权活动家的身份。

菲利普斯给伊泽特贝戈维奇总统发送了一份传真："我认为您已经有了制定宪法的热情和干劲，美国的缔造者们也是在英国军队的炮火之下制定了宪法。"他提出了一个日程安排，即由美国和欧洲的法律专家牵头的委员会来制定宪法草案，最终提交波黑议会审议通过。

这样的传真内容不像是一名人权活动家对一国总统提出的建议，更像是大人教育孩子。只能说这里面包含了美国人对待波黑的态度，如同对二战后的日本一样充满了轻视。

但是，如果在伦敦会议上能够表明"波黑政府已经开始制定民主宪法，因此希望得到各国的支援"，就一定能在西方媒体和外交官当中引起强烈的共鸣。

另一个要点是应当设立审判塞尔维亚人的军事法庭，这一想法后来也付诸实现了。继第二次世界大战之后的纽伦堡审判和东京审判，再次设立国际军事法庭，这是一个划时代的想法，等于要求国际社会承认塞尔维亚人是同希特勒和东条英机一样的战犯。在西方国家中，德国政府对这一想法尤为热心，仿佛是在报复当年的纽伦堡审判。为了商量开设法庭的地点与审判团的人员构成等具体构想，菲利普斯决定与德国外交官合作。

哈弗极力游说西拉伊季奇和伊泽特贝戈维奇采纳菲利普斯的想法，西拉伊季奇等人也答应了。

随着会议召开日期的临近，两大阵营也进一步加快了行动的步伐。

南斯拉夫联盟总理帕尼奇准备在会上提出"五条行动计划"。

主要内容是再次承认塞尔维亚方面存在"种族清洗"现象,并承诺停止暴行。客观地看,这一计划可以说非常大胆,而且内容也很丰富。他打算在伦敦会议的正式会议上提出"五条行动计划",并在记者见面会上大肆宣扬,同时要求米洛舍维奇总统下台。

波黑政府外长西拉伊季奇于 8 月 21 日结束了对美国的访问,前往科威特参加伊斯兰国家在当地召开的国际会议。哈弗一手安排了西拉伊季奇在美国期间的访问日程,像往常一样尽可能地让他在媒体上多曝光。22 日,哈弗与马瑟莱拉一同前往欧洲。哈弗暂时先去日内瓦收集信息,马瑟莱拉则直接前往伦敦,同 BBC 等欧洲的主流媒体交涉录制节目事宜,并开始接触美国媒体驻伦敦的特派记者。

然而,萨拉热窝方面却给马瑟莱拉带来了一个小麻烦。马瑟莱拉等人把波黑代表团的下榻处定在了凯悦·卡尔顿塔酒店。但是波黑总统府收到了消息,说这家酒店是塞尔维亚代表团在伦敦的常住酒店。总统首席助理萨维娜·巴布洛维奇向马瑟莱拉诉苦道:"和塞尔维亚人住在同一家酒店,是无论如何也无法想象的事。"

马瑟莱拉立刻找卡尔顿塔酒店交涉:"绝对不能让塞尔维亚人住在你们酒店。如果他们入住的话,波黑代表团只好取消所有预约。"结果塞尔维亚人住进了其他酒店。

这些工作也是哈弗等人的重要职责,同时也是围绕国际谈判展开的策略之一。

会议前一天即 25 日,伊泽特贝戈维奇和西拉伊季奇分别从萨拉热窝和科威特抵达伦敦。米洛舍维奇和帕尼奇也从贝尔格莱德抵达。此时哈弗已经抵达伦敦同马瑟莱拉会合。然后各方阵营都接到了会议事务局的联络，表示会议场所已经准备就绪，可以先去查看一下。

英国外交部指定的会议场所是位于伦敦市中心西敏区的会展中心——伊丽莎白女王二世会议中心，取首字母命名为"QE2"。这是一座被历史建筑包围的现代混凝土建筑，坐落在伦敦地标大本钟的对面，与周围的建筑风格不大相称，给人一种粗俗的印象。

以波斯尼亚人为主的波黑政府，帕尼奇和米洛舍维奇等塞尔维亚人代表，还有克罗地亚人势力，三方当事人各分配到了一间休息室，室内配备了国际电话和国内电话各一部，传真机、复印机和碎纸机各一台。进行讨论的主会场的桌椅被摆成了一个巨大的"口"字形，方便包括日本在内的 27 个国家和国际组织的代表团围坐在一起。

帕尼奇方面的人员仔细查看了会场，发现了一个问题。回顾当时的情景，帕尼奇的秘书官大卫·卡莱夫这样说道："在会场的桌子上摆着每个座位对应的参会人员的名牌。在核对我方人员的座位时，发现米洛舍维奇总统和帕尼奇总理正好挨着坐，这可就麻烦了。"

在负责会议事务局工作的英国外交部官员看来，这样安排座次是理所应当的。虽然塞尔维亚共和国总统和南斯拉夫联盟总理的立场不同，但他们都来自贝尔格莱德，是代表塞尔维亚人的两位大政治家。但是，对于已经决意与米洛舍维奇决裂的帕尼奇阵营来说，这个座次安排实在是太尴尬了。帕尼奇打算把米洛舍维奇塑造成"邪恶的化身",如果坐在他旁边,万一被电视摄像机拍进同一个画面里,被人当成一丘之貉的话,麻烦就大了。作为和平使者,帕尼奇在空间上也必须与邪恶的帝王米洛舍维奇保持距离。

卡莱夫操着一口美式英语向会场负责人提出:"我们有些特殊情况,想更换一下座位。"

英国外交部的负责人用庄重的标准英语驳回了卡莱夫的要求:"座次安排是已经决定好的事项,不允午变更。"

于是卡莱夫采取了果断的手段。

"虽然有风险,但我还是趁工作人员不注意,调换了姓名牌的位置,将帕尼奇总理和米洛舍维奇总统的座位分开了。事情进行得很顺利,会议开始之后,也没有人发现这个变动。"

如今我们仍然可以看到当年伦敦会议的大量影像资料。不过,并没有两人在主会场同时出现的画面。两人同样代表塞尔维亚人,却分开坐着,显得很不自然。卡莱夫的巧计得逞了。

除了这些试探性的交涉之外,在会议召开的前一天,还发生了两件谁都意想不到的辞职闹剧,令逐渐在伦敦云集的各国代表团和媒体大为震惊,会议的走向也因此蒙上了一层莫名的阴影。

其中一个辞职的人是卡灵顿勋爵,他是主办方英国的前外长,同时也是与联合国共同举办伦敦会议的欧共体和平特使。他原本应该是会议的主要人物之一,却在会议开始的前一天辞职了。

他给出的官方解释是:"如果继续从事这份工作的话,就会完全失去自己的个人时间,我无法坚持下去了。"

但是，仅凭这些话还不足以解释为何在伦敦会议的前一天这一戏剧性时刻辞职。

卡灵顿勋爵认为波斯尼亚人和塞尔维亚人负有同等责任。他认为双方势力都采取了一种荒谬至极的策略，即故意轰炸己方的人，宣称那是敌方的袭击，高呼"我们遭受了如此严重的损失"。

卡灵顿勋爵会产生这种想法，与他的个人经历不无关系。有一次，当他访问位于萨拉热窝的伊泽特贝戈维奇总统的办公室时，恰巧那栋大楼遭到了炮击。据说当时伊泽特贝戈维奇早就掌握了敌对方的塞尔维亚人势力进行炮击的精确时间，可以具体到几点几分。

卡灵顿勋爵表示："我觉得这很可疑。我认为是波黑政府的领导人铁了心，为了得到世人的同情，他们什么事都能做得出来。"

他又说："人们总是说只有塞尔维亚人是最坏的，那是因为他们最显眼。塞尔维亚人确实也是无情的。但是，不管我们是否愿意，最终我们也不得不和塞尔维亚人一起生活下去。给一个国家贴上'邪恶'的标签是不对的。"

哈弗知道卡灵顿勋爵的这些想法后，一直把他当作攻击对象。早在7月的《波黑传真通讯》中，他就曾指责道："卡灵顿勋爵亲自拟定了停火协议，却连续39次以失败告终，最终他不再区分受害者（波斯尼亚人）和侵略者（塞尔维亚人），同时谴责双方，将自己失败的责任归咎于他们。"

哈弗散发此类文件，媒体也用"原来你支持塞尔维亚人啊"的论调进行攻击，这对于功成名就、属于上流阶层的卡灵顿勋爵来说恐怕是难以忍受的事。卡灵顿勋爵决定抛弃一切，在伦敦会议的前一天选择辞职，这多少也包含一些抗议的意味。

对于哈弗来说，这是一场胜利。他把这位有亲塞尔维亚倾向的人从和平特使这个重要的职位赶走了。不过，即使如此，他还是用无情的语言继续对卡灵顿勋爵穷追猛打。

在简要报道卡灵顿勋爵辞职消息的《波黑传真通讯》中，哈弗解说道："卡灵顿勋爵多次调整停战协议，而塞尔维亚人一直不肯遵守，最终没能带来和平。迄今为止一直有人指责他的这一行为。"

卡灵顿勋爵的继任者是同样曾担任英国外交大臣的欧文。他以对塞尔维亚的严厉言论而知名，例如他曾呼吁需要对塞尔维亚人武装势力进行空袭。

同样是在8月26日的《波黑传真通讯》中，用大段文字报道了另一个人辞职的消息，令人感到意外。这个人是美国国务院分管南斯拉夫事务的官员乔治·肯尼。

他在卸任声明中说："美国针对南斯拉夫危机的政策缺乏建设性意义，而且效率低下，我的良心不允午自己继续支持这种政策。"

哈弗等人并没有在暗中策划这场辞职闹剧。

"三个吉姆"中的一人评价肯尼时说："在国务院的巴尔干政策团队中，他是最没有智慧的人。"

在这之前，几乎没有人关注肯尼。他是一名中层官员，也是国务院中为数不多的熟悉巴尔干地区的专家，不过他没有参与最高机密或决策过程。

然而，肯尼辞职后，却接连发表了一些令哈弗等人求之不得的评论。例如：

"根据我们迄今为止获得的信息来看，毫无疑问责任在于塞尔维亚人。"

"波斯尼亚人是悲惨且无辜的受害者，就像突然遭到暴徒袭击一样。"

"美国应当立即向波黑派遣空军。"

这些消息传到了哈弗那里，肯尼的利用价值就有了飞跃性的提升。

哈弗自然通过《波黑传真通讯》转载了肯尼的发言，还联系了肯尼本人，并提议："请您务必和伊泽特贝戈维奇总统以及外交部部长西拉伊季奇进行会谈。"

对于肯尼来说，以他辞职前作为一介中层官员的身份，与外国的总统和外交部部长进行会谈简直像做梦一样。听到这样的提议，他不可能不高兴。肯尼进一步加快了发表倾向于波黑政府言论的速度。

同时，哈弗等人也看透了肯尼的经济状况。三个吉姆中的一人说："我们和肯尼一起做了很多事情。他需要在媒体的舞台上继续发言。毕竟他辞职后就算失业了。"

这样一来，"三个吉姆"和肯尼的关系越来越密切，甚至发展到了这种程度——后来肯尼在《纽约时报》上写的谴责塞尔维亚的文章也是由罗德公关公司起的草稿。在罗德公关公司提交给波黑政府的报告中明确记载了这件事。

肯尼的辞职以及这件事被大肆报道的状况应该影响了代理国

务卿伊格尔伯格的心理。8月23日,伦敦会议尚未召开,贝克国务卿被调任布什总统的连任委员会主席,副国务卿伊格尔伯格代替国务卿主管国务院工作。他作为美国政府的代表来到了伦敦。

伊格尔伯格是在国务院锻炼成长起来的官员,在他的职业生涯中,曾两次在南斯拉夫的首都贝尔格莱德工作,与米洛舍维奇也有深交。由于这层关系,有人解读说,因为伊格尔伯格偏向塞尔维亚,所以一名充满正义感的年轻官员愤然辞职了。伊格尔伯格被逼入了窘境,他想避免继续被人贴上亲塞尔维亚的标签。

综上所述,帕尼奇和哈弗各自下定了决心,为伦敦会议做好了准备。虽然对彼此的做法保持警惕,但是他们都认为己方的战略更胜一筹。

伦敦会议于8月26日拉开了帷幕。英国的《泰晤士报》在报道的标题中写着:"欧洲与联合国举办的雄心勃勃的和平谈判"。全世界媒体都在关注,20世纪末突然重现的二战噩梦——波黑战争——最终能否得以解决。

按照事先的安排,帕尼奇与米洛舍维奇分开就座,哈弗和马瑟莱拉作为波黑代表团成员进入了主会场,这里除了官方的谈判团代表,其他人禁止入内。

全世界都希望这次大会能够带来和平,但颇具讽刺意味的是,拿到参会资格的各国人员都知道,这次会议不是谈论实质性问题的场所,只是一个用来宣传各自立场的演出舞台罢了。

吉姆·马瑟莱拉作证说："对于西方各国的政府来说，参加这次会议是为了表个态，意思是'我们正在认真考虑波黑的问题'。"

佩里西奇作为帕尼奇内阁的成员参加了会议，他也表示："我早就知道这次会议不是为了认真地谈判，而是一个'剧场'（theater）。"

帕尼奇主动提出举办这次活动，原本是为了给自己争取一个发言的空间。美国的代理国务卿伊格尔伯格本意并不想过多干涉"欧洲后院"发生的冲突。英国首相梅杰和法国总统密特朗深知，波黑境内掀起的腥风血雨不可能在两三天的会议上得到解决。来自纽约的联合国秘书长布特罗斯·加利是埃及人，他认为比起巴尔干地区，在非洲发生的悲剧更应该成为全世界关注的焦点。"集中营"问题将日益高涨的国际舆论推向了顶点，在这样的形势面前，每个人都只是想避免遭到谴责，怕被人说对波黑问题置之不理。这就是大家都聚集在伦敦的原因。而作为开会场地的QE2是一个"剧场"，人人都在拼"演技"，于是伦敦会议就越发变成了幕后编导哈弗大显身手的舞台。

东道国英国的梅杰首相率先展示了"演技"。

他指名道姓地对塞尔维亚进行了严厉批判："塞尔维亚必须扪心自问，是否有意成为国际社会的一员。如果答案是否定的，那么今后就不会有任何贸易往来，也得不到国际上的援助或认可。其结果只会是经济、政治、文化以及外交方面被孤立。"

米洛舍维奇的脸色一下子阴沉起来。

同样来自英国的外交大臣道格拉斯·赫德继续穷追猛打：

"南斯拉夫的人们所饱受的苦难并不是什么命运的捉弄,而是由塞尔维亚恶毒的蓄意侵略造成的。"

另外,德国外长金克尔断言道:"贝尔格莱德才是罪恶的根源。"

在帕尼奇听来,那些话也是残酷无情的,但他也不是没有预料到这种情况。从当前的国际舆论形势来看,各国首脑持续抨击塞尔维亚的言论是无法避免的。特别是德国,因为与克罗地亚在历史上关系亲近,从上一年克罗地亚纷争之时起就一直冲在谴责塞尔维亚的前列。

帕尼奇比较在意的是代理国务卿伊格尔伯格的态度。在西方诸国中,美国的发言寥寥无几。帕尼奇和米洛舍维奇都对美国代表团抱有一丝期待。对米洛舍维奇而言,伊格尔伯格是老相识。帕尼奇心想,既然自己身为美国公民,那么同样来自美国的代表团就不会和自己完全敌对了吧。虽说很难发表支持塞尔维亚的言论,但如果美国的发言能在战争的双方当事人之间保持平衡,那么反塞尔维亚一边倒的会场气氛也许多少会缓和一些。但是,美国代表团选择了保持沉默。

前信息部部长佩里西奇作证说:"伊格尔伯格在会议期间一直背对我们坐着,他那态度在我们看来很是傲慢。"

属于波黑代表团一方的戴维·菲利普斯也对伊格尔伯格的沉默感到讶然。他表示:"伊格尔伯格在伦敦会议召开期间,长达36个小时甚至一次都没有从座位上站起来发言。令人搞不清美国代表团是否在场,会场上似乎只有联合国和欧共体在进行商谈。"

《泰晤士报》在报道伦敦会议情况的新闻稿中指出：伊格尔伯格的态度或许受到了其下属乔治·肯尼的辞职以及对国务院政策的批判之影响。

事实上，此时伊格尔伯格暗地里正在同波黑政府接触。

在伦敦会议期间，伊格尔伯格在下榻的丘吉尔酒店的商务套房内同西拉伊季奇、伊泽特贝戈维奇进行了非正式会谈。关于当时的气氛，作为顾问一同出席的戴维·菲利普斯作证说："我们抵达时，伊格尔伯格还没有准备好，他略显慌张、气息不稳地走了出来。"

伊格尔伯格当时正在换衣服，没有系领带。

"真是抱歉，衣服只穿了一半。"

伊格尔伯格话音刚落，西拉伊季奇立刻瞥了一眼伊格尔伯格刚刚走出来的卧室方向，笑着打趣道："拉里，没关系，就算你是只脱了一半也 OK 啊。"伊格尔伯格本来叼着雪茄，听到这话也忍俊不禁地吐了口烟。

每当日美两国首脑进行会谈时，媒体经常盛传两位首脑互相亲昵地称呼对方的名字。不过，问题并不在于如何称呼，而是之后能否成为在唇枪舌剑中夹带玩笑的关系。我几乎无法想象日本的历代首相和外交官们会有这种意识。然而西拉伊季奇就在不久前还没有任何政治经验，经过和哈弗搭档的几个月时间，此时已经懂得了这种外交方面的精妙之处。而且，在半开玩笑的对话之后，两国首脑就彼此的立场郑重地交换了意见。也就是说，美国同波黑政府之间已经沟通好了。

帕尼奇对此并不知情。

西拉伊季奇的英语表达技巧在主会场上再次令各国外交官感到震惊。

例如，他发言说："假如此次会议没有明确地向塞尔维亚人发出'滚出波黑'的信息，那就等同于给他们颁发了'杀人执照'。"所谓杀人执照，是电影《007》中大家熟悉的台词。詹姆斯·邦德就来自英国，在这里使用这个表达非常合适。塞尔维亚方自不必说，即使纵观全场，都很少有能熟练使用这种说法的人才。

哈弗和马瑟莱拉作为波黑政府谈判团的正式成员，如影随形地支持着这样的西拉伊季奇。

哈弗说："每到关键时刻，我就给西拉伊季奇外长递一张便条，给他提供建议。特别是关于英语的表达技巧，我说了很多。"

三人在会场内随身携带着手机，一直保持联络。那时手机不像现在这么普及。在伦敦会议这样的大型国际会议上，除主会场以外，在走廊里站着聊天往往也具有重要的意义。因为有手机，他们就可以实时掌握哪位 VIP 在何处讲话，也可以在瞬间得知记者和电视台采访组的集合场地，这样便可以在最佳时机把西拉伊季奇带到他们面前接受采访。这些手机是罗德公关的伦敦分公司准备的。

另一方面，南斯拉夫联盟的总理帕尼奇也在估算着在主会场上一决胜负的时机。

当共同主席之一的联合国秘书长加利向米洛舍维奇提问时，机会来到了。

因为在正式进行讨论的过程中采访的摄像机处于关闭状态，

所以没有留下影像，不过塞尔维亚方及波黑政府双方都有好几个人清楚地记得当时的场面。他们都向我提供了证词。因为那场面实在令人印象深刻。

就在米洛舍维奇站起来，正要开口回答加利秘书长的问话之际，帕尼奇大声高呼道："主席，我来回答这个问题吧。"

那一瞬间，会场上的各国代表都不明所以。

帕尼奇接着对米洛舍维奇毫不客气地说："你坐下。代表这个国家的人是我。"

米洛舍维奇气得满脸通红，一时间说不出话来。过了片刻他正想反驳，却被帕尼奇大喝一声"住口"，米洛舍维奇愤然坐下。

由于事发突然，整个会场变得鸦雀无声。在来自世界各地的代表团和联合国秘书长面前，同样来自贝尔格莱德的联盟总理斥责共和国总统"住口"，并逼他坐下。即使对于见多识广的各国外交官们来说，也是闻所未闻的景象。

人权活动家戴维·菲利普斯说："我当时想，这一定是在帕尼奇总理和米洛舍维奇总统全都同意的情况下，由塞尔维亚方面编写的剧本，肯定是'演戏'。"然而，事实并非如此。米洛舍维奇同样也被打了个措手不及。

这是帕尼奇自导自演的一出大戏。

这样一来，将会暴露塞尔维亚内部不和的问题，原本在外交方面会成为很大的失误。但是帕尼奇已经下定决心让米洛舍维奇背负塞尔维亚人的所有"罪恶"，其目的是在这个华丽的舞台上，以令人极其震惊的形式宣告与米洛舍维奇的决裂。

一进入会议的休息时间，帕尼奇马上采取了下一步措施。

他与刚刚在众目睽睽之下斥责过的米洛舍维奇进行会谈,并逼迫道:"你就在这里担下波黑战争的责任,辞去总统职务吧。"

米洛舍维奇拒绝道:"你在胡说什么呢?"

不过,这样一来,"要求米洛舍维奇总统辞职"的事实就成立了。

帕尼奇可以在会后的记者见面会上说"为了实现和平,我曾要求米洛舍维奇总统辞职"。再加上主会场中发生的震惊四座的小插曲,媒体应该会大肆报道塞尔维亚阵营中发生了翻天覆地的变化。

然而,实际上并没有出现那种状况。与之相反,BBC等英国的电视台在当天的头条新闻中报道的是西拉伊季奇的记者见面会。

因为后一件事具有更大的冲击力。

哈弗和马瑟莱拉邀请了一名特别嘉宾来参加波黑政府召开的记者见面会,此事被南斯拉夫联盟的信息部部长佩里西奇偶然看到了。

"那是在电梯里发生的事。会议现场挤满了各国代表团和事务局的工作人员,电梯也总是有人进进出出,忙得不可开交。在这种情况下,我偶然与那两个人同乘了一部电梯。"

其中一人是衣衫褴褛的难民模样的女性,另一位是公关公司的工作人员,他正在告诉那个难民模样的女性接下来有可能发生什么事,应该如何行动。

一开始佩里西奇还没搞清楚发生了什么事,后来才明白这名女性是接下来要参加波黑政府的记者见面会的波斯尼亚难民。公关公司的工作人员正在指点她如何讲述自己被强奸时的情况。

佩里西奇背对着两人，竖起耳朵偷听。在快要到目的楼层的时候，他用正好能让那两人听到的声音嘀咕道："搞那些把戏也没什么用。"

他说的是塞尔维亚-克罗地亚语，也就是在塞尔维亚和波黑两国通用的语言。佩里西奇带有贝尔格莱德的口音。

那名难民模样的女性惊讶地说："这个人是塞尔维亚人。"

她非但不是毫无用处，简直是作用重大。

随后召开的记者见面会的整个过程都被摄像机记录了下来。

见面会现场是一个能容纳数百人的大厅，在临时搭建的舞台上，并排放着一排座位。西拉伊季奇坐在中间，旁边坐着哈弗。而且，伊泽特贝戈维奇总统的女儿兼首席助理萨维娜·巴布洛维奇也在台上就座。

负责主持的哈弗介绍说："大家好，这位是波黑的外交部部长哈里斯·西拉伊季奇先生。"西拉伊季奇带着一副刚开完会、略显疲惫的表情，他像往常一样用流利的英语开始演讲。在他背后的墙上挂着那幅铁丝网后面的瘦削男子的照片以及惹人怜爱的难民少女的照片，照片边长被放大到数米长，正好作为记者们拍摄西拉伊季奇时的背景。

一直都是西拉伊季奇发言，萨维娜默默地坐在一旁。然而，当天的主角并不是西拉伊季奇。

记者们问了几个问题之后，哈弗突然说道："今天我们请来了一位特殊嘉宾，希望大家务必见一见。"话音刚落，在吉姆·

马瑟莱拉的带领下，一个女人牵着两个孩子的手从舞台侧边出现了。她正是十多分钟之前佩里西奇在电梯里遇到的那名女性。

这到底是什么人呢？仿佛是在回答记者们心中的疑问一般，哈弗说道："他们是不久前从波黑的集中营里奇迹般地逃出来、历尽艰辛来到伦敦的难民母子。"

还没等记者提问，她就开始用塞尔维亚-克罗地亚语诉说起来。之前一直保持沉默的萨维娜把她说的话一句一句地翻译成了英语。

"塞尔维亚人殴打我，而且不只是打。"

那个女人敞开自己的衣服，露出皮肤，挺起了肚子。

"请看！他们把烧得通红的烙铁压在了这里。"

由于皮下脂肪而隆起的腹部上，确实有烫伤的痕迹。

这给人们带来了强大的视觉冲击力。舞台上的摄像机拍下了采访团队的影像，画面中有一位女记者因受到的冲击过大而恍惚地呆立在那里，目不转睛地盯着那位难民母亲。

紧接着，负责拍照和录像的摄影师都涌上了舞台，生怕错过拍摄难民女子肚皮的机会。

接下来发生的事，哈弗直到如今说起来仍旧很得意。

"因为有太多的摄影师涌向舞台，临时搭建的舞台不堪重负，发出一声巨响倒塌了。大家差点有生命危险。波斯尼亚母子三人所带来的视觉效果就是这么震撼。那场见面会的成功是令我们骄傲的。不过，那些负责布置会场的英国人气得脸都绿了，哈哈哈……"

这母子三人究竟是从哪里冒出来的呢？

与那位母亲一同乘坐电梯的佩里西奇说："那不过是经过完美编排的表演罢了。"他认为她并不是真正的难民，说不定是原本就住在英国的人。过于高超的演技和精彩的演出效果，让他不敢相信这是真人真事。

关于这个女人的来历，哈弗说道："她并不是我们带到伦敦来的。在准备伦敦会议的时候，我听波黑政府代表团的工作人员说，最近有母子三人从当地逃了出来，所以想着一定要邀请他们来参加记者见面会，我和马瑟莱拉商量后就马上安排了此事。"

从萨拉热窝陪同伊泽特贝戈维奇前来参会的总统府工作人员也给出了同样的证词，看来她和两个孩子确实是来自波黑的难民。这么好的公关"素材"就在身边，不轻易放过，即刻加工利用并发挥出最大的效果，这就是专业人士的本领。

与此同时，南斯拉夫联盟的总理帕尼奇也举办了记者见面会。但是，与波黑政府的见面会相比，在各方面都显得准备不足。我看了一下帕尼奇见面会的录像，会场与酒店的普通房间差不多大，留给记者们的空间很小，他们只能围坐在地板上倾听。各家媒体的麦克风杂乱地摆在帕尼奇面前的桌子上，电源线也乱七八糟地缠绕在一起，帕尼奇开始说话的时候只是带了点动作，结果麦克风就从微微摇晃的桌子上滑了下来。

哈弗也去帕尼奇的记者见面会现场侦查了一下。关于当时的印象，他用尖刻的语言评价道："一看就很业余。见面会的情形用'混乱'一词来形容最合适不过。而且，因为各家媒体都随意使用自己的照明，造成室温上升，闷热得让人喘不过气来。要想和记者们沟通交流，这些事也很重要，需要费一番心思。不过帕尼奇好像不明白这一点。"

当然，帕尼奇也不是自己想要弄成这种状态的。这是无法借助专业人士力量的一种悲哀。

另一个失算之处是，大多数西方记者都追着米洛舍维奇跑，而不是帕尼奇。米洛舍维奇完全没有讨好媒体的打算，也没有召开记者见面会。尽管如此，摄像机和记者都抓住进出会场和短暂的休息时间以及其他一切机会，紧紧地追随着米洛舍维奇。由于帕尼奇在会场"叛乱"，米洛舍维奇本来就很不高兴，他有时无视摄像机，有时还恶语相向。

为什么媒体会追着米洛舍维奇不放呢？其中一个原因是，他们认为掌握塞尔维亚政界实权的人不是帕尼奇，而是米洛舍维奇。但更重要的原因是，伦敦会议的本质是一场"戏剧"。好的戏剧需要好的演员。从这一点来看，要想欣赏"伦敦戏剧"，米洛舍维奇就是最理想的反派头目。

比如说有这样一个例子。

第一天的会议结束后，米洛舍维奇甩开记者们，回到离会场稍远的停车场里，从紧张感中解脱出来，在自己停放的汽车旁边抽烟。尽管四周已经很暗了，但眼尖的摄影师还是发现了他的身影并走了过去。看到这一幕，米洛舍维奇把香烟一扔，大摇大摆地走向镜头。摄影师感到有些恐惧，情不自禁地后退了几步。这一幕被几十米外的另一台相机的长焦镜头捕捉到了。从那里拍摄的影像被当天晚上的新闻节目所采用，助长了"威吓摄影记者的恐怖大王米洛舍维奇"的形象。

但实际上在这之后，面对最先接近他的摄制组人员，米洛舍维奇一反常态，亲切地接受了采访。因为只截取了他气势汹汹地走近摄像机的片段，所以看上去他好像在威吓记者。我也不知道这是不是恶意剪辑。但是，由于媒体已经对米洛舍维奇有了成见，估计这或多或少会对报道方式造成影响吧。

"悲剧的牺牲者＝萨拉热窝的波斯尼亚人"这一观念已经深入人心。在这种情况下，分配给塞尔维亚人一方的角色早就定好了：不是和平的使者，而是反派。

伦敦会议于次日（27日）结束，原计划三天的会议时间缩短成了两天。第二天下午，战争各方签署了主席提出的宣言草案。随后，联合国秘书长加利作为共同主席之一，立即公布通过了该宣言，并直接宣告会议闭幕。战争各方的领袖和世界各国的代表齐聚一堂，机会如此难得，却没有人想要争取尽可能多的时间进行商谈，这让人丝毫感觉不到他们有试图从本质上解决问题的想法。那些主要国家和联合国表面上看身份是调停人，其实对他们来说，重要的只是能拿出一份像样的宣言文件。

该宣言中强调了以下内容：立即停止战斗；重火器归联合国监管；包括南斯拉夫联盟政府在内，所有参加会议的人员都承认波黑这个国家；关闭收容所；等等。

停战协议在此之前已经签订了数十次，但全都被打破了。

波黑代表团逼问，如果这次的协议也被打破了怎么办？作为共同主席之一，英国首相梅杰把手中的宣言文件摔到桌子上，厉声说道："到那时，我们英国的空军会前往巴尔干。"

这也是"做戏"，在场的所有人都明白，英国没有单独采取军事行动的打算。伦敦会议从头到尾都只是一个"剧场"。

只有一个实质性的约定，那就是设置国际战犯法庭，对违反人道的罪犯进行搜查和审判。9年后，米洛舍维奇本人将会站在这个法庭的被告席上。

此时，米洛舍维奇还没有预料到自己以后的命运。一直到最后，他都像个反派一样，甩开蜂拥而至的记者，离开了会场。

当被问到"您如何看待协商的内容"这个问题时，他冷言冷语地反问："协商？你到底说的什么协商？"之后便钻进他的豪华轿车，抛下帕尼奇飞驰而去。

由于记者见面会的舞台遭到破坏，承办会议的英国外交部向波黑代表团的西拉伊季奇提出了强烈抗议。西拉伊季奇对哈弗和马瑟莱拉说："这事办得太精彩了。多亏了你们，才办成了这场最成功的记者见面会。"

西拉伊季奇、哈弗、帕尼奇、米洛舍维奇齐聚一堂的国际盛会——伦敦会议——就这样结束了。虽然帕尼奇带来了新的战略，但最终哈弗和西拉伊季奇又一次大获全胜。

然而，尽管在伦敦的公关战争中取得了胜利，萨拉热窝的战火却没有平息的迹象。据第二天的报纸报道，停战协议已经被打破，曾作为1984年冬奥会赛场的滑冰中心在猛烈的炮火攻击下被摧毁，造成10人死亡。

第十四章

驱　　逐

　　1992年9月22日,第47届联合国大会通过了驱逐南斯拉夫联盟的决议案。南斯拉夫联盟的总理帕尼奇、外长久季奇、驻联合国大使乔基奇等人出席了大会。

罗德公关公司与波黑政府的合约全部到期后，在向美国公关协会提交的报告中写道：伦敦会议结束后，公关战略进入了"第三阶段"。

其具体内容是"聚焦联合国大会的行动计划"。

这里指的是这一年9月在纽约的联合国总部举办的第47届联合国大会。在这次大会上，通过了驱逐南斯拉夫联盟的决议案。这是在联合国历史上上演的第一场驱逐大戏。在各国代表团的注视下走出会场的帕尼奇的身影，让人联想到了松冈洋右。二战前，由于侵略中国东北而被问责的日本退出了国际联盟，当时松冈担任日本驻国际联盟的首席代表。不过，从某种意义上讲，松冈是自愿离开会场的，而帕尼奇直到最后一刻都希望能留在联合国，虽然他采取了各种对策，却未能如愿以偿，最终黯然离去。在这一点上两人有很大的不同。

联合国在做决议时往往遵循惯例，却下达了首个驱逐令。即使在一个月前的伦敦会议上，帕尼奇也没有想到会被逼到这种境地。哈弗的"第三阶段"行动计划取得了出人意料的成果，竟然将南斯拉夫联盟驱逐出了联合国。

从公关战争的角度看，哈弗在8月末的伦敦会议上取得了压倒性的胜利。但是，关于外交谈判的具体内容，西拉伊季奇所代表的波黑政府并不能百分之百地满意。

伦敦会议的第二天，主会场的讨论中断，各国代表团暂时回到休息室商量下一步行动计划的时候，联合国秘书长加利突然进入了波黑政府的休息室。

关于当时的情景,与哈弗联手帮助波黑政府代表团的戴维·菲利普斯作证说:"加利背着手,目光直视伊泽特贝戈维奇总统的眼睛。那是我在迄今为止的人生中经历过的最紧张的时刻。"

同样在场的吉姆·马瑟莱拉说:"伊泽特贝戈维奇总统是一个心理状态极正常的人,却不得不面临关乎国民命运的终极选择,确确实实是进退两难。因为他知道,无论选择走哪条路都将是艰难的抉择。我发自内心地同情他。"

加利带来了一个收拾危局的方案,即让参与波黑战争的塞尔维亚人、克罗地亚人、波斯尼亚人同时停战,并要求伊泽特贝戈维奇接受。该方案包括关闭收容所、让包围萨拉热窝的塞尔维亚人武装势力将重火器移交给联合国等严厉对待塞尔维亚方的内容。但是,大部分条文都是平等对待三方势力,并没有把塞尔维亚人是加害方、波斯尼亚人是受害方作为前提。

出于这一基本认知,西拉伊季奇和伊泽特贝戈维奇根本无法接受该方案。

加利逼迫伊泽特贝戈维奇立即作出答复:"总统,这是我们国际社会对贵国的请求。这是你们走向和平的最后机会。那么,您的决定是什么?"

伊泽特贝戈维奇说不出话来。

一片沉默中,房间里传来了女人的啜泣声。时任首席助理的总统女儿萨维娜·巴布洛维奇因为难以忍受紧张的气氛而哭了出来。

尽管如此,总统还是没有开口。

菲利普斯说："我感觉沉默时间持续了三四分钟。我想他大概是真的不知道该怎么办。"

在公关战略方面，波黑政府的首脑得到了哈弗的强力支持，但是当他们面临国际政治中剑拔弩张的场面时，也缺乏与国际上的领导人当面对决的经验。

经过长时间的沉默，伊泽特贝戈维奇终于开口了："这个方案根本不能保证和平的到来。你到底要我怎么回答？我真的不知道。"

紧接着，他又表明了接受的意思："不过，除了接受你的提案以外，我似乎别无选择。"

就在那一瞬间，加利原本严肃的表情一下子变得明朗起来。他甚至来不及道谢，就跑出了房间。他立即重新启动全体会议，通过了刚刚劝伊泽特贝戈维奇接受的声明，并宣布伦敦会议结束。次日，也就是第三天的会议安排全都被取消了，伦敦会议就这样慌里慌张地结束了，比预定时间提前了一天。仿佛害怕战争当事人改变主意后撕毁达成的协议。

在加利秘书长的内心深处，对于只有波黑政府成为悲剧主角的现状非常反感。而西方各国的真实想法是，不想在既没有石油也没有其他特殊资源的欧洲边境波黑投入军事力量，以免危及年轻士兵的生命。他们担心，如果认为"全都是塞尔维亚人的错"的舆论过于沸腾，不久就会听到要求用武力打击塞尔维亚人的呼声。加利拿来的宣言草案反映了他们的本意。伊泽特贝戈维奇在舞台的幕后输给了外交战术老练的加利。

伦敦会议原本是帕尼奇发起的。对于哈弗和西拉伊季奇来说，接下来轮到自己这一方在国际政治的舞台上证明塞尔维亚是罪恶的根源了，不能给任何人留下疑问的余地。他们需要一个决定性的场面，让加利和西方各国的首脑也不得不承认他们的主张。

这一机会很快就降临了。

联合国大会于每年9月召开。在各国代表团云集的会场上，如果能够驱逐以帕尼奇为首的南斯拉夫联盟代表团，实现这个历史性的场面，就能当着曾在伦敦给伊泽特贝戈维奇施加压力的加利的面，展示谁是罪恶的侵略者、谁是善良的受害者。

哈弗的行动非常迅速。伦敦会议结束6天后，即9月2日，关于如何闯过联合国大会这一关，他制订了综合计划。其中包括继续坚持以往的做法，如集中安排西拉伊季奇在媒体上出镜，同时又采取了几种新的计策。

恐怕里面也不得不涉及到罗德公关公司针对犹太人社会实施的公关策略吧。

一谈到这个主题，哈弗和CEO戴维·费恩都变得非常慎重。哈弗平时总是很冷静，此时少见地流露出了明显的厌恶情绪。他说："我们怎么会煽动犹太人呢？绝对不可能发生那种事！"

这表明涉及到犹太人的问题在欧美社会至今仍然是一个敏感话题。

我在日本有时候也会听到这样的言论，说犹太人掌控着全世界的金融和媒体，还说整个世界都在按照他们的意愿运行。如果在公共场合说这种话，就会遭到犹太裔国际组织的抗议。真实情况如何呢？也许难免会让人产生这种疑问。

我在这次采访过程中多次发现，发挥重要作用的出场人物原来是犹太人。罗德公关公司的CEO戴维·费恩是犹太人，抢先报道"集中营"新闻的记者加特曼也是。

话虽如此，我并不认为谴责塞尔维亚人的论调是由"掌控全世界媒体的犹太人"操作的，更不会觉得是犹太人在控制整个世界。因为并没有相关证据。

我估计真实情况是，犹太人及其社会组织与其他民族群体和宗教群体一样，都对美国的政治和媒体造成了影响。当然了，在那些压力集团中，各种犹太人组织拥有强大的力量，而且在波黑战争中，由于塞尔维亚人和纳粹党的形象有重合的部分，所以受纳粹党迫害的犹太人的存在显得尤为重要。

"三个吉姆"中的一人作证说："犹太人社会和以色列是我们可靠的后援。把塞尔维亚人比作纳粹党的报道出来后，他们马上作出了反应，主动给我们提供了援助。他们不仅支持我们，实际上还拥有引发'某些事'的力量。"

哈弗的办公室里保存的文件中有明确记载，罗德公关公司曾和世界各地的犹太人团体有过接触。

其中一份文件是提交给司法部的工作报告，里面列举了两个曾经接触过的团体，分别是美国犹太人委员会和作为强有力的游说团体而知名的美国以色列公共事务委员会。在提交给波黑政府的报告书中也有记载，在伦敦会议召开期间，尽管日程极为紧张，他们还是抽空安排了与欧洲犹太人会议组织的会谈。另外，在提交给美国公关协会的报告书中，罗德公关公司实施的公关活动被分为 23 条，其中第 21 条写着曾安排西拉伊季奇和驻华盛顿的以色列大使进行会谈，第 23 条写着获得了伊斯兰教、罗马天主教、新教以及犹太教相关组织等全世界的支持。

在给那些犹太人组织做工作时，掌握关键的人物是一位叫菲丽丝·卡明斯基的女性，当时她担任罗德公关公司的高级顾问。

哈弗在提交给波黑政府的报告书中这样介绍了卡明斯基："我们把她当作窗口，不停地给美国的犹太人团体传播信息，让他们积极参与到波黑的问题中。"

如今她经营着自己的公关企业，而在当时，她和"三个吉姆"保持着密切联系，开展活动。而且，她是犹太人。

卡明斯基坦率地告诉我，波斯尼亚人在波黑遭受的苦难怎样打动了犹太人的心。她说："波黑发生的事虽然和大屠杀不一样，但是在很多方面与犹太人经历过的噩梦类似。只是因为属于某个特定的民族，就遭受暴力和迫害，听了这样的事，我们没办法觉得与自己无关。"

波黑悲剧的主角是波斯尼亚人。虽然他们不是阿拉伯民族，但是同为伊斯兰教教徒，西拉伊季奇和哈弗等人曾多次与阿拉伯国家的首脑接触，请求他们给予援助，实际上也获得了资助。考虑到犹太人的国家以色列与周边阿拉伯各国之间宿命般的敌对关系，想要获得犹太人的支持恐怕并非易事。不过，哈弗等人理解犹太人的细微心理，小心谨慎地行动，成功获得了对方的支持。

例如，他们在谴责塞尔维亚人时，绝不使用"大屠杀"这个对于犹太人来说具有特别意义的词语，这也体现了他们的谨慎态度。

卡明斯基说："如果罗德公关公司说'波黑正在发生第二次大屠杀',恐怕就会失去信任。"

关于自己发挥的作用,卡明斯基解释说："我在犹太人的组织里有很多关系。利用这些关系,我把西拉伊季奇外长介绍给了犹太人团体。如果有晚宴聚会,我就晚上带他去,如果有午餐聚会,我就中午带他去。"

西拉伊季奇将以前在媒体面前讲过数十次的话,在那些午餐或晚宴的聚会上反复陈述,熟练运用自己掌握的表达能力进行控诉。

有一次西拉伊季奇在美国参加了某个犹太人组织举办的晚宴,戴维·菲利普斯也在场,谈及当时的情景,他带着惊叹的语气说道："那天西拉伊季奇外长因为牙痛就连说话都很困难。他和我在一张桌子旁就座期间,基本不说话,一直都是闷闷不乐的样子。我想他是在强忍疼痛。然而,当被主持人请到台上的时候,他一下子变得能言善辩起来,仿佛换了一个人。他开始饱含感情地讲述波斯尼亚人遭受的苦难。听了他的演讲,那些听众全都把他讲的事与犹太人自身的经历重叠在了一起,内心充满了震惊和同情。"

哈弗散发的《波黑传真通讯》中记载了美国的各种犹太人团体支持波斯尼亚人的行动。例如,第17期《传真通讯》中写道："美国犹太人委员会发出呼吁,要求针对塞尔维亚人势力行使武力。"第21期中写道："4个有影响力的犹太人团体共同在《纽约时报》上发布言论广告,要求布什总统发起军事行动,逼迫塞尔维亚人势力同意调查'集中营'。"

卡明斯基表示，其他各种宗教团体和民族团体也有不少提供了同样的援助，其中犹太人团体最早作出了反应。她还作证说："犹太人社会的组织化程度很高，和华盛顿的各种'要害部门'都有联系。犹太人听到西拉伊季奇外长发出的消息后，主动站出来通过各种关系网请求政界领导及媒体等支援波斯尼亚人。"

哈弗和卡明斯基应该不算是"煽动了"犹太人。犹太人最终是按照自己的意愿发挥了影响力。不过，我们不难想象，如果没有罗德公关公司，西拉伊季奇作为波斯尼亚人恐怕无法接近犹太人社会。

卡明斯基说："我认为我们的助力是不可缺少的。即使像西拉伊季奇那样天资聪颖的优秀人才，如果没有获得助力，应该也无法在华盛顿这样的城市取得那么好的效果。"

犹太人对波斯尼亚人的支持后来不断加强。次年4月，在犹太裔美国人的呼吁之下，在华盛顿建造了"大屠杀博物馆"，获得诺贝尔和平奖的犹太人作家埃利·威塞尔在开馆庆典上发表了演讲。他是集中营里的幸存者，谈到波黑战争的悲剧，他说："一想到他们，晚上我都睡不着觉。"然后，他又朝向与当天参加庆典的各国首脑并排坐在一起的克林顿总统，催促道："必须发起行动。"这个戏剧性的一幕被美国的媒体大肆报道，据说成为了克林顿政权加大对波黑战争干预力度的契机。

南斯拉夫联盟的总理帕尼奇在伦敦会议上确定了与塞尔维亚共和国总统米洛舍维奇的对立关系。伦敦会议比预定的时间提前一天结束，于第二天傍晚宣布闭会。米洛舍维奇丢下帕尼奇，甩开众多想采访的西方记者,飞速回到下榻的宾馆。

南斯拉夫联盟的信息部部长佩里西奇追到宾馆恳求道:"总统,请您跟那些记者多少讲几句话。"

结果米洛舍维奇说:"你不是联盟政府的信息部部长吗?既然这样,你让那些记者来贝尔格莱德吧。他们来的话我也可以接受采访。"

撂下这句话,他就直接前往机场,真的回贝尔格莱德了。帕尼奇在会场上当着各国首脑的面让他"闭嘴",此事让他大为恼火,似乎顾不上考虑其他问题了。

斯洛博丹·米洛舍维奇当时担任塞尔维亚共和国总统,后来成为南斯拉夫联盟总统,如今被关押在荷兰海牙的监狱里[①]。在20世纪最后10年的世界史中,他是主要的登场人物之一,一直是西方媒体眼中不可缺少的反派。在二战后全世界的国家领导人当中,可以说他是人生经历最为坎坷的人物之一。

在接受我的采访时,各种各样的人物都对我描述了米洛舍维奇是一个什么样的人,不过大多都是批判他的话。

帕尼奇攻击他的顽固之处:"米洛舍维奇是一个完全不懂得学习的人物。"

华伦·吉摩曼曾任美国驻南斯拉夫大使,他指出米洛舍维奇的内心和外表之间存在差别。他说:"虽然米洛舍维奇外表像西方人一样有风度,但是他根本没有普通人的那种慈悲心肠。"

李·卡茨曾在面向全美国发行的报纸《今日美国》负责报道

---

① 本书出版后的2006年3月11日,米洛舍维奇死于海牙监狱中。

国际问题,他说米洛舍维奇是一个只为利益得失所动的人:"米洛舍维奇是马基雅维利主义的化身。"

也有人评价说米洛舍维奇的生活作风非常朴素,像一个平民百姓。2001 年 4 月,在米洛舍维奇被捕之前,一名叫德拉甘·维塞尼奇的塞尔维亚人记者前往他家中采访。在采访开始之前,米洛舍维奇亲自用娴熟的手法使用咖啡机给他冲了一杯咖啡。他将此事写入了新闻稿,并作证说:"他说话的时候很温和,没有摆架子或者威慑别人的表现。"

在当时拍摄的照片中,米洛舍维奇一副悲悲切切的样子,与面对西方媒体时的表情全然不同。维塞尼奇推测是因为他预感到自己将会被逮捕,也许米洛舍维奇意外地也有充满人情味的一面。

在铁托执政的时代,米洛舍维奇在南斯拉夫共产党内度过了年轻的时光,40 岁前后被提拔为贝尔格莱德银行的行长。作为一名年轻的银行家,他与西方的外交官及商界人士都有密切往来。成为政治家以后,他很少在公共场合说英语了,其实水平相当高。

那么,米洛舍维奇的公关意识怎么样呢?

佩里西奇说:"在一个普通的塞尔维亚人看来,帕尼奇总理过于习惯面对西方的媒体,他愿意在没有剧本的情况下和记者或主持人对话。因为那是他展示自己在会话中富有随机应变才智的机会。相比之下,米洛舍维奇应对媒体的态度则完全相反。大多数情况下,他只肯读事先准备好的稿子,而且只对国内的媒体感兴趣。如果没有什么大事发生,他不会接受西方记者的采访。"

但是，话虽如此，如果就此认定米洛舍维奇不具备公关意识的话，就有点过于轻率了。

我看了一下米洛舍维奇为数不多的几次接受美国电视台采访的录像，发现他英语很流利，逻辑很清晰，让那些精明强干的记者都理屈词穷。

1993 年，当英国的 BBC 采访他时，记者诘问道："你让波黑的塞族人攻击萨拉热窝，你打算如何负责？"

他从容不迫地回答道："我是塞尔维亚共和国的总统，波黑的塞族人是其他国家的人。我怎么可能从贝尔格莱德向他们发号施令呢？这个问题没有讨论的价值。"

关于米洛舍维奇的权限范围，至今仍是海牙国际刑事法庭上争论的焦点，当时西方媒体并没有掌握确凿的证据。这是谴责米洛舍维奇一方的最大弱点，他反驳的正是这一点。

而且，米洛舍维奇的发言都由短句组成，他口齿伶俐、逻辑清晰，而帕尼奇虽然滔滔不绝地讲，内容却空洞无物，两者对比鲜明。米洛舍维奇的说话方式更接近西拉伊季奇，比帕尼奇适合上电视。

可是，他为什么要冷言冷语地对待西方记者，招致媒体的论调越来越严厉呢？

佩里西奇解释说："米洛舍维奇知道塞尔维亚人不看 CNN 等电视台的节目，他只关心自己是否能够保持在塞尔维亚政界的权力。因此他没必要讨好西方记者。"

塞尔维亚人心中有强烈的民族主义情结，他们反对西方的经济制裁和媒体的谴责。米洛舍维奇敏锐地感受到了这种气氛，所以他认为与其巴结西方媒体，还不如遭到恶评，反倒更有利于提高在国内的人气。

帕尼奇从伦敦回国以后，进一步公然表示了与米洛舍维奇针锋相对的态度。

8月28日，他召集西方记者举行见面会，公开表示："如果米洛舍维奇不遵守伦敦会议的决议，我就弹劾他。"

此时，记者团中有人发出了笑声。帕尼奇原本是在米洛舍维奇的扶持之下坐上了联盟总理的位子，他怎么能换掉米洛舍维奇呢？

结果帕尼奇强行辩解道："我是联盟总理，他是共和国总统，我的职位在他之上。"

记者团中再次传来了窃笑声。无论谁都知道，米洛舍维奇在国内的政治基础比帕尼奇坚固得多。而且，米洛舍维奇好歹也是国民投票选出来的，而帕尼奇只是被政府提名任命的。从制度上来看，帕尼奇也不可能掌握米洛舍维奇的任免权。

反倒是帕尼奇的地位岌岌可危。此次记者见面会的3天后，以米洛舍维奇为靠山的议员们联合起来，在南斯拉夫联盟议会上提交了不信任帕尼奇总理的议案。

理由是"他对西方各国唯命是从，打算把南斯拉夫联盟出卖给他们"。

如果该议案被通过，帕尼奇内阁将被迫下台。

帕尼奇始终宣扬自己和美国的关系。他说："只有我可以和美国谈判，让他们解除经济制裁。"

他的这个主张是有效的。一开始经济制裁并没有发挥太大作用，后来美国强化了措施，不只是物品，还禁止金钱的流动和服务的进出口，这些措施逐渐开始产生了效果。物价上涨，黑市经济开始蔓延。国民也期待帕尼奇能够缓解这种痛苦的现状，支持他的呼声开始高涨。

9月11日，贝尔格莱德一家有影响力的周刊 Nin 的调查结果显示，在民众支持的政治家排行榜中，帕尼奇位居第一，占 45.5%，与米洛舍维奇的 32% 拉开了很大差距。直到半年前，塞尔维亚还没有人知道帕尼奇的名字，如今他竟然获得这么高的支持率，真是令人惊异的结果。

Nin 的报道中写道："假如说有人会把我们从这样混乱的状态中解救出来，那恐怕只有帕尼奇了。"这反映了市民的心声。自从克罗地亚内战爆发以来，战争已经持续了一年多，人们的厌战情绪也日益高涨起来了。

议员们看到帕尼奇如此受欢迎，就撤回了不信任议案。帕尼奇暂时成功稳固了自己在国内的政治基础。

他松了一口气，情不自禁地脱口说道："这一关算是熬过去了。"

纽约那边却给他传来了消息，说是主张将南斯拉夫联盟驱逐出联合国的呼声骤然高涨起来了。

联合国总部大楼耸立在曼哈顿岛东岸，面朝东河，联合国大会的会场位于这片建筑的中心位置。讲坛背后的墙上挂着联合国的徽章，徽章图案是一幅按照等距方位投影法（从北极上空眺望地球）制作的世界地图。出人意料的是，这个赫赫有名的会场实际上内部不算大，十分紧凑。摆在各国代表团座位前桌上的写有国家名字的牌子可以拆掉，在闭会期间被堆放在会场一角的桌子上。南斯拉夫联盟被驱逐出联合国后的 8 年多时间里，其名牌也一直留在那里。这多少体现了联合国总部的愿望：只要具备条件，欢迎随时回归。对于联合国来说，会员国的数量越多越好。

但是，1992 年 9 月 15 日开始召开的联合国大会，一开始就充满了谴责南斯拉夫的氛围。在往年的会上，第一天的议题只是选出主席。然而，这一年各国驻联合国大使一个接一个地要求发言。

首先，英国驻联合国大使戴维·汉内说："我要求驱逐南斯拉夫联盟。"以此为开端，土耳其、奥地利、美国的驻联合国大使纷纷要求驱逐南斯拉夫，瞬间形成了一股大潮流，席卷了整个会场。会场外围的办公室当天就制作了题为《劝告驱逐南斯拉夫决议案》的文件，分发给了各国代表团。那是英国代表团牵头制作的文案。

帕尼奇有些狼狈。他是唯一一个可以和国际社会交涉、终结经济制裁的塞尔维亚人，这是他的强项。按照计划，他很快就要亲自前往纽约，在联合国大会上发表演讲。如果他眼睁睁看着南斯拉夫被驱逐出联合国的话，自己存在的意义就会从根本上崩塌。

帕尼奇开始了最后的反攻。

米兰·帕尼奇现在回到了自己创办的 ICN 制药公司，继续担任CEO。该公司总部位于加利福尼亚一个叫科斯塔梅萨的城市郊区，从洛杉矶驱车向南行驶需一个小时左右，有充足的阳光。公司占地面积广阔，从正门到办公楼入口，然后再到帕尼奇的办公室，分别都需要走数百米的距离。

负责对外宣传的工作人员像管家一样恭恭敬敬地在前面给我带路，我看到走廊里随处贴着帕尼奇担任南斯拉夫联盟总理时在国际政治舞台上与各国首脑会谈的照片，按照日期顺序排列着。对于白手起家，在商界大获成功的帕尼奇来说，他的从政时期是受全世界媒体瞩目的光辉岁月。

公司内部充满了加利福尼亚特有的开放氛围，装修的色调十分明快，员工的服装也很休闲。然而来到总经理办公室附近时，风格骤然一变，照明调得偏暗，墙壁、地板和天花板都是暗色调，洋溢着一种庄重而奢华的气息。帕尼奇本人和少数追捧他的人整整齐齐地穿着厚重的套装，在加利福尼亚显得有些格格不入。这显示出这家公司的主人帕尼奇本来就是欧洲人。

接受采访那天，帕尼奇穿着一身茶色西装，他问我："我还准备了一套深蓝色西装，你觉得穿哪一套拍摄效果更好？"

我采访过很多人，只有帕尼奇问了这样的问题。我觉得这并不是出于公关策略方面的周密考虑，而是因为他很喜欢被电视台采访，急切地想确认自己被播出时的模样，特别在意拍摄效果。他在公司内部随处张贴自己过去辉煌时期的照片也是同样道理。这是创办公司的初代企业主身上常见的特征。

虽说同样是企业主，帕尼奇的公司规模却超乎寻常。机场距离公司20分钟左右的车程，那里停放着他的私人飞机，他总是在全世界飞来飞去。在我申请采访时，他在三周左右的时间里换了好几个地方，有时候在科斯塔梅萨，有时候在南美，有时候又在莫斯科。本来约好了在奥地利的萨尔茨堡见面，结果他的时间实在安排不开，取消了约定，最终还是回到原处，在加利福尼亚的总部实现了采访。

1992 年的帕尼奇也发挥了超常的执行力。他把在加利福尼亚使用的私人飞机带到了贝尔格莱德，自由自在地在世界各国飞来飞去。当他得知南斯拉夫被驱逐出联合国的呼声高涨时，立即飞往了北京和莫斯科。在联合国拥有强大影响力的 5 个常任理事国当中，他觉得中俄两国在感情上更亲近南斯拉夫，此行便是为了恳请他们阻止驱逐。

在帕尼奇的邀请下，有几名西方记者搭乘了那架飞机。这是应对媒体的一种策略，是迄今为止帕尼奇难得一见的专业手法。

包括日本在内，发达国家的首脑在出访国外时往往会让记者乘专机随行。他们平时和那些新闻工作者接触的机会较少，在狭小的机舱内共度的时间可以加深彼此的关系。而且，帕尼奇没打算从记者那里收取路费。他帮那些记者省了出差费用，目的是让他们报道自己在访问地的风采。如果不这样做的话，那些媒体也许不会派记者前往当地采访。

那段时间，帕尼奇的周围总算开始聚集了一些可以咨询公关战略的顾问。他们分别是曾在国务院担任驻南斯拉夫大使的前外交官约翰·斯坎伦、担任 CNN 解说员的政治评论家比尔·普雷斯、曾在克林顿总统候选人的竞选团队中负责应对舆论的达格·肖恩。由于受到经济制裁，帕尼奇无法雇用公关企业，这些人都是他最大限度地利用在美国的人脉逐一说服的成员，几乎都是无偿相助。

被驱逐出联合国的担忧有可能会成为现实，帕尼奇收到这一消息时，只剩不到半个月的时间了。驱逐的动向一旦正式开始，从日程上来看，有可能在9月下旬进行表决。

"没有时间了。无论如何现在都要马上想一个主意守住联合国的席位。"

帕尼奇不停地从贝尔格莱德给美国的顾问们打电话咨询。

首先想出来的方案是攻击伊泽特贝戈维奇的总统资格。他们指出，波斯尼亚人、克罗地亚人、塞尔维亚人，这三个民族共同组成了波黑这个国家，而伊泽特贝戈维奇实质上统率的只是波斯尼亚人，然而他却自称是波黑政府的总统，在联合国占据一席之位，这很奇怪。

帕尼奇和他的部下反复发言说："伊泽特贝戈维奇总统并不能代表所有波黑国民。在他当选时，住在波黑的塞族人举行了抵制选举的运动，因此那次选举并没有反映他们的意见。"

另外，伊泽特贝戈维奇的历史问题也被扒了出来。

在铁托领导的共产党执政期间，他曾作为政治犯被抓进监狱。据说罪状是散布伊斯兰教的极端思想。

确实，他当时写了一本名为《伊斯兰宣言》的书，宣扬了建立伊斯兰国家的必要性，其中有这样一句话："依靠伊斯兰秩序进行统治才是真正的民主主义。"

帕尼奇等人抓住这个把柄，谴责道："伊泽特贝戈维奇总统其实是宗教激进主义者，他企图把波黑建成伊朗那样的国家。"

对伊泽特贝戈维奇的这些批判似乎发挥了作用，帕尼奇在访问中国和俄罗斯时取得了丰硕的成果。

中国外交部的新闻发言人在北京发表声明，称应该维持南斯拉夫联盟的席位。

为了节约时间，帕尼奇邀请俄罗斯外长科济列夫来莫斯科机场，在候机楼进行了会谈。科济列夫表明了最大限度的支持："俄罗斯会尽一切可能保住南斯拉夫联盟的席位。"

"伊泽特贝戈维奇总统是宗教激进主义者。"

这一攻击性说法很难对付，哈弗也没办法无视。如果此事属实，西方各国也不能坐视不管。更不用说犹太人社会了，他们对波斯尼亚人的支持估计会云消雾散。

哈弗说："他们竟然说伊泽特贝戈维奇总统是宗教激进主义者，简直是胡编乱造。我也曾数次和总统交谈，在他身上看不出任何激进主义的痕迹。"

但是，他话锋一转，继续说道："无论对方是什么样的人，要想毁掉他的声誉是很容易的事。不管有没有根据，只要不停地说他的坏话就可以了。因此，这种攻击有时候会给一个人的声誉造成极大的损伤。即使不是事实，那些电视观众和报纸的读者并不了解详情，所以会相信。我们需要周密地考虑应对攻击的方案。"

虽然哈弗否认了，但是我们很难判断真实情况，伊泽特贝戈维奇到底是企图将宗教和政治结合起来的激进主义者，还是单纯地只是一个虔诚的伊斯兰教教徒呢？不过，不管怎样，哈弗都决定反驳"激进主义者"的说法。

如果你看一下罗德公关公司的内部文件,就能读懂他们的策略。哈弗首先安排了集中进行反击的时间。那就是9月20日以后的几天时间,伊泽特贝戈维奇和帕尼奇将会从巴尔干地区来到纽约碰面。在此期间,联合国大会会成为一个戏剧化的舞台,双方首脑在全世界的媒体和各国首脑面前展开对决。如果大会期间帕尼奇的发言拥有说服力,即使在此之前燃起反攻的烽火、驳倒塞尔维亚方,到头来也会前功尽弃。既然如此,还不如尽可能做好充分的准备,把赌注全押在这几天上。

为此,哈弗决定引入一个关键词。

那就是"多民族国家"(multiethnic state)。

这个词虽然不像"种族清洗"和"集中营"那样令人感到新奇,也不具备很强的冲击力,但是它能潜入美国人的内心深处,引发共鸣。

哈弗拨通了萨拉热窝的卫星电话,与总统首席助理萨维娜·巴布洛维奇进行了协商。他们决定让一个之前不为西方媒体所知的新人物出场。具体方案是让波黑政府军的高层干部迪比亚克将军随伊泽特贝戈维奇前往纽约。

迪比亚克是塞尔维亚人,双方本应是宿敌。

到了这一时期,与伊泽特贝戈维奇及西拉伊季奇等人共同作战的波黑政府军基本上由波斯尼亚人组成,不过也有少数塞尔维亚人加入。迪比亚克便是其中的代表性人物。由于他生于萨拉热窝,当塞尔维亚人武装势力包围萨拉热窝展开进攻时,他带着仇恨情绪投身波黑政府军。他曾在美国的军官学校接受教育,拥有职业军人的远见卓识，一开始负责指挥制定作战方案。但是，随着内战的长期持续，他被调离了有实权的军事部门。因为他是"塞尔维亚人"，这一身份使他在波黑政府军中遭到了疏远。

哈弗计划让迪比亚克和伊泽特贝戈维奇共同在纽约召开记者见面会。他想借此主张波黑政府不只有波斯尼亚人，还包括现在处于对立关系的塞尔维亚人和克罗地亚人，正要建立一个"多民族国家"。他们甚至起用本应是敌人的塞尔维亚人担任军中极其重要的职位，这便是最好的证据。对于那些指责伊泽特贝戈维奇是狭隘的宗教激进主义者的说法，这将是强有力的回击。

我先讲一下这个计划的实施情况，迪比亚克和伊泽特贝戈维奇一起来到美国，不仅出席了记者见面会，还受到专门研究军事问题的美国智库及研究所的邀请，发挥其专业知识进行了演讲。塞尔维亚人在波黑政府军队中负责指挥，这是一个新鲜的素材，美国的媒体一哄而上，争先恐后地申请单独采访这位将军，并进行了报道。

此时，迪比亚克心里很清楚，自己被当成了公关战略的棋子。他使用自己所知道的日语单词解释了自己的作用："我就像摆在桌上的精美的'插花'。"

他不被允许参与军事行动，波黑政府军为了宣传自己是多民族融合的军队，把他当成工具使用，所以他用自嘲的口吻打了这个比方。不过，迪比亚克被塞尔维亚人当成了民族的叛徒，已经无法回到塞尔维亚方。即使认识到了自己是"插花"，他也只能继续扮演这个角色。

9月20日和21日，波黑总统伊泽特贝戈维奇与南斯拉夫联盟总理帕尼奇相继来到了纽约。

美国、英国、法国这三个常任理事国，再加上欧共体总部所在的比利时和阿拉伯国家摩洛哥，共同提交了将南斯拉夫联盟驱逐出联合国的决议案，定于次日（22日）进行表决。所剩时间仅有24个小时多一点。

哈弗已经从华盛顿来到联合国总部所在的纽约。他拿着波黑代表团的身份卡，在会场内认真倾听各国代表团的发言内容，仔细观察他们的表情。

他说："有时候我坐在波黑代表团的席位上，有时候去观察员席位上，从那里可以一览整个会场。特别是紧挨会场的休息区是了解各国动向的最佳场所，各国外交官会在那里进行非正式交谈。"

哈弗与来自各个国家的代表团交谈，打听他们的意向，请求他们支持波黑。在伦敦会议上，虽然在应对媒体方面压倒了塞尔维亚方，却在幕后的外交谈判中被加利秘书长摆了一道。在纽约，哈弗还充当了波黑政府外交官的角色。

他说："波黑政府根本算不上专业的组织。它刚刚成立，还处于蹒跚学步的状态。自从4月份战争爆发之后，西拉伊季奇外长从未回国。联合国大会这个最重要的机会摆在眼前，波黑政府却只有一片混乱。因此，我们的职责就是给这个组织带来秩序。"

在伊泽特贝戈维奇到达的头天晚上，哈弗把自己关在宾馆房间里，用一个晚上的时间为总统写好了演讲稿。以前写演讲稿或书信的时候，无论是帮西拉伊季奇还是帮伊泽特贝戈维奇写，哈弗总是从打草稿的阶段就反复与对方协商，逐渐打磨而成。这是公关企业与客户之间的正常关系。但是，这次的做法不同。

哈弗作证说："经过几个月时间与波黑政府打交道，即使不详细交谈，我也明白他们的主张。因此，我独自完成了总统的演讲稿。重点是怎样才能打动美国人的内心。"

演讲稿中随处可见"多民族国家"这个关键词。

哈弗对我解释了他的意图："对于美国人来说，'珍惜多样性'是最能够打动人心的观点。"

美国堪称是"人种的熔炉"，这正是它强大的源泉。这也是令所有美国人感到骄傲的地方。哈弗便抓住了人们的这种心理。

另一方面，伊泽特贝戈维奇被指责说企图"建立伊斯兰国家"，从他嘴里说出"多民族国家"这个词，就等于反驳了那些攻击。

而且，哈弗用一个具有画面感的比喻给这个关键词增添了色彩。他把伊泽特贝戈维奇想要建立的理想国家比作杰克逊·波洛克的画。

杰克逊·波洛克是20世纪40年代在美国大放异彩的现代派画家。他在美国是无人不知的艺术家，他将各种色彩的颜料滴在画布上，以画这种抽象画而知名。一听到波洛克的名字，很多美国人的脑海中都会浮现出这种画。它用鲜艳的色彩表达了多民族互相融合的美丽画面。

"三个吉姆"中的一人说："我们知道聚集在联合国的各国外交官都是身经百战的人精，他们一个个都滴水不漏。因此我们有必要帮波黑政府写演讲稿。之所以使用波洛克这个比喻，是因为以前在和伊泽特贝戈维奇总统交谈时偶然提及过。他也是画家，所以知道波洛克。于是哈弗将这一点写进了演讲稿中。伊泽特贝戈维奇只是漫不经心地提到了波洛克的名字，如果没有哈弗，估计他不会想到这一比喻的真正效果。我们的工作正是发现这些细节，使演讲给人们留下深刻的印象。"他的这番话饱含着对哈弗工作手法的赞赏。

伊泽特贝戈维奇的演讲被安排在了21日。哈弗坐在主会场上，认真倾听布什总统先行发表的演讲，等待自己写的稿子被读出来的那一瞬间。

与此同时，帕尼奇从约翰·菲茨杰拉德·肯尼迪机场来到了曼哈顿。他一到宾馆，马上开始奔走，想要实现联合国历史上几乎是绝无仅有的破格集会。为了绝地求生，帕尼奇准备放手一搏。

他对担任顾问的美国前外交官约翰·斯坎伦宣布："无论如何今晚上要制造机会，说服五大常任理事国。"

一百几十个国家参加此次大会，第二天就要投票，没有时间争取所有与会国家的支持了。不过，联合国事实上是由美国、英国、法国、中国、俄罗斯这五大常任理事国主宰的。如果能够和这五个国家谈妥，就能够逆转局势。

帕尼奇事先已经访问过中国和俄罗斯，首先获得了这两个国家的支持。尤其是俄罗斯外长科济列夫表示了友好态度，当帕尼奇访问莫斯科时，他曾说："我愿意尽一切可能帮助南斯拉夫联盟。"

帕尼奇向科济列夫恳求道："麻烦您设法跟其他4个国家说

一下，今晚给我一个申诉的机会。"

科济列夫决定答应这个请求，他问："我把各国驻联合国大使邀请过来就行吗？"

帕尼奇回答道："麻烦您邀请外交部部长。"

确实，帕尼奇的身份是总理。但是，让5个大国的外长聚集在一起倾听南斯拉夫这样一个小国的主张，应该说是极不寻常的特例。不过，这是帕尼奇的强烈愿望。为了一举扭转劣势，只能和负责外交政策的高层官员直接协商。

"我知道了，试试看吧。"

科济列夫的呼吁取得了成功。他是五大国之一俄罗斯的外交部部长，面对他的恳切拜托，其他4个国家也不好拒绝。会谈场地由俄罗斯驻联合国代表团提供，中国的钱其琛、法国的罗兰·迪马、英国的道格拉斯·赫德以及美国的伊格尔伯格都到齐了。

帕尼奇恢复了自信，他觉得看到了希望。这5个国家当中，法国、英国和美国都是联名提交驱逐决议案的国家，重点是怎样让他们改变主意。

"伊格尔伯格应该不好意思当面对我说 no。"

帕尼奇相信，美国最后会支持他。因为自己就任南斯拉夫总理之前得到了布什总统的保证。这一事实在谈判桌上将会成为最有力的一张牌。

在联合国大会的会场里，伊泽特贝戈维奇登上了讲坛。

保加利亚的外长斯托扬·加内夫年仅37岁，是史上最年轻的联合国大会主席，他用充满朝气的声音喊出伊泽特贝戈维奇的名字，于是这位总统缓缓地登上了通往讲坛的台阶。总统上个月刚满 67 岁，不过他行动迟钝，一步上一个台阶，背影看上去像一个 80 岁的老人。在台下的听众看来，是因为萨拉热窝的总统府每日每夜遭受炮火的轰击，那些晚上无法安然入睡的日子让总统一下子苍老了许多。

他终于登上了讲坛，掏出眼镜来戴上，开始读哈弗写的稿子。

令人吃惊的是，他是用英语进行演讲的。与西拉伊季奇相比，他的英语口音很重，还不如塞尔维亚方的帕尼奇和米洛舍维奇。

联合国大会配备了完美的同声传译团队。伊泽特贝戈维奇的母语是塞尔维亚-克罗地亚语，包括塞尔维亚人在内，是原南斯拉夫各国普遍通用的语言。即使他使用母语进行演讲，也会被同步翻译成联合国的工作语言，各国代表团可以通过头上戴的耳机选择收听英语、法语、西班牙语、汉语、俄语或阿拉伯语中的任何一种语言。尽管如此，他还是选择了用英语念稿子，仿佛在仔细琢磨每一个词的意思。

哈弗自然是用英语写的稿子。要把它翻译出来确实也不容易，不过也不是办不到的事。但是，伊泽特贝戈维奇选择了直接读英语。

这是他们的策略。总统的每一句话不仅会直击以英语为母语的外交官的内心深处，还会让那些挤在会场里的美国记者，以及通过夜间新闻收听这场演讲的"ON"（直接在新闻等节目中播出演讲或采访的声音）的所有美国观众铭刻于心。

"首先,我要向当选为主席的加内夫阁下表示祝贺……"

和其他国家的代表一样,他在演讲的开头先说了一些礼节性的语言,很快便进入了强调波黑是一个"多民族国家"的部分。

"我们的目标不是'种族清洗',而是建立一个'民族共存'的国家。在我们国家,伊斯兰教教徒、基督教教徒和犹太教教徒聚居在一起,在正义与平等的原则下互相协作。上周,我和波斯尼亚人、基督教教徒以及其他民族群体共同庆祝了犹太人在波黑定居500周年纪念庆典。为什么呢?因为在我们国家的每个角落,都有多个民族共同生活。"

"然而那些塞尔维亚人正在通过野蛮的攻击破坏这种现状。他们想要建立一个只承认塞尔维亚人的基本人权和自由的国家。"

当演讲达到最高潮时,哈弗精心凝练的表达在听众的心里描绘了一幅色彩艳丽的画面。

"我们绝不能允许把我们的国家变成单一民族的阴谋。各种民族的色彩交织在一起,才组成了波黑这个美丽的国家,宛如杰克逊·波洛克创作的画。"

历经近10年的岁月,《今日美国》报社的记者李·卡茨回忆当时的场面,作证说:"那次演讲至今让我记忆犹新。它传达的主要信息就是波黑是一个多民族国家。伊泽特贝戈维奇总统恳求西方各国伸出援手,守护那个多民族共存的社会。"

佩里西奇当时坐在南斯拉夫联盟代表席上听了这场演讲。他说:"我马上明白了,这个稿子有人代笔。在演讲中提及美国现代派画家,这个创意不可能出自伊泽特贝戈维奇的大脑。我同样也是来自巴尔干地区的人,所以很清楚这一点。那肯定是公关企业写出来的稿子。他们的目的是给人们留下深刻的印象，就是说伊泽特贝戈维奇是拥有国际化价值观的思想先进的人，并不拘泥于伊斯兰教的信条。而且从头到尾都是讲给美国人听的。确实有效果，虽然我们是敌对方，我也觉得他讲得很精彩。因为他成功地把波黑描绘成了一个多民族、多文化的国家。"

实际上，此时的波黑政府很难说是真正以多民族共存为宗旨的组织。很明显，实质上它是以波斯尼亚人为主体的政府。

长期在当地采访的NPR的记者西尔维娅·波焦利说："很多新闻工作者都被多民族共存的说法给骗了。在现实中，波黑政府等于波斯尼亚人，他们和另外两个势力——塞尔维亚人和克罗地亚人一样，都是一群民族主义者。"

另外，《今日美国》的卡茨记者也表示："从战争爆发到现在，波黑都只是名义上的'多民族国家'。"

众多英语媒体都在报道中引用了伊泽特贝戈维奇当天的演讲。

伊泽特贝戈维奇本来被怀疑是宗教激进主义者，却说出了"多民族"这个词，这种意外性具有很大的新闻价值。而且，对于电视台来说，用英语进行演讲的话，就可以用"ON"的方式让观众直接听到演讲者的声音，是极为方便的事。制作新闻节目时需要争分夺秒，如果配上翻译的声音或者在屏幕上添加译文，在制作方面会出现问题，作业繁琐不说，还会削弱给观众留下的印象。哪怕水平不太高，用英语演讲的话，在美国媒体上曝光的几率也会有飞跃性的提高。

伊泽特贝戈维奇的演讲结束后没过多久，五大常任理事国的外长和南斯拉夫联盟的帕尼奇总理就聚集在了位于联合国总部附近的俄罗斯驻联合国代表团的会议室里。这是一个参与人数很少的小型会议，他们每个人只带了一到两名助手。那些闻风而至的电视台记者也立刻被赶出了大门。

会议持续了大约两个小时，其间俄罗斯驻联合国代表团的会议室笼罩在一片异常紧张的氛围中。

南斯拉夫联盟这个国家的命运全都押在了这两个小时里。

帕尼奇的秘书官大卫·卡莱夫说："我切实感觉到历史就在自己眼皮底下向前发展。"

面对能够影响国际局势的5位外长，帕尼奇试图通过说真话获得理解。

"我现在和米洛舍维奇正面临一场你死我活的战斗。如果我赢了，南斯拉夫就会脱胎换骨，变成与西方世界协调发展的民主国家。如果米洛舍维奇赢了，南斯拉夫就会一直打仗，直到控制全部波黑领土，还会把波斯尼亚人全都赶走，一个也不留。他想通过这种方式获得国内塞尔维亚人的支持。米洛舍维奇根本不在意国际社会如何看待他。到时候巴尔干半岛的局势将会一直动荡下去。"

中国的钱其琛和俄罗斯的科济列夫深深地点了点头。

帕尼奇在联合国大会前夕访问中俄两国时，已经获得了这两位的支持。问题是剩下的三个人。

"国民相信，我有能力和诸位谈判，停止经济制裁。所以他们才支持我。如今在这里，如果我眼睁睁看着南斯拉夫联盟被驱逐出联合国，就会失去国民的信任。这样真的可以吗？如果我下台了，米洛舍维奇就会独霸南斯拉夫，那样也没关系吗？"

这个逻辑带有一些威胁的成分。不过，毫无疑问，西方各国并不希望米洛舍维奇全权掌控南斯拉夫。

法国外长迪马表明了支持帕尼奇的意向。

紧接着，英国外交大臣赫德虽然不像迪马那样明确表态，却也转为偏中立的态度。他本来一直站在谴责塞尔维亚的最前列，如今的态度也算是很大的改变了。

剩下的就是美国了。美国是帕尼奇的"祖国"，他仍然在这里保留着公民权。

然而，伊格尔伯格基本上没有发言。

帕尼奇有些焦躁。他本来抱有最大期望的美国却一点儿也不肯改变态度。

帕尼奇决定孤注一掷，虽然有些危险，他打算抛出珍藏的王牌。

他转过身来，对代理国务卿伊格尔伯格说："今年11月，就会进行总统选举吧。如果你们不支持我，我可能会说一些影响选举结果的话，那样也没关系吗？"

帕尼奇并没有说那些话具体指的是什么。在他就任南斯拉夫联盟总理之前，布什总统明知道保留他在美国的公民权的同时允许他在南斯拉夫联盟担任公职很有可能会违反正在实施的经济制裁，却承诺不追究此事。也可以理解为他是要揭露这一内幕的意思。

紧张的氛围达到了顶点。伊格尔伯格会怎样回答呢？

回顾当时的情况，卡莱夫说道："伊格尔伯格用坚定的意志，直截了当地表达了自己的意见，那句话深深地烙印在我的脑海里。"

约翰·博尔顿是美国的助理国务卿，他作为伊格尔伯格的助手出席了此次会议。他也表示："当时代理国务卿伊格尔伯格说的话至今让我记忆深刻。"

伊格尔伯格注视着帕尼奇，严肃地说："假如我站在你的立场上，绝对不会说那样的话。"

博尔顿回忆道："在伊格尔伯格听来，帕尼奇总理的话像是胁迫。我也有同样的感觉。他的发言明显欠妥当。"

帕尼奇的发言被理解成了针对美国的威吓。美国不会屈服于南斯拉夫联盟总理的威胁。

我不敢断定，只要帕尼奇不说那句话，就会得到美国的支持，避免被驱逐出联合国。估计伊格尔伯格的意志从一开始就很坚定吧。但是，如果他百分之百完全确定了立场的话，还会参加这次会议吗？那样只会浪费时间。我们也可以推测，因为有那么一点点协商的余地，所以他才会出席。由于帕尼奇发言不谨慎，就连最后这一缕希望都打碎了。

直到最后，伊格尔伯格都强烈主张将南斯拉夫联盟驱逐出联合国。冷战结束以后，美国成了唯一一个超级大国，它的立场不变，也给其他4个国家带来了很大影响，于是会议的走向就此决定了。

帕尼奇至今仍是一副无法排遣心中愤懑的样子，他说："作为一名美国公民，我相信美国政府是最优秀的组织系统，我原打算把南斯拉夫联盟政权改变成那样的组织。可是，美国却不肯向我伸出援手。只要当时美国同意阻止联合国的驱逐，南斯拉夫联盟早就开始实行民主主义了。但是，现实中我得到的评价是'原来帕尼奇无法和美国谈妥啊'。"

帕尼奇被米洛舍维奇选中，又得到了布什总统的保证，成为南斯拉夫联盟的总理。虽然他备受期待，但是当发生"集中营"问题时，还有在伦敦会议上，由于波黑政府背后有哈弗出谋划策，帕尼奇输给了他们的公关战略。米洛舍维奇和布什认为帕尼奇已经过了保鲜期，所以双方都将他抛弃了。

第二天（22日），联合国大会如期对驱逐南斯拉夫联盟的决议案进行了表决。

投票之前，帕尼奇得到了一个代表南斯拉夫联盟进行演讲的机会。

为了反驳前一天伊泽特贝戈维奇的演讲，让与会各国改变主意，帕尼奇申诉道："昨天波黑总统的主张不符合事实。为了阻止'种族清洗'，我一直在东奔西走。我们这样努力，恳请大家不要拖后腿。"

帕尼奇的秘书官卡莱夫作证说："我们真的是直到最后一刻都没有放弃希望。"

在大会上进行投票时，无论常任理事国还是发展中国家，每个国家只能投一票。谁也不知道每一个小国会将票投给哪一方。大会主席加内夫是保加利亚人。保加利亚与塞尔维亚共和国相邻，两国人民同属南斯拉夫人，在民族情感上比较亲近。说不定这里面有一条生路。

加内夫宣布:"下面进行表决。"

在联合国大会上,与会国家通过按键投票。哪个国家投给了哪一方,其结果会在一瞬间以一览表的形式出现在电子显示屏上。

投票结果出现了一边倒的现象。

赞成驱逐南斯拉夫联盟的国家有 127 个,反对的国家有 6 个,弃权的国家有 26 个。投反对票的国家分别是坦桑尼亚、津巴布韦、赞比亚、斯威士兰、肯尼亚,还有南斯拉夫联盟。

南斯拉夫联盟驻联合国大使乔基奇对代表团的成员说:"加内夫主席很快就会下令让我们所有人离席。在那之前,我们自行离开吧。"

这是保住最后一分脸面的方法。

"赞成 127 票,反对 6 票,弃权……"

加内夫宣读投票结果的声音响彻整个会场的时候,帕尼奇率领南斯拉夫联盟代表团的成员整理了桌上的资料,沿着设在各国议席中间的通道退出了会场。在场的其他各国的外交官中,几乎没有人目送他们的背影。

南斯拉夫联盟代表团当中,只有信息部部长佩里西奇一人希望留在会场中。

他的动机是:"我想亲眼看看,就在前一天还表示支持我们的俄罗斯外长科济列夫,还有直到一年前为止还属于南斯拉夫联邦一员的斯洛文尼亚的外长,会以什么样的嘴脸摆出一副让我们滚出联合国的态度。"

只有佩里西奇的小小愿望得到了批准。

关于被驱逐出联合国意味着什么，佩里西奇说："我们的工作到此结束了。我们整个国家都被牢牢地贴上了'罪恶'的标签。"

帕尼奇表示："我真的尽力了。我甚至和五大常任理事国直接进行谈判，制造了这个史无前例的机会。然而，最后一切都化为了泡影。"

哈弗没时间观看帕尼奇等人离开的场面。因为他安排了伊泽特贝戈维奇总统在会议结束后接受记者采访，此刻正忙于做相关准备工作。他确认了总统从会场离开的路线，认为紧靠会场出口的扶梯前的空地最适合记者们"围堵"采访，所以把他们引到了那里，并对他们说："伊泽特贝戈维奇总统会过来，请各位在这里稍候片刻，我会让他回答大家的提问。"

当帕尼奇竖起白旗的最后一刻，吉姆·哈弗也在忙碌着。

尾章

决 裂

西拉伊季奇能言善辩,令联合国前南斯拉夫问题特别代表明石康也惊叹不已。

哈弗手上保存的文件中，有和西拉伊季奇以及萨拉热窝总统府联络的传真、演讲的原稿和写给各国首脑的书信、新闻公告、内部报告等，其数量在9月的联合国大会之后急剧减少了。

将南斯拉夫联盟从联合国驱逐出去就等于把塞尔维亚人从国际社会中完全赶了出去。自从海湾战争以来，萨达姆·侯赛因领导的伊拉克就成了邪恶国家的代表，即便如此，它仍然在联合国拥有一席之位。如今南斯拉夫成了比伊拉克还邪恶的国家，可以说哈弗的公关战略达成了预期的目标。

另外在美国国内还有一个原因，让哈弗不得不暂时停止活动。

那就是11月3日举行投票的美国总统大选。

一进入10月，美国上下就充溢着选举的气氛。眼下应当看清竞选运动的状况，沉着冷静地研究对策，为新总统的登台做好准备。

然而，哈弗和西拉伊季奇之间出现了一个问题。

关于波黑政府向罗德公关公司支付公关费用的问题，哈弗作证说："罗德公关公司为波黑政府花费了难以计量的时间，但是获得的报酬却很少。"

当时的波黑政府没有可以称之为财政部的政府部门，因此哈弗将账单直接交到了西拉伊季奇手上。

但是，每次提起支付的事，西拉伊季奇都很不高兴。而且，按照国际商务的惯例标准来看，他采取的行动往往只能用奇特来形容。

哈弗回忆说:"我恐怕一辈子都忘不了,在伊斯坦布尔的宾馆里发生的那件事。"

那是伊斯兰会议组织举办的一次盛会,哈弗随同西拉伊季奇一起出席。全世界数十个伊斯兰国家和数百名新闻工作者齐聚一堂,哈弗像往常一样完美地在会上实施了公关策略。工作结束后,即将踏上归程,他看准时机开口说道:"之前我跟你提过的账单的事……"

二人在西拉伊季奇下榻的商务套房的客厅里交谈。

账单金额正如哈弗所说的那样"并不是太大",大约 12 000 美元。

西拉伊季奇说"知道了",然后从卧室里拿来了公文包。

包里装满了旅行支票。

西拉伊季奇开始一张接一张地签名。

"写多少钱才行?1 万美元吗?还是更多?"

哈弗少见地出现了慌乱。因为他理所当然地以为对方会问汇款的账户。罗德公关公司通常几乎不会接受客户用现金支付。何况是旅行支票,简直是闻所未闻的事。

哈弗抗议道:"如果我带着 1 万多美元的支票回美国的话,就必须在海关申报。那样一来会很麻烦,他们会严厉地盘问我这笔钱的来路。"

"是吗?既然这样,那我现在就暂时给你开 9 000 美元吧。剩下的回头再付。"

西拉伊季奇坦然地说完之后,递给哈弗等值 9 000 美元的旅行支票。

"我真的惊呆了。只有西拉伊季奇会这么做,这种体验可以说是空前绝后。"

不止如此。

过了一段时间,哈弗要求支付别的账单时,西拉伊季奇还是很不高兴,他在支票簿上填写金额后扔给了哈弗。这次不是旅行支票,而是普通的支票。但是,那是哈弗从未见过的支票。是由马来西亚银行的伦敦分行发行的,而且币种不是美元,而是英镑。

这样的支票能在美国兑换成现金吗?办手续要花很长时间,其间由于汇率变动,出现亏损了怎么办?当然,罗德公关公司一般不会接受这样的支付方式,不过考虑到波黑政府的现状,确切说是看到当时西拉伊季奇的态度,哈弗不得不收下那张支票。

哈弗事先就预料到波黑政府在支付上不会很顺利,但是事情总要有个限度。

哈弗坦率地表示:"我做这项业务不是为了赚钱。但是,罗德公关公司是一家民营公司,我们是在做生意,这也是事实。"

决裂的日子来临了。

比尔·克林顿在选举中胜出,当选为下一任美国总统。新政府1月开始执政,届时白宫的成员和国务院的高官全都要大换血。哈弗和西拉伊季奇的公关战略也需要重新进行规划。

作为第一步,西拉伊季奇访问华盛顿的日程定于12月17日开始。在哈弗的安排之下,西拉伊季奇应对媒体的日程表瞬间被排满了，而且具体到了每一分钟。

西拉伊季奇来到美国后，像往常一样住在了五月花酒店。

哈弗来大厅的休息区找西拉伊季奇，向他说明了这次在美国逗留的日程。西拉伊季奇心情愉快地听着。

哈弗突然转换了话题："话说你以前支付给我们一张马来西亚银行的支票，货币单位是英镑吧？"

"好像是吧。"

西拉伊季奇的表情顷刻间暗淡下来。

"马来西亚银行的支票在美国兑换成现金要花很长时间。就在最近，总算办完了手续，这段时间英镑的价值下跌得很厉害，所以需要你支付汇率变动造成的亏损部分。"

西拉伊季奇一言不发，突然站了起来。然后他冲向自己的商务套房，拿来了支票簿。这次的支票币种是美元。

他填写上金额，签完字递给哈弗，大喊道："这是我最后一次和你们合作！"说完当即转身离去。

哈弗和陪同前去的马瑟莱拉惊得目瞪口呆，一句话也说不出来。

宾馆的休息区是一个公共场所，突然遭到呵斥，对哈弗来说也是一次稀奇的经历。

他评价说："那真是一种离奇古怪的行为。"

在罗德公关公司提交给司法部的报告中，记载着与波黑政府的合同期限是到次年（1993年）1月，然而事实上，经历了这一件事，双方的合作关系已经结束。

根据这份报告，波黑政府实际支付的金额大约只有9万美元。塞尔维亚的媒体指责哈弗等人，说这个数字太小，无法相信。他们怀疑实际上支持波斯尼亚人的阿拉伯富豪注入了巨额资金，但是没有证据。罗德公关公司在和波黑政府合作的业务中，在经济方面估计很大程度上是"自掏腰包"。

但是，这项业务给罗德公关公司和哈弗带来了用金钱无法换来的价值。

与波黑政府的业务结束后，哈弗马上申请了美国公关协会的年度最优秀公关奖，荣获了"危机管理沟通"组的最高奖项——银砧奖。这说明哈弗的工作业绩得到了认可，全美国共有约6 000家公关企业，他在其中的表现最为优异。最近罗德公关公司的业绩不太令人满意，此时正是提高声誉的绝佳机会。

各国的企业和政府正在寻找优秀的公关企业，"罗德公关公司从危机中拯救了波黑，吉姆·哈弗是一位精明强干的公关专家"，这一评价在他们中间逐渐扩散开来。

"在我们这个行业，口碑就是最好的广告。"

正如哈弗所说的那样，新的业务不断地找上门来。

"无论在谁看来，波黑战争都是一次巨大的国际危机，我们取得的成果发挥了卓越的宣传效果。因为这种能力也可以适用于应对民营企业的危机管理。因此，很多民营企业主动表示想和罗德公关公司签约。"

从制造核反应堆堆芯的厂家，到生产自来水管的公司，当产品出现缺陷时，一旦处理不当，将会危及公司的生存，处于这种危机状况的公司接二连三地来向罗德公关公司求助。即使波黑政府支付的金额不太够，后来那些公司带来的利益也足以弥补这部分差额，而且还会有剩余。

　　紧随哈弗之后，南斯拉夫联盟的总理米兰·帕尼奇也退出了波黑战争的舞台。当南斯拉夫联盟遭到联合国的驱逐，在国际社会中无人问津以后，帕尼奇赌上了自己的政治生涯，决定在国内的政局中放手一搏。

　　这一年12月，塞尔维亚共和国举行了总统选举。米洛舍维奇是现任总统，大家都觉得他肯定会再次当选，帕尼奇却参加了竞选。他打算和米洛舍维奇正面冲突，一决雌雄。帕尼奇完全按照美国的方式展开了选举运动。他购买了大量电视广告的时段，一天到晚反复播放自己和世界各国首脑握手交谈的形象。大街上贴满了帕尼奇的海报。

　　但是，帕尼奇输了。米洛舍维奇的得票率为56%，而帕尼奇仅占34%。帕尼奇没能保住联合国的席位，国民对他很失望。

　　帕尼奇在担任联盟总理职务的同时参加了竞选，在败局已定之后，联盟议会的上下两院通过了不信任帕尼奇总理的议案。帕尼奇彻底结束了自己的政治生涯，回到美国继续担任 ICN 制药公司的 CEO。

　　1993年10月，西拉伊季奇由外交部部长升任总理。他结束了在国外奔波的生活，回到首都萨拉热窝，与伊泽特贝戈维奇总统共同主持政府工作。新任的外交部部长名叫柳比扬基奇，根本没有存在感。没有了哈弗的支持，谁也不会理睬波黑的外交部部长。

　　政府发言人的职责，继续由知名度超群的西拉伊季奇总理承担。

这一年冬天,明石康作为联合国前南斯拉夫问题特别代表,来到了萨拉热窝。西拉伊季奇在媒体面前驾轻就熟的样子,令明石为之咋舌。

"我真是被他那巧妙的媒体战术打败了。例如,有一天谈判时我彻底驳倒了他。没有任何媒体工作人员在场,只有我们俩的时候,他一直默默地听我说。我赢得了谈判。然而,当我们谈完之后走出房间,来到严阵以待的电视摄像机前的那一瞬间,他的态度骤然发生了变化。他用犀利的言辞对我痛骂斥责。不管他说的内容是什么,反正在摄像机拍下的录像中,他似乎用严厉的口吻驳倒了我。全世界的人都会看到这幅景象,这就是他的目的。我感到不可思议,波黑的总理究竟在哪里学到的这种技巧呢?"

明石哪里知道,在他来萨拉热窝之前,西拉伊季奇跟华盛顿的公关专家学会了这项技能。

1995年11月,在位于俄亥俄州的美军基地举行了谈判,达成了和平协议,波黑战争这才宣告结束。其间在政治和军事领域发生了各种各样的事件,不过从公关战争的角度来看,1992年塞尔维亚人已经被塑造成了罪恶的侵略者的形象,那之后没有发生太大的变化。哈弗不再参与,帕尼奇也离开了,公关战争失去了幕后的主角,陷入了胶着状态。

波黑战争结束后,萨拉热窝恢复了和平,西拉伊季奇在国内的政治斗争中失败,辞去了公职,现在率领自己组建的小政党继续进行政治活动。他曾经是那样耀眼的媒体明星,如今在欧美的媒体中却几乎看不到他的身影了。

1997年,米洛舍维奇从塞尔维亚共和国的总统变成了南斯拉夫联盟的总统。1999年,他派遣军队进驻科索沃自治省,镇压了住在当地的阿尔巴尼亚人。这就是著名的"科索沃战争"。和波黑战争时一样,"种族清洗"这个词再次成为西方媒体的"潮词",他们反复报道塞尔维亚人屠杀阿尔巴尼亚人或侵犯其人权的新闻。

在这次科索沃战争中,公关企业也发挥了很大作用。代表温和派阿尔巴尼亚人的科索沃民主联盟和哈弗签订了合同,武装部队科索沃解放军(KLA)也利用别的公关企业展开了信息战。米洛舍维奇再次在公关战争中落后于他人,结果这次舆论还是认为全都是塞尔维亚人的错。在群情激昂的国际舆论的推动之下,北约对塞尔维亚实施了空袭,包括贝尔格莱德在内,不只是塞尔维亚本土的军事设施,桥梁、铁路、电视台等民间设施也遭到了轰炸,很多塞尔维亚人丢掉了性命。

战争结束后,米洛舍维奇仍然担任总统职务,但是在2000年9月的总统选举中落败。米洛舍维奇丧失权力后,于2001年4月被塞尔维亚共和国政府逮捕,被送往设在荷兰海牙的联合国前南斯拉夫问题国际刑事法庭。现在已经开始公审,米洛舍维奇过着往返于监狱和法庭的生活。

最后陈述一下我的感想。关于巴尔干地区发生的悲剧,我认为不只是塞尔维亚人,波斯尼亚人和另一方战争当事人克罗地亚人也有责任。尽管如此,国际舆论却出现了一边倒的形势,那是因为波黑战争在初期阶段还没有得到国际社会的关注时，"黑与白"的形象已经固定下来了。在后来的科索沃战争中，这种印象也给人们带来了塞尔维亚人等于邪恶的成见，甚至导致了北约的空袭。

在这个过程中，罗德公关公司发挥的作用很大。我并不是说哈弗比其他公关专家更优秀，原因在于力量的不均衡，波黑政府能够借助公关企业的力量，而塞尔维亚方没能做到。由于经济制裁和起步落后，塞尔维亚方没能雇用优秀的公关企业与之对抗。如果他们可以借助杰出的专家的力量，比如挖掘波斯尼亚人设立的"收容所"，将问题扩大化，也许可以和奥马尔斯卡"集中营"带来的负面影响相抵消。实际上，在前南斯拉夫问题国际刑事法庭上，也有波斯尼亚人因为设立"收容所"、侵犯人权而被逮捕。

在波黑战争、科索沃战争以及北约的空袭中，除了士兵之外，还牺牲了大量平民。其损失之大，无论用什么样的语言都难以尽述。考虑到这一点，介入战争的公关企业也可以说是"贩卖死亡的信息商人"。在远离枪弹交织的战场的华盛顿，他们用传真和电话（现在的话就用网络和电子邮件）诱导国际舆论，这种做法是否合乎伦理道德还有待商榷。

但是，如果想要完全限制这种信息战争，结果只会形成政府等权力机关管控信息的社会。不言自明，我们并不希望看到这样的结局。当然，海湾战争时"少女的证词"纯属捏造，这种凭空编造应当受到谴责。但是，只要不存在那种明显的违法违规行为，我们就很难指责那些公关企业百分之百有错，虽然他们的业务对象是国际纷争。随着信息全球化的飞速发展，现在公关的

"战场"已经扩大到了全球规模。对于我们来说,最重要的是清楚地认识到这个现实。

*

科索沃战争结束后的一个夏日,科索沃自治省的首府普里什蒂纳逐渐恢复了人来人往的景象,哈弗出现在了这座城市。他在常住的普里什蒂纳大饭店门口搭乘了出租车。

出租车行驶了大约十分钟,停在了高级住宅区的一栋房子前。与周围的房子相比,这栋住宅显得格外大,门前站着两名年轻男子,手持自动步枪,目光炯炯有神,使得这里飘荡着与周围不同的气氛。

这是拥有科索沃"总统"头衔的易卜拉欣·鲁戈瓦的"总统官邸"。从法律上讲,科索沃只是塞尔维亚共和国的一个自治省,但是阿尔巴尼亚人占人口的大多数,他们自主进行了"总统选举",结果鲁戈瓦"当选"了。由于北约发动空袭,塞尔维亚人被赶出了科索沃,如今国际社会将这位鲁戈瓦视为阿尔巴尼亚人的领袖。

哈弗进入办公场所后,鲁戈瓦给了他一个热情的拥抱。这位"总统"平时为人十分稳重,这是他能表示的最大限度的欢迎。哈弗与鲁戈瓦是老相识,以前曾经签订过公关合同。不仅如此,哈弗在波黑战争中让塞尔维亚人声誉扫地,甚至使他们遭到了联合国的驱逐,在这片地域是妇孺皆知的英雄。

哈弗对鲁戈瓦说:"作为来自华盛顿的你的朋友,我想为你今后的发展铺铺路。你来华盛顿怎么样？如果你来的话，那些媒体、政客、议员都会对你产生强烈的兴趣。尤其是电视台的制片人，因为他们总是在寻觅明星。"

鲁戈瓦听得很入神，仿佛被哈弗的话深深地吸引了。

这是哈弗在国际政治的舞台上以一个民族的领袖为对象开展的一次营业活动。

哈弗接受我的采访时表示："战争一直存在于世界的某个地方。估计今后也是这样。车臣、塞浦路斯、西班牙的巴斯克独立派，还有朝鲜半岛。战争的种子散落在世界各地。与波黑战争时相比，如今社会的信息化程度有了飞速提升，像我们这样的公关专业人士越发成了不可或缺的存在。战争双方应该都有自己的主张。我们可以选择站在其中任何一方，帮助他们向世界传递他们的主张。"

哈弗从罗德公关公司独立出来以后，经营着一家公关企业，名叫"全球沟通者公司"。公司的网站上写着这样一段话："我们负责危机管理沟通的工作人员凭借在波黑战争中取得的业绩，荣获了美国公关协会颁发的银砧奖。我们也会接受那些面临存亡危机的国家委托的业务。"

哈弗现在也在寻找下一个波黑以及下一个西拉伊季奇。

后　记

本书描绘了国际政治领域的一个现实，美国的公关企业使用"信息"这一武器甚至能够左右战争的走向。可以说在当今的日本外交、内政或者商务现场，每天也在上演本书中提及的"信息战争"。之所以这么说，是因为大多数情况下，如果有本书的主人公——公关专家吉姆·哈弗——在的话，估计就不会发生那样糟糕的情况。

例如，由于拿进口牛肉冒充日本国产牛肉而被迫解散的食品公司、引发大规模系统故障的大型银行等等，无论是日常在公关方面所作的努力，还是发生丑闻时的危机管理公关，他们在这两方面都太缺乏对策。另外，最近的政府机关，尤其是外务省的状况更为糟糕。每当出现问题时都很被动，采取对策的速度极慢；动辄隐瞒事实，说一些马上会被戳穿的谎言，让自己的形象不断恶化；明显地故意泄露信息，使自己不满意的人陷入困境。这样的做法非常幼稚，公关战略之类的东西根本就无从谈起。美国国务院和白宫经常从民间的公关企业选拔优秀的人才，甚至任命多人担任高层干部，摆出万无一失的阵势来应对信息战。两相比较，其差距过于悬殊。

在日本的社会环境下，这种公关战略的意识还不成熟。反过来这也意味着，如果你运用本书中描述的公关技巧和想法的话，将会比周围的人占据非常大的优势。

我将本书的主题撰写成节目企划书，然后制作节目并在日本播出，后来又制作了国际版，如今本书作为最终成果问世，在这个过程中我得到了众多人士的帮助。

首先是抽出宝贵的时间接受采访的各位证人、为了本书的原型——NHK特别节目的企划——通过审查、采访、制作尽心尽力的各位同仁，以及为了将在日本播出的节目传播到全世界而制作国际英语版时提供协助的各位人士，还有决心制作、出版本书的讲谈社学艺图书出版部的各位，我要借此机会向各位表达衷心的感谢。

另外，我在收集资料时，福冈美国中心（American Center）、联合国信息中心（UNIC）的工作人员给了我很多帮助。各位有识之士、政府机关的负责人和研究人员、活跃在公关行业最前线的各位给了我各种各样的建议，我也要表示发自内心的感谢。

最后，当我在节目的采访和本书的执笔过程中遇到困难时，那些给予我支持和鼓励的朋友们，请允许我说一声谢谢。

高木彻

2002年6月

文库版后记

　　本书中描述的激烈的公关信息战后来愈演愈烈，波及的范围也不断扩大。这不仅仅是大洋对面的故事，如今日本的商务、政治、官场等一切领域都不由自主地被卷入到了那片激流之中。

　　例如，我在单行本版的后记中也曾提及企业的危机管理问题，当出现丑闻或事故等情况时，很多企业和组织在应对媒体等公关方面不断失误，经营管理人员的命运自不必说，企业也会陷入生死存亡的危机中（其中也包括我所属的NHK。作为其中的一员，我也深切地感觉到了自己的责任）。

　　反过来，当IT企业的年轻老板们撼动整个日本社会时，他们在电视和纸质媒体上出尽了风头，刮起了一阵旋风，此事也让我记忆犹新。无需我特意指明，大家应该也能看出来，前面提到的"老式"经营管理人员缺乏恰当的公关意识，即使是后者——"年轻的老板们"，在本书中描写的公关行业的"大本营"美国的专家吉姆·哈弗看来，也如同儿戏，他们只是凭"灵机一动"来推进工作。"公关"(有时候以"媒体战略""发布信息的战略"的形式出现)在国际上已经拥有超过枪弹的威力。日本的所有行业却没有认识到这一点,这在任何场合都会成为致命性的弱点。

此事在日本所处的国际关系的舞台上更为明了。举一个例子,二战已经过去了60年,中国和韩国不但依然没有忘记对日本的反感,看上去敌视情绪反倒越发高涨了。我在思考这一状况的时候,不得不指出日本缺乏国家层面的公关战略是一个很大的因素。同样是战败国,日本经常被拿来与德国作比较。那段著名的"(当时西德的)总理勃兰特跪在纳粹死难者纪念碑前的录像"以及其他领导人通过各种手段发布的信息发挥了巨大的公关效果。日本是否采取过与之匹敌的相关对策呢?

另一方面,在欧美社会面临的"公关战争"的最前线出现了一个新情况,美国本来应该是公关行业的发源地,却也苦于应付。从"9·11"事件发展到伊拉克战争,反恐战争的宿敌奥萨马·本·拉登以及后来的基地组织等激进派的恐怖分子运用录像带和网络开展媒体战略,向全世界传播他们的"主张"以及抓住人质并将其杀害或是发动自杀式攻击等"战果"。美国政府不断把民间的专家任命为高级官员,试图与之对抗,但是至今仍未拿出有效的对策(关于本·拉登等人实施的公关战略的详情,我记录在了下一本拙著《巴米扬大佛之劫》中,方便的话请各位参考阅读)。

从国际恐怖组织到企业的经营管理,如今都离不开"公关战略"了。

活跃在广告、公关以及宣传领域的各位，在外交和国际政治的舞台上奔走的人们，还有今后想要进军媒体行业的各位自不必说，无论国内国外，在任何商业战场上战斗的各位，如果能够理解本书中描述的"公关信息战"的精髓，将会比竞争对手占据更大的优势。

这"究竟是好事还是坏事"，思考这个问题也很重要。但是，我还没有找到答案。不过，媒体环境的急剧发展和全球化超出了我们曾经的想象，现在想要守护"言论自由""报道自由""表达自由"的话，就不可能排除"信息战"的进展这一要素。

有一点很明确，在思考"公关战争"是否合乎伦理道德并找出答案之前，在现实中的各种"战场"上战斗的人们，以及日本这个国家，还有住在这里的国民，已经没有闲暇等待了。

在出版文库本之际，关于单行本刊行后出现的新进展和新信息，包括出场人物的经历，有些地方最好更改一下，因此对部分内容进行了修正。

和出版单行本时一样，无数人为这部作品的面世贡献了力量，我要再次表达衷心的感谢。谢谢各位！

*

前几天，本书的主人公——公关专家吉姆·哈弗——第一次来到了日本。不过，他的目的地不是东京，而是北京。据说他是去中国出差返程途中，为了等待换乘航班，在日本逗留一个晚上。

　　我前往哈弗在成田机场附近下榻的宾馆，他热情地对我讲述了在中国的见闻。他与政界和经济界的各种权威人士面谈后，发现他们的言谈就像资本家，他感到震惊和折服，还获得了很多热诚的签约意向，非常激动。我问他对日本有没有兴趣，他像往常一样顾虑到我的感受，郑重地回答道："如果为日本的国家形象进行公关的话，那将是一项具有挑战性的工作。我估计会很有意思。不过，眼下我首先要致力于在中国的业务。"

　　次日早晨，哈弗没有顺便去一下70公里外的东京市区，直接飞回了华盛顿。

高木彻

2005年5月

解　说

池内惠

　　无论对于读者还是作者来说，《战争广告代理商》都是一部极为幸福的作品。高木彻作为一名电视编导，从影像信息的创作者和传播者的独特视角发现问题，并进行了深入探讨。

　　关于波黑战争，如果仅凭一个个现象传递出来的信息，我们很难判断哪一方势力负有责任。尽管如此，媒体在报道和评论时却用简单的善恶两极论遮盖了事实，认定"波斯尼亚人就是受害者""塞尔维亚人就是加害者"。这给当地带来了长远的影响，它直接导致南斯拉夫联盟受到了经济制裁，又被驱逐出联合国，塞尔维亚遭到了北约军队的空袭，后来萨拉热窝呈现出了一片繁荣的景象，而贝尔格莱德的经济发展停滞不前，陷入了极端贫困的生活状态。

　　为什么国际舆论一边倒地支持波黑呢？国际纷争中的"正派"和"反派"形象是如何在新闻报道中固定下来的呢？信息战

中的"赢家"和"输家"是在什么时候分出来的呢？

本书从选题方式到论述顺序乃至文体，没有任何自命不凡之处。然而，人物及状况的细节却像影像一样清晰地浮现在读者面前。毫无疑问，作者深入了解了在日本无人涉足的未知领域，而且一下子就写出了令人满意的杰作，也幸运地得到了众多读者的好评。这也是理所当然的事。读者只需要随着眼前浮现出来的紧迫事态的发展读下去就可以。他们不仅求知欲得到了极大的满足，还在不知不觉间培养了关于如何处理今后日本将长期面临的问题的基本意识。

最重要的是，对于国际政治领域的出场人物的描写十分生动。作者将人物的魅力和缺点、个性都传达给了读者，我很喜欢这一点。波黑外长西拉伊季奇只身一人来到人生地不熟的纽约，逐一接受了别人的建议，外交能力有了显著的提高，逐渐成为国际媒体上的红人。书中提到西拉伊季奇当即领会到，总之就是"不会哭的孩子没奶吃"。这段描写巧妙地捕捉到了他精明的天性，以及发展中国家的精英特有的那种纯真和顽强。随着故事情节的发展，西拉伊季奇不仅对外发挥了他那"恶魔般的"魅力，在内部人员面前也不经意间暴露出了与之相反的傲慢和粗野的一面。在国际媒体上的高大形象与重要作用，和作为一个人的卑微之间存在的背离与反差令人颇感兴趣。

作者对另外一名主人公——公关企业的员工吉姆·哈弗的描写也极为逼真。他在日常工作中从细节入手，不断积累对客户的关怀，绝不让对方感到不安，因而获得了信任。读完之后你就会明白，正因为如此，他才能让公关战略奏效，将微小的差距转化成了决定性的优势，从而决定了几个民族和国家的盛衰以及生活在那里的人们的幸福程度。

对于配角的描写也很精彩。麦肯基将军被媒体当成了反派，被迫退役。他身上有军人特有的毫不掩饰的体贴，又不乏幽默，是个很有深度的人。关于他的人品的描写，其视角展现出一个远离剑拔弩张的信息战的人物，让全书的结构保持了平衡。戴维·菲利普斯的出场只是为了把西拉伊季奇送到哈弗身边。之所以提及他也是为了给我们一些启发，让我们得以窥见国际社会的实际状况。发展中地区存在纷争，就会引发发达国家的政府以及国际组织的调停和介入。因而就会催生像菲利普斯这样的人物，他们在政客、政府与国际组织的高官以及世界各国的请愿者之间斡旋，过着奢侈的生活。我脑子里突然浮现出一个词："国际人权贵族"。我认为，所谓理解国际社会，并不是获取什么惊人的内部消息，而是掌握那些像他这样在每一次局势有变时行使重大权限的人物的处所。

书名也很优秀。一看到《战争广告代理商》，读者应该也会想拿在手上看看吧。读完本书以后的收获将会超过你的期望值。看到"情报操纵与波黑战争"这个副标题，也许会有读者产生一种先入之见，认为是揭露战争和信息之间关系的常见内容。但是，这本书和那些内容相似的书完全不同。一说到"情报操纵"，也许有的读者就会想到一些政府机关或大企业带着某种恶意捏造信息、诱导舆论，误以为本书是关于那一类"捏造"的调查报道，然而本书中描写的并不是那样的内容。

首先，在这部作品中，信息战的主体并非美国的国务院或者政府机关，只是某个公关企业的一名能力超群的职员。尽管美国的总统和议会努力想要保持中立，最后还是被迫支持波黑，他们不是操纵信息的一方，而是被操纵的对象。另外，哈弗绝不散布虚假信息，他从头至尾坚持只传播事实。散布谣言者很快会被发现，这反倒使自己陷入窘境。欧美的媒体还是具备这种程度的验证能力和自净作用的。胜负的关键在于如何将那些事实当中对自己客户有利的一面有效地传递给媒体与政界的关键人物。他做这件事并非怀着"恶意"，他的目的终归只是让一项业务取得成功。所谓成功，无非是引导国际舆论朝着对客户有利的方向发展，争取大国的支援。

　"某个地方存在怀有邪恶意图的阴谋的主体，他们操纵信息、欺骗世人、操控国际政治。"——我想再次提醒各位，本书的内容和这种常见的阴谋论完全不同。当然，国际政治领域中存在捏造或隐瞒信息的先例，也可以有揭露并抨击这种现象的非虚构作品。但是，高木彻在本书中探讨的是更加微妙的信息战略的现场，那些日常进行的操作最终带来了重大的影响。

　哈弗使用的信息战略始终都是脚踏实地的手法。他坚持不懈地给媒体相关人士发送信息，细致地回应对方的要求，建立信任关系。他最大限度地发挥客户的魅力，在舆论中营造良好印象，小心谨慎地等候影响议会及政府高官决策的瞬间。一旦从高官那里引出有利的发言，就会最大限度地加以宣传，以求扩大波及效果。

　信息也不是胡乱发布的。他选择使用"种族清洗""集中营"

等在欧美社会看来"绝对罪恶"的词语，很容易让人联想到纳粹德国，固执地将责任推到塞尔维亚方。他大力宣扬波斯尼亚人建立的波黑政府与美国有共同的国家理念，都倡导"自由"和"民主主义"。最后还搬出了"多民族国家"这个流行的概念。他用高超的手段在最有效的瞬间抛出了这张王牌，成功吸引了美国舆论的支持，决定了国际社会的动向。

当他发布的信息积累到了某个临界点，状况的变化和各种各样的偶然相互作用时，他已经不需要给媒体和政界的当事人提供新的信息，他们就会自发地帮他传播对客户有利的信息。那些工作能力强又充满正义感的记者将会利用自己的臆想和虚假的信息，而不加以怀疑。哈弗虽然不会直接参与，却也不予以否定。他只是最大限度地加以利用。到了这个阶段，包含错误报道在内的各种信息被拿来互相引证、互相支撑，被认定为"事实"，形成一股巨大的力量，推动政治和军事的介入。一旦齿轮咬合在一起，谁都无法阻止事态的发展。这部作品巧妙地捕捉到了那个"齿轮咬合"的瞬间。

颇有意思的一点是，哈弗虽然在宣传反对塞尔维亚时大量使用了让人联想到纳粹的逻辑，却避开了"大屠杀""大虐杀"等决定性的词语。企图灭绝犹太人的"大屠杀"和其他战争犯罪性质完全不同，是人类历史上绝无仅有的现象，犹太人不容许有人将其和别的事件相提并论。犹太人在媒体界很有话语权，如果一不小心刺激到了他们，就有可能与之为敌。据说吉姆·哈弗意识到这个情况非常微妙，考虑到犹太人的态度，他谨慎地选择了用词。在欧美社会，人们虽然嘴上不说，心里却有强烈的意识，那是绝不能触碰和跨越的一条线。作者把握住了这一点，非常难能可贵。

《战争广告代理商》于 2002 年荣获非虚构作品界的两项大奖——讲谈社非虚构文学奖和新潮纪实文学奖。该作品还差点儿荣获大宅壮一非虚构文学奖，然而有评委提出异议说它已经包揽两项大奖了，再拿第三项有点不合适，这才遗憾错过（不过作者的第二部作品《巴米扬大佛之劫》顺利地荣获了该奖项）。但是，我认为该作品应该受到更高的评价。

不论是否作者有意为之，这部作品完全脱离了日本非虚构作品界的常规构思和论述方式，因而获得了划时代的成果。

说起来，日本的非虚构作品界几乎没有涉及过决定国际政治走向的场面或瞬间。即使偶尔将视线投向国际问题，也像是极为单调易懂的连环画，往往流于善恶两极论或劝善惩恶论。被当成正派的通常都是"发展中国家""弱者""受害者""少数派""中小企业""消费者"等。被当成反派受到抨击的几乎总是"国家""大企业""发达国家"，而且往往都是"美国"（或者"日本"）。它们假定这些"反派"是在幕后操控的"黑手"，用一种简明易懂的结构揭露其邪恶的意图和操控手段。按照这种日本非虚构作品的常规，很容易就会陷入一种思维模式：波斯尼亚人（牺牲者、少数派、弱者）受到了塞尔维亚人（邪恶的统治者、强者）的迫害。在适当的时候推出悲愤慷慨、抨击性的报告文学，会受到很高的评价。

高木彻丝毫不在意那种在日本被追捧的创作结构和手法。相反,他关注的是那个通过信息战略大获成功的案例:吉姆·哈弗这位公关专家熟悉容易流入那种通俗且单调的善恶两极论的媒体特性,故意让媒体将自己的客户报道成"正派",逐渐将敌对方逼到了"反派"一方。从这个视角来看,我感觉日本的非虚构作品界满足于单调的善恶两极论,别说揭露国际性媒体战略了,反倒属于被利用、被操纵的一方。《战争广告代理商》带给我们的冲击也包含这种深层次的质疑,甚至可以理解为一种"威胁"。

但是,据我所知,几乎没有什么评论能够意识到本书具有如此重大的意义。往往我们能看到的反应是,虽然对作品有很高的评价,却要求作者对情报操纵及其带来的不公正的结果"更加愤怒";对于作者质疑日本政府和企业缺乏信息战略的姿态感到奇怪,批评说"难道你的意思是要操纵、隐瞒信息吗"。应该说这些评论源于对《战争广告代理商》这部作品及其描绘的国际社会的彻底不理解,是一种严重的推断失误。我感觉这一类评论,恰恰暴露了当下日本非虚构作品的极限。

阅读本书的人群似乎比一般的非虚构作品的读者更加广泛。本书的内容也适合大众阅读。我希望有更多人,甚至几乎没有接触过非虚构作品或纸质书的人读一下。日本在不远的将来也会处于不得不直面国际性信息战略的状况。确切地说,实际上我们早就处于这样的状况中了,却没有人意识到这一点。比起直接的武力纷争,通过在国际性场合争夺地位和威信的信息战进行竞争与摩擦的可能性很大。日本一直以来被认为是"亚洲唯一的发达工业国家","与欧美社会保持着特别亲密的关系",这种特别有利且安全的立场正快速消失。日本今后将不得不站在和周边各国同等的（或者说更加不利的）立场上，围绕直接关乎国民生活水平及安全的问题，参与争夺国际舆论的信息战。

作者在文中也指出，日本的信息战略在官方和民间两个层面都明显落后于其他国家，处于毫无准备的状态。他们并不是毫无作为，而是认为宣传和公关之类的东西都是所谓的"附加物"，这种观念占据主导地位。表露出来的现象是极端的官僚主义和形式主义不断蔓延，所谓"宣传资料"已经变成了"毫无意义且无聊透顶的文件"的代名词。

当他们想要在公关上下功夫的时候，就会私底下有针对性地接近少数有权势者，希望对方看在过往的情分上提供善意的帮助。这可能也有一定的效果吧，但是当我们必须站在国际社会的公开舞台上为日本的立场辩护时，尤其是美国舆论的支持决定成败时，靠这种表达方式不仅没有任何效果，甚至有可能适得其反。

再加上，认定信息战略就是"隐瞒"和"捏造"的风气也占主流，其他国家为了自己的利益会不惜主动向日本发起信息战，这种做法已经成为国际社会的常识，日本却缺少直面现实的契机。这种落后与思想包袱将导致日本今后不断陷入不利的立场，甚至有可能受到不合理的对待，蒙受莫大的损失。

在欧美国家眼里，日本在历史上是"与纳粹德国结为同盟的法西斯国家"，这是一个绝对不利的立场。日本虽然"不是西方国家"，却只在经济方面取得了和西方一样的成就，欧美社会对此依然持怀疑态度，一有什么风吹草动，就会表露出明显的偏见和曲解。我们在发布信息时需要以此为前提。

　　《战争广告代理商》以一种令人感到爽快的文体，冷静而直率地描绘了日本人一直回避的国际社会的残酷现实。当日本被卷入国际性的公关战中，不得不做出判断和行动时，估计人们会一次又一次地想起这本书吧。

《DOKYUMENTO SENSOU KOUKOKUDAIRITEN JYOUHOU SOUSA TO BOSUNIA FUNSOU》
© Toru Takagi 2005
All rights reserved.
Original Japanese edition published by KODANSHA LTD.
Publication rights for Simplified Chinese character edition arranged with KODANSHA LTD.
through KODANSHA BEIJING CULTURE LTD. Beijing, China.
本书由日本讲谈社正式授权,版权所有,未经书面同意,不得以任何方式做全面或局部翻印、仿制或转载。

图字:09 - 2022 - 150 号

图书在版编目(CIP)数据

战争广告代理商/(日)高木彻著;孙逢明译. —上海:上海译文出版社,2023.5
(译文纪实)
ISBN 978 - 7 - 5327 - 9274 - 0

Ⅰ.①战… Ⅱ.①高… ②孙… Ⅲ.①纪实文学—日本—现代 Ⅳ.①I313.55

中国国家版本馆 CIP 数据核字(2023)第 100957 号

战争广告代理商
[日]高木彻 著 孙逢明 译
责任编辑/常剑心 装帧设计/邵旻 观止堂_未氓

上海译文出版社有限公司出版、发行
网址:www.yiwen.com.cn
201101 上海市闵行区号景路159弄B座
上海市崇明裕安印刷厂印刷

开本 890×1240 1/32 印张 9.75 插页 2 字数 144,000
2023 年 8 月第 1 版 2023 年 8 月第 1 次印刷
印数:0,000—8,000 册

ISBN 978 - 7 - 5327 - 9274 - 0/I・5775
定价:55.00 元

本书中文简体字专有出版权归本社独家所有,非经本社同意不得连载、摘编或复制
如有质量问题,请与承印厂质量科联系。T:021 - 59404766